Der Truppe des 1. Zuges der Kompanie Lima,
3. Bataillon, 25. Marineregiment gewidmet,
die 2005 bei einem Einsatz von einer Mine getötet wurden.

Mögen die Erinnerungen an sie als Söhne,
Töchter, Partner, Elternteil und Soldaten immer weiterleben.
Ruhet in Frieden.
Semper Fi.

AF287171

Über die Autorin

Die internationale Bestsellerautorin Harley Stone liebt Tiere, Bücher, dunkle Schokolade und Rotwein. Sie ist immer für ein Abenteuer zu haben (real oder fiktiv) und wenn sie nicht gerade imaginäre Welten erschafft, verbringt sie gern Zeit mit ihrem Mann und ihren Jungs im Südwesten Washingtons.

HARLEY STONE

LANDING EAGLE

ROMANCE ♡ EDITION

HARLEY STONE

© Die Originalausgabe wurde 2018 unter dem Titel Landing Eagle von Harley Stone veröffentlicht.

© 2024 Romance Edition Verlagsgesellschaft mbH
8700 Leoben, Austria

Aus dem Amerikanischen von Mirjam Neuber

1.Auflage

Covergestaltung: © Sturmmöwen
Redaktion & Korrektorat: Romance Edition

ISBN-Taschenbuch: 978-3-903519-12-1
ISBN-EPUB: 978-3-903519-11-4

www.romance-edition.com

PROLOG

Eagle

Sechs Jahre zuvor

Es war vier Uhr morgens, als mein Wecker klingelte. Er riss mich aus sinnlichen Träumen, die von den Aktivitäten der vergangenen Nacht und dem Geruch von Sex aufgeladen waren.

Neben mir regte sich ein warmer, üppiger Körper. Ich hatte kaum Zeit, um mich anzuziehen und meinen Hintern zur Arbeit zu bewegen, doch ich konnte der Anziehungskraft der Frau an meiner Seite nicht widerstehen. Wir waren seit etwa sechs Monaten zusammen, und ich hatte mich immer noch nicht an ihr sattgesehen. Vermutlich würde ich es nie.

Ich stützte mich auf einen Ellenbogen und betrachtete sie, bewunderte ihre Perfektion zum millionsten Mal. Seidige dunkle Locken, durch die ich so gerne mit den Fingern fuhr, breiteten sich über die sanften Kurven ihrer gebräunten Schultern aus. Sommersprossen bedeckten ihre Wangen, die sich so herrlich röteten, wenn wir uns leidenschaftlich geliebt hatten, aber selten aus Verlegenheit. Diese wunderbare Frau neben mir stand mit beiden Beinen im Leben. Scheinbar mühelos gelang es ihr, ihre Ziele zu erreichen. Sie konnte charmant sein und vor Wut fluchen. In jeder Situation wirkten ihre weichen, vollen Lippen unglaublich anziehend, insbesondere, wenn sie meinen Schwanz umschlossen.

Sie war kämpferisch, loyal, klug, witzig, mit Kurven, die jeden Mann dazu animierten, Dummheiten zu begehen. Sie war alles in einer Person, ihr Charakter so anbetungswürdig wie ihr Äußeres.

Sie war meine Helena von Troja.

Ich würde die verdammte Welt für sie untergehen lassen.

Doch das war nicht nötig, denn sie war durchaus in der Lage, alles selbst zu zerlegen, wenn sie nur wollte. Denn sie war ein Offizier, die stärkste, intelligenteste und unabhängigste Frau, die ich je getroffen hatte.

Ihr Dekolleté lugte unter der Decke hervor und erregte meine Aufmerksamkeit. Ich schob den Stoff nach unten, um ihre perfekten runden Brüste und ihre schmale Taille zu enthüllen. Ihr Körper war mein Wunderland, und ich wollte Stunden damit verbringen, ihre Sommersprossen zu zählen, jeden Quadratzentimeter ihrer Haut zu küssen, jede Kurve nachzuzeichnen.

Leider hatten wir für all dies nie genug Zeit.

Ein himmlischer Körper, gepaart mit einem scharfen Verstand und einem bewundernswerten Sinn für Pflichtbewusstsein – Jeanette Lawson hatte mich vom ersten Tag an in ihren Bann gezogen. Allerdings benötigte ich mehr als ein Jahr, um sie zu überzeugen, in mein Bett zu steigen. Seitdem war ich ihr gänzlich verfallen.

Diese Frau bestand darauf, mich genauso vorbehaltlos zu lieben wie ich sie. All meine Wünsche und die noch so verborgensten Fantasie gingen mit ihr in Erfüllung. Daher war sie für mich nicht nur Jeanette, sondern Jeanie, mein wunderschöner Flaschengeist. Ein beinahe mythisches Wesen, das mich in jeder Hinsicht beflügelte. Sie war meine Zukunft. Sie war alles für mich.

Wir waren fünfundzwanzig Jahre alt, hatten beide unser Studium abgeschlossen und das ganze Leben noch vor uns. Glückliche Jahre, die ich nur mit ihr verbringen wollte. Sie war die eine für mich. Wenn ich sie betrachtete, hörte ich Hochzeitsglocken erklingen und sah Kinder im Garten eines Hauses spielen, das von einem weißen Lattenzaun umgeben war.

Vorsichtig, um sie nicht zu wecken, zog ich die Decke bis zu ihrem Kinn und küsste den zarten Ring an ihrem Finger, den ich ihr geschenkt hatte. Das war kein Verlobungsring, nur eine Andeutung meiner Absichten. Mit einem Antrag wollte ich warten, bis sich eine perfekte Situation ergab. Außerdem war ich in diesem Punkt eher altmodisch. In zwei Monaten, sobald unser Einsatz beendet war, wollte ich nach Virginia fliegen, ihre Eltern treffen und offiziell um ihren Segen bitten. Danach würde ich meine Ersparnisse plündern, ihr einen Ring mit einem riesigen Stein kaufen und Jeanie bitten, meine Frau zu werden. Ich hatte alles geplant und konnte es verdammt noch mal nicht erwarten, dass sie endlich meinen Nachnamen trug. Jeanette Archer, wie verdammt schön das klang.

Ich war noch immer spät dran. Nachdem ich mich angezogen hatte, beugte ich mich vorsichtig über sie und hauchte ihr zum Abschied einen Kuss auf die Stirn. »Ich liebe dich, Jeanie.«

Sie streckte sich. »Mhm. Ich dich auch.« Sie sah mich mit ihren intelligenten grünen Augen an, und ein Lächeln erhellte ihr Gesicht. Dann schob sie die Decke weg und gewährte mir einen weiteren verlockenden Blick auf ihre Brüste. Ich würde so gut wie alles dafür geben, mehr Zeit mit ihren üppigen Rundungen verbringen zu dürfen. »Du musst schon gehen?«

Gott, dieses Lächeln. So teuflisch. So vielversprechend. Es machte mich immer wieder an, und ich wünschte mir nichts sehnlicher, als mich wieder ins Bett zu legen und jedes dunkle Versprechen einzulösen, das sie mir gab.

Doch die Pflicht rief. Es war immer der Dienst, der uns trennte. Doch in zwei Monaten waren wir zu Hause.

»Ich werde auf dich aufpassen, wenn du deinen süßen Hintern

durch die gottverlassene Wüste bewegst.«

Unser Zug operierte von Ubaydi aus, in der Nähe von Al-Qa'im im Irak. Wir waren nicht genug Leute, um eine ständige Garnison zu bilden. Aber das spielte keine Rolle, denn unsere Befehle sahen nur vor, dass wir uns lange genug dort aufhielten, um die örtlichen Aufständischen zu stören. Sie lieferten Waffen an die Guerillakämpfer, die die umliegenden Dörfer kontrollierten.

Ich war Scharfschütze und hatte die Aufgabe, früh auszuschwärmen und Deckung zu geben, während unsere amphibischen Angriffsfahrzeuge das Gebiet nach Feinden durchstöberten. Jeanie leitete in ihrer Position als Lieutenant Colonel diese Durchsuchungen.

»Dann sollte ich vielleicht eine kleine Show abziehen, nur für dich«, bemerkte sie mit einem verführerischen Lächeln.

»Die Show ist mir scheißegal. Sei einfach nur vorsichtig.«

Sie setzte sich auf und gab mir einen Kuss. »Du weißt, dass ich gut auf mich und meine Leute aufpassen kann.«

Das hatte ich schnell gelernt. Sie war eine hervorragende Offizierin, die sich um jeden einzelnen Marine unter ihrem Kommando kümmerte. Sie tat alles, was in ihrer Macht stand, um sie sicher nach Hause zu bringen. Das war eines der Dinge, die ich am meisten an ihr liebte.

»Außerdem weiß ich, dass uns nichts passieren kann, wenn du in der Nähe bist.« Sie schenkte mir ein diabolisches Grinsen, bevor sie nach meinem Hemd griff und mich an sich zog. Der Kuss war kurz, aber verdammt leidenschaftlich. »Ich liebe dich auch, Eagle«, sagte sie leise, nachdem sie sich von mir gelöst hatte.

Schweren Herzens verließ ich das Zimmer, um mich meinem Team anzuschließen und zu unserem ersten Posten zu fahren.

Drei Stunden später beobachtete ich Jeanies AAV durch das Zielfernrohr meines Gewehrs. Plötzlich gab es eine Explosion.

Der Boden bebte, und das offene Fahrzeug wurde in die Luft geschleudert. Fassungslos musste ich mitansehen, wie die Detonation sowohl die Insassen als auch das Fahrzeug zerriss, bevor die Szenerie in einer riesigen Wolke aus Flammen und Rauch gehüllt wurde.

Ich sprang auf und rannte los.

Ich musste zu ihr gelangen, musste sie retten. Sie war mein Ein und Alles. Ohne sie würde ich sterben.

Doch es war zu spät.

Keiner der Fahrzeuginsassen hatte überlebt.

1. KAPITEL

Eagle

Zwei Jahre zuvor

In der *Copper Penny Bar and Grill* waren stets Frauen anwesend, die einer schnellen Nummer nicht abgeneigt waren. Der heutige Abend bildete da keine Ausnahme.

Auf der Vorderseite des Gebäudes prangte das Logo des *Dead Presidents MC*, davor parkten in einer langen Reihe Motorräder. Es gab nur zwei Arten von Frauen, die sich in die Bar wagten: Old Ladys, die ihre Männer begleiteten, oder solche, die ihre Beine für einen Veteranen spreizen wollten, der nach seiner Dienstzeit dem Leben als Biker frönte.

Unser Club hatte einen guten Ruf. Abenteuerlustige Bräute aus ganz Seattle wollten hautnah erleben, ob stimmte, was hinter vorgehaltener Hand gemunkelt wurde. Sie wollten dominante Männer, die genau wussten, wie man einer Frau höchstes Vergnügen bereitete – ein Wunsch, dem ich nur allzu gerne nachkam. Es gab nicht mehr viele Dinge, bei denen ich mich lebendig fühlte, aber Sex erinnerte mich zumindest daran, dass ich noch einen Puls hatte.

Außerdem wurde ich manchmal daran erinnert, wie es mit Jeanie gewesen war. Dann schloss ich die Augen und ließ mich von meinen Erinnerungen treiben.

Nach zwei Monaten als Anwärter oder *Prospect*, wie wir bezeichnet wurden, war ich noch kein ordentliches Mitglied der *Dead Presidents*. Ich hatte mich mit den Aufgaben des Clubs vertraut gemacht und kannte inzwischen so gut wie alle Brüder.

Zum Glück war es den Frauen in der Bar vollkommen egal, welchen Rang man auf der Kutte trug, solange man nur aussah wie ein vollwertiges Mitglied. Dies und die Tatsache, dass ich noch als Frischfleisch galt, genügte, dass ich von fast allen Frauen umgarnt wurde. Es gab stets mehrere, die bereit waren, mit mir das Bett zu teilen. Die einzige Herausforderung bestand darin, sie wieder loszuwerden, nachdem wir uns vergnügt hatten.

Als ich die Bar betrat, fielen mir eine Blondine und eine Brünette auf, die mir zuwinkten und mich anzüglich anlächelten. Einem Dreier war ich nicht abgeneigt und ging auf sie zu. Zwei meiner Brüder erreichten den Tisch der beiden Damen vor mir. Die Blondine warf mir einen enttäuschten Blick zu, und ich war beinahe versucht, meine Chancen bei ihr auszuloten, entschied mich aber dagegen. Ich durfte nicht riskieren, meine Brüder zu verärgern. Ein paar Wochen noch, dann war Schluss mit der Drecksarbeit und meinem Dasein als *Prospect*.

Außerdem war die Bar voll von willigen Frauen.

Eine kurvenreiche kleine Brünette saß an der Bar und beobachtete mich. Sie schenkte mir ein einladendes Lächeln und klopfte auf den Hocker neben sich. Ich nahm ihr Angebot an und musterte sie, während ich mich ihr näherte. Mittelbraunes Haar, dunkle Augen mit langen Wimpern, für meinen Geschmack etwas zu schmale Lippen. Aber sie hatte einen verdammt einladenden Vorbau. Für pralle, runde Titten hatte ich schon immer eine Schwäche.

»Hey, Eagle, das Übliche?«, fragte der Barkeeper, ebenfalls Clubanwärter, der auf den Namen Brass hörte. Er hatte seinen Straßennamen wegen des Schlagrings erhalten, den er stets bei sich trug. Ich war nie ein Fan davon oder generell von Waffen gewesen. Nur Weicheier mussten ihre Schläge verstärken. Als ehemaliger Scharfschütze behielt ich meine Meinung lieber für mich, denn ich hatte zehn Jahre damit verbracht, Ziele auszuschalten, die nicht einmal wussten, dass es mich gab. Viele Leute würden das für verdammt feige halten.

Mein Job war es, Leben zu retten. Ich hatte nur versagt, als es darum ging, den für mich wichtigsten Menschen zu beschützen.

»Ja. Danke, Brass.«

»Du bist Eagle, oder?«, sprach mich die Brünette an und betrachtete die Tattoos auf meinen Armen. »Du bist einer der Neuen. Ich habe schon von dir gehört.« Ihr Lächeln war anzüglich und zeigte, dass ihr gefiel, was sie über mich gehört hatte.

Ich zuckte mit den Schultern. »Man sollte nicht alles glauben, was die Leute sagen.« Die Kleine hatte einen schönen Vorbau, den sie mit einem tiefen V-Ausschnitt zur Schau stellte. Ich warf einen Blick hinein, bevor ich ihr Lächeln erwiderte und meine Bestellung entgegennahm. Ich leerte das Glas *Jack Daniels* in einem Zug und bestellte einen weiteren Whiskey ohne alles, bevor ich meine Aufmerksamkeit wieder auf die Frau richtete. »Was erzählt man sich über mich?«

»Du seist bestückt wie ein Pferd, würdest wie ein wildes Tier ficken und ...« Sie zögerte und nahm einen Schluck von ihrem Drink. »Man sagt, du seist ein Arschloch.«

Vermutlich dachte sie, ich würde die Behauptungen abstreiten, stattdessen zuckte ich nur mit den Schultern. »Wenn ich es mir recht überlege, muss ich zugeben, dass die Behauptungen stimmen.«

»Gut zu wissen«, bemerkte sie mit einem Nicken. Ihre Miene verriet mir, dass sie mir nicht glaubte. Das war eigentlich immer so. Je ehrlicher ich war, desto eher dachten alle, sie müssten mich in ihr Leben einbeziehen, um mir zu helfen oder was auch immer. Als würde ich mich nach einer Kostprobe von ihrer Pussy Hals über Kopf in sie verlieben. Aber das war unmöglich, weil mein Herz im Irak geblieben war. All diese Frauen hatten ohnehin nur Interesse an meinem Körper.

»Ich bin übrigens Mindy«, stellte sie sich vor und kaute auf ihrem Strohhalm, während sie mich beobachtete. »Hast du Lust, mit mir nach nebenan zu gehen?«, fragte sie unverblümt und rieb ihr Bein an meinem.

Die meisten Brüder und auch einige *Prospects* hatten nebenan in der renovierten alten Feuerwache, die dem Club als Hauptquartier diente, ein eigenes Zimmer. Wenn Mindy das wusste, war dies nicht ihr erstes Rodeo und ich nicht ihr erster Stier. Zweifellos hatte sie schon einige meiner Brüder gesattelt und geritten. Gut so. Denn ich war nicht auf der Suche nach einer unschuldigen Jungfrau, die mehr als nur eine schnelle Nummer erwarten würde.

Brass servierte mir den zweiten Drink. Auch den vernichtete ich in einem Zug, bevor ich mich von der Bar wegdrückte und Mindy meine Zustimmung signalisierte, indem ich leicht nickte. Sie trank den Rest ihres fruchtigen, süßlich riechenden Cocktails und stieß die Frau auf dem Barhocker neben ihr mit dem Ellenbogen an, die mit Wasp herumknutschte. Sie löste sich von ihm, und er drehte sich zu mir um.

»Hey, Eagle.« Sein Blick wanderte zu Mindy, und seine Mundwinkel verzogen sich zu einem Grinsen. »Viel Spaß.«

Wasp war ein guter Kerl und ein großartiger Mechaniker. Doch alles, was ihn interessierte, waren Motorräder. Allerdings schien ihn die Dunkelhaarige um den Finger gewickelt zu haben, denn er lächelte und flirtete die ganze verdammte Zeit. Na ja, wenn er nicht gerade seine Zunge im Hals dieser Braut hatte.

Ich beäugte sie, während sie sich an ihm rieb. Offenbar wären wir nicht die Einzigen, die sich demnächst auf dem Weg zur Feuerwache begeben würden. »Danke, Bruder, dir auch.«

Die Frauen beendeten das Gespräch, und Mindy legte ihre kleine Hand in meine und hüpfte vom Barhocker. Sie reichte mir nur bis zur Schulter und war damit viel kleiner als ich mit meiner

Größe von etwas mehr als einem Meter neunzig. Wahrscheinlich würde sie sich nicht hinknien können, wenn sie mir einen blies, und sich auf das Bett setzen müssen.

Ich führte sie durch die Bar nach draußen und hinüber zum Club. Wie üblich war der Gemeinschaftsraum gut besucht. Meine Brüder spielten Billard und Darts. Ein dunkelhaariges Clubhäschen namens Kim war gerade dabei, Sage zu bearbeiten.

Als wir uns näherten, öffnete Kim den Reißverschluss seiner Jeans und zog seinen Schwanz heraus. Sie hielt ihn fest umschlungen und umschloss die Spitze mit ihrem Mund.

»Die ist so eine verdammte Schlampe«, murmelte meine Begleitung verächtlich. Doch ich registrierte noch etwas anderes. Eifersucht? Erregung?

»Kann sein, aber beim Blasen ist sie ein verdammter Profi«, erwiderte ich und nahm mir vor herauszufinden, was Mindy so abstieß.

Kim griff nach Sages Hintern und nahm ihn tief in sich auf, bis sie würgte. Immer wieder. Der Anblick war verdammt heiß und ließ meinen eigenen Schwanz zum Leben erwachen. Ich drängte Mindy mit dem Rücken gegen eine Wand und begann, ihre Brüste zu kneten, ohne den Blick von Sage und Kim abzuwenden. Auch Mindy starrte wie gebannt auf die beiden, ließ mich aber gewähren.

Sage legte seine Hände um Kims Hinterkopf, hielt sie in Position und stieß in ihren Mund. Einige der Jungs umringten sie. Es sah so aus, als würde Kim eine arbeitsreiche Nacht bevorstehen. Das war nicht ungewöhnlich für die Clubhäschen. Sage, der sich stets um das mentale Wohl der Brüder sorgte, behauptete sogar, dass Sex ein wichtiger Teil der Genesung sei. Es würde den abgefuckten Soldaten helfen, ein gewisses Maß an Frieden und Entspannung zu finden, wenn auch nur für eine kurze Zeit. Ich war mir nicht sicher, ob ich an diesen ganzen sexuellen Heilungsscheiß glauben konnte. Immerhin war es mir durch Sex möglich, mich an Jeanie zu erinnern. Dagegen hatten meine Brüder eher ein Interesse daran, für ein paar Minuten alles zu vergessen, was sonst ihr Leben dominierte.

»Ich bin besser darin als Kim«, behauptete Mindy und streckte mir ihren üppigen Vorbau entgegen. Ihre Stimme klang tiefer, und ihre Nippel drückten gegen meine Handflächen. Es fühlte sich an, als hätte sie nicht einmal einen BH an.

»Ach ja?«, erwiderte ich und betrachtete ihren Mund. Ihre rasiermesserdünnen Lippen würden nicht annähernd so schön um meine Länge aussehen wie die von Kim. Aber auf einen Versuch wollte ich es ankommen lassen. Vor allem, wenn sie wusste, wie man die Zunge einsetzt.

»Ja«, antwortete Mindy. »Definitiv besser.«

Ich ließ von ihren Brüsten ab. »Okay, dann zeig mir, wie gut du bist.«

Sie sah zu den Jungs, die Kim beobachteten. Es war ihr anzumerken, wie sehr sie der Gedanke erregte und feucht werden ließ. Sie wusste sich nicht nur zu behaupten, sondern hatte offensichtlich auch eine perverse Seite. Und ich könnte ihr helfen, sie weiter auszuloten. »Hier?«, fragte sie.

»Du musst mir nichts beweisen. Fühl dich zu nichts gedrängt. Wenn du willst, kannst du mir hier einen blasen oder oben im Zimmer. Mir ist das egal. Allerdings kannst du hier unten allen zeigen, dass du viel besser als sie bist.« Ich drehte Mindy um, bis sie mit dem Rücken zu mir stand, und rieb meine Erektion an ihrem Hintern. Sie sollte wissen, wie sehr mich allein die Vorstellung erregte, hier, vor allen anderen, von ihr einen geblasen zu bekommen. »Und ich glaube, es macht dich an, wenn meine Brüder dich beobachten und sich wünschen, sie wären in deinem Mund. Oder anderswo in dir.«

Ihr Atem ging stoßweise, während sie über meine Worte nachdachte.

»Diese Idee gefällt dir, nicht wahr? Du willst, dass alle dich wollen.«

Ich hatte nicht vermutet, dass sie sich dazu hinreißen ließ. Doch sie drehte sich zu mir um, sank auf die Knie und knöpfte meine Jeans auf, um meinen Schwanz zu befreien. Spätestens, als sie ihn vor ihrem Mund positionierte, wurde mir klar, dass ich mich geirrt hatte. Die Kleine *konnte* mir einen blasen, während sie auf dem Boden kniete.

Als würde ihr Leben davon abhängen, nahm sie meine Härte in den Mund und zog eine regelrechte Show für meine Brüder ab. Sie stöhnte bei jedem Stoß und spielte mit meinen Eiern.

Es war unmöglich, tief zwischen ihren heißen Lippen zu versinken. Trotzdem versuchte sie, meine Länge, so weit es ging, in sich aufzunehmen. Sie war nicht so geschickt wie Kim, doch ich beschwerte mich nicht. Ich nahm ihren Mund, während meine Brüder zusahen, und verpasste uns allen eine gesunde Dosis der Sexualtherapie, die wir laut Sage so dringend brauchten.

Ich ließ zu, dass Mindy mich bis an den Rand der Erlösung brachte, bevor ich sie auf die Füße zog und nach oben in mein Zimmer führte. Ich zog sie komplett aus und fickte ihre großen Titten. Dann drehte ich sie um, streifte ein Kondom über und nahm sie von hinten.

Wie immer schloss ich die Augen und versuchte, mich in die Vergangenheit zu versetzen, mir einen anderen Körper vorzustellen, einen mit seidigen dunklen Locken, ein paar Sommersprossen, weichen, vollen Lippen und intelligenten grünen Augen. Die Erinnerungen entzogen sich mir, wirbelten in meinem Kopf herum wie Staubkörner und weigerten sich, ein Bild entstehen zu lassen. Fast verzweifelt versuchte ich, Jeanies Lächeln heraufzubeschwören.

Vergeblich.

Früher quälten mich die Erinnerungen an sie. Doch in den vergangenen Monaten waren diese Bruchstücke immer schwerer zu fassen. Mir wurde langsam klar, dass die wahre Qual nicht aus der Erinnerung bestand, sondern durch das Vergessen.

Es waren nur vier Jahre vergangen. Wie konnte ich die Frau vergessen, die ich so sehr liebte, die ich zu heiraten gedachte?

Die immerwährenden Schuldgefühle und die blanke Wut, die seit ihrem Tod treue Begleiter waren, stürzten auf mich ein. Ich fühlte mich wie ein Stück Scheiße. Wie das Arschloch, für das mich alle hielten.

Sage nannte es die *Schuld der Überlebenden*. Die Bezeichnung erschien mir zu unbedeutend für ein Ereignis dieser Art. Jeanies Tod hatte mich unwiderruflich verändert. Ich kam nicht darüber hinweg und wusste nicht, wie ich ohne sie leben sollte. Und es gab kein Zurück in diese so glückliche Zeit.

Inzwischen konnte ich mich kaum an das Gesicht der Frau erinnern, die einen anderen Mann aus mir gemacht hatte. Um mich zu erinnern, war ich gezwungen, mir Fotos anzusehen. Aber ich würde mich gern mit den Erinnerungen quälen, nur, um ihr Bild wieder in mein Gedächtnis zu brennen.

»Ja!«, rief Mindy und zog immer noch eine Show ab. Für wen? Für mich? Sie brauchte sich nicht dermaßen anzustrengen, denn hier ging es nicht um sie. »Härter! Fester!«

Ich war sauer auf mich selbst, auf meine verblassenden Erinnerungen und daher nur allzu bereit, Mindys Wunsch zu erfüllen. Immer härter und schneller stieß ich in sie und wünschte, ich könnte meine Trauer, meine Wut und alle schweren Gedanken wegvögeln. Ich wünschte, ich könnte mich in die Zeit mit Jeanie zurückversetzen. Oder zumindest in die Sekunde, in der meine Zukunft zerstört wurde. Wenn ich mit ihr gestorben wäre, würde ich zumindest neben ihr in unserem Grab liegen.

»Oh Gott, ich komme!«, schrie Mindy und holte mich zurück

in eine Welt, der ich entfliehen wollte. Meine Wut brandete erneut auf, und ich brauchte ein Ventil dafür. Wie von Sinnen vögelte ich sie durch ihren Orgasmus hindurch und zum nächsten.

»Ist es das, was du willst?«, fragte ich atemlos.

»Ja! Bitte, ja! Härter!«

Sie nahm alles, was ich ihr gab, und hatte im Gegenzug nicht viel anzubieten. Angesichts ihres kraftlosen Körpers vermisste ich umso mehr die Art, wie Jeanie mir entgegenkam. Wie sie ihren Rücken wölbte, ihre Beine um mich legte und meine Härte in sich aufnahm und pulsieren ließ. Sie wusste verdammt genau, wie sie bekam, was sie wollte, und achtete stets darauf, auch mir höchstes Vergnügen zu bereiten. Ich klammerte mich an diese Erinnerungen und versuchte, die langweilige Frau, die unter meinen Bewegungen stöhnte, einfach auszublenden.

Ich vögelte Mindy, bis mich mein Körper zwang aufzuhören. Schwer atmend und mit rasendem Puls ließ ich von ihr ab und ließ mich auf die Matratze sinken. Ich war erschöpft und fühlte mich leer. Beinahe hohl.

Nicht einmal harter Sex konnte die Erinnerungen an Jeanie zum Leben erwecken.

Mindy sackte keuchend neben mir zusammen. Angewidert von ihr, von mir selbst, von der Ungerechtigkeit der Welt, gab ich ihr einen Klaps auf den Hintern. »Zeit zu gehen«, sagte ich und ließ ihr keinen Spielraum für Interpretationen.

Sie stützte sich auf und starrte mich an. »Was?«

Offenbar brauchten wir beide einen Realitätscheck. »Es ist mir egal, wo du hingehst, aber du kannst nicht hierbleiben.«

Sie öffnete ihren Mund, brachte aber kein Wort heraus, sah mich nur irritiert an. In ihren dunklen Augen erkannte ich, wie verletzt sie war.

Hatte sie erwartet, dass wir kuscheln? Das würde nicht passieren. Sie musste verschwinden, damit ich mich meinem Freund *Jack Daniels* widmen konnte. Ich würde die ganze Flasche austrinken, in der Hoffnung, dass sie ausreichte, um mich zu betäuben. Beten, dass der Whiskey die Alpträume von Jeanies explodierendem AAV vertreiben würde.

Warum zum Teufel konnte ich mich an jedes Detail der Explosion erinnern, während das Gesicht, das ich jahrelang beinahe angebetet hatte, mir nur noch verschwommen erschien? Was war nur los mit mir?

Zu viel und auch nichts. Wie die nackte Frau in meinem Bett bewies.

»Aber ... ich habe dir einen geblasen. Vor allen Leuten«, versuchte sie, mich umzustimmen.

Ich rollte mich aus dem Bett, um das Kondom zu entsorgen, und nickte. »Und?«

Was wollte sie von mir? Eine verdammte Trophäe? So toll war sie nun wirklich nicht. Dachte sie, sie dürfte bleiben? Um meine innere Leere zu füllen? Ohne meine Erinnerungen war dieses hohle Gefühl alles, was mir von Jeanie geblieben war. Niemandem, vor allem keiner Frau wie ihr, würde ich gestatten, in meine Seele zu blicken.

Ich sammelte ihre Klamotten vom Boden auf und warf sie ihr zu. »Du wusstest, wie das läuft.« Ich wollte sie loswerden und nicht trösten, ihr aber auch nicht wehtun. Statt einfach abzuhauen, lag sie reglos auf meinem Bett und sah mich mit einem gequälten Gesichtsausdruck an. Damit zwang sie mich, mich wie das Arschloch zu benehmen, für das mich alle hielten. »Übrigens, an deinen oralen Fähigkeiten solltest du noch arbeiten. Kim kann das viel besser. Vielleicht gibt sie dir ein paar Tipps? Du könntest auch die Jungs da unten fragen. Ich bin mir sicher, dass sie bereit sind, dir etwas Nachhilfe zu geben.«

Ihre Nasenflügel blähten sich auf, und sie gab einen erstickten

Laut von sich. Eine Mischung aus Fauchen und Schluchzen. Ihr Gesicht wurde rot und fleckig und ihr Blick kalt.

Das war gut. Wenn ich sie wütend gemacht hatte, würde sie mich nie wieder anbaggern. Ihre eigene Wut würde sie vor mir beschützen.

Sie erhob sich vom Bett und zog ihre Bluse an. Ich hatte recht, die Vorzüge eines BHs schien sie nicht zu kennen. »Du bist wirklich ein riesengroßes Arschloch, weißt du das?«

»Ich habe nie das Gegenteil behauptet.«

»Schade, aber ich dachte, dass wenigstens ein *Funken* Anstand in dir stecken würde.« Sie schob ihre Füße in die Hosenbeine und hüpfte auf der Stelle, um sich hineinzuzwängen.

Was glaubte sie, was *Arschloch* bedeutet? Ziemlich sicher war es kein Synonym für *anständiger Mensch*. Ich zuckte mit den Schultern.

»Du bist auch nicht so wahnsinnig toll im Bett, wie du vielleicht denkst«, schnauzte sie mich an. »Ich bin nicht mal gekommen. Und du bist nicht annähernd so bestückt, wie alle sagen. Glaub bloß nicht, dass ich dich noch einmal ranlasse«, führte sie weiter aus. Dann stand sie einfach nur da und starrte mich mit großen Augen an.

Keine Ahnung, worauf sie noch wartete. Dass ich mich auf eine Diskussion mit ihr einlassen würde? Oder mich entschuldigen würde? Oder sie anflehen würde, wieder in mein Bett zu steigen? Musste ich noch mehr von meiner Arschloch-Seite raushängen lassen, damit sie endlich ging?

»Notiert«, erwiderte ich knapp.

Ihr Gesicht verfinsterte sich nur. »Fick dich, Eagle!«, schrie sie und schnappte sich ihre Schuhe. Dann stürmte sie aus meinem Zimmer und schlug die Tür hinter sich zu.

Erleichtert, endlich allein zu sein, goss ich mir den fünften Whiskey ein und setzte mich aufs Bett.

Wenn Sex nicht mehr half, um mich zu erinnern, wollte ich trinken, um zu vergessen.

2. KAPITEL

Naomi

Ich stand auf der Veranda meines niedlichen kleinen Ein-Zimmer-Miethauses und beobachtete, wie ein kandisapfelroter Acura in die Einfahrt fuhr. Das Fenster auf der Fahrerseite glitt hinunter und enthüllte eine dunkelhäutige, dunkelhaarige Schönheit, deren makelloses Make-up die Aufmerksamkeit auf hohe Wangenknochen, mandelförmige Augen und üppige rote Lippen lenkte. Lippen, die sie mit ihrem typischen *Ich-reiß-dir-ein-neues-Arschloch-auf*-Blick fest zusammenpresste.

Ich widerstand dem Drang, mich in mein Haus zu schleichen und zu tun, als wäre ich nicht da. Stattdessen schenkte ich meiner besten Freundin ein Lächeln. »Hey, Monie Love.«

Ich hatte Monica Johnson bei der Ausbildung kennengelernt. Schon am ersten Tag erklärte sie mir, dass wir beste Freundinnen werden würden, weil starke, schöne und intelligente Frauen zusammenhalten müssen. Ich war immer eher zurückhaltend gewesen, vor allem in der Nähe von Frauen. Monie war das Gegenteil. Sie war mutig und selbstbewusst, und sie bewegte sich auf dem schmalen Grat zwischen Übermut und Selbstvertrauen wie eine Olympiasiegerin, was mich sofort etwas neidisch werden ließ. In der Hoffnung, dass etwas von ihr auf mich abfärben könnte, hatte ich mich auf sie eingelassen.

Wir teilten uns ein Zimmer im Studentenwohnheim, hatten den großen Traum, Pilotinnen zu werden, und wir rissen uns beide den Arsch dafür auf, als müssten wir der ganzen Welt beweisen, dass wir alles schaffen können. Sie war während der gesamten Ausbildung meine Lernpartnerin gewesen.

Nachdem wir unserer Prüfungen bestanden hatten, feierten wir unseren Erfolg mit Karaoke und viel Alkohol. Das war der Abend, an dem ich Monica den Spitznamen *Monie Love* verpasst hatte, nach einer Frau, die in den Neunzigern mit Hip-Hop sehr erfolgreich war. Meine Freundin war loyal, witzig, brillant, zielstrebig und ließ sich von niemandem etwas gefallen. Auch nicht von mir. Dafür bewunderte ich sie.

Aber sie konnte auch ein wenig einschüchternd wirken.

»Sag nicht immer *Monie Love* zu mir. Oder willst du mich auf die Palme bringen? Und jetzt beweg deinen Arsch, Süße, sonst nehme ich dich bei unserem *Come-to-Jesus-Meeting* so richtig in die Zange.«

Ich hasste es, mich ihren bohrenden Fragen stellen zu müssen. Sie fand immer genau den Punkt, über den ich lieber nicht reden wollte. Es ging nicht darum, Fehler einzugestehen und sich dafür zu entschuldigen. Sie sorgte sich um mich und spürte, wenn mit mir etwas nicht stimmte. Ich hatte bereits einen leisen Verdacht, welches Thema sie ansprechen wollte, hatte jedoch keine Lust, darüber zu reden.

Seufzend fügte ich mich und ließ mich auf den Beifahrersitz gleiten. Ich klammerte mich an meinen Rucksack und bereitete mich auf den aufziehenden Sturm vor, der die ganze Autofahrt andauern konnte.

»Ist das alles?«, wollte sie wissen und deutete auf meine Tasche.

Wir würden ein langes Wochenende zusammen verbringen. Vermutlich hatte sie den ganzen Kofferraum vollgepackt, weil sie schon für ihr Make-up und die vielen Haarpflegeprodukte eine riesige Tasche benötigte. Ich dagegen kam mit leichtem Handgepäck aus. Alles, was nicht in meinen Rucksack passte, würde ich ohnehin nicht benötigen. Außerdem hatte ich im Hauptquartier des Motorradclubs meines Vaters ein Zimmer voll mit Kleidung und persönlichen Gegenständen. »Ich brauche nicht viel«, erwiderte ich.

Monica runzelte die Stirn. »Das liegt vermutlich daran, dass du schon genug Zeug mit dir rumschleppst.«

Ich hätte das Thema gern vermieden, wusste aber, dass sie mit ihren Andeutungen nicht aufhören würde, bis sie mir ihren Standpunkt klargemacht hatte. »Welches Zeug?«, fragte ich daher.

»Der ganze Kram, der dich dazu bringt, Leute wie Scheiße zu behandeln und dich wie eine Schlampe zu verhalten, mit der niemand arbeiten will. Sogar Lennox hat die Nase voll davon und um seine Versetzung gebeten. Weißt du das nicht?« Sie legte den Rückwärtsgang ein und fuhr aus der Einfahrt. Bevor sie sich auf die Straße konzentrierte, warf sie mir einen vorwurfsvollen Blick zu.

Natürlich hatte ich davon gehört, und es wunderte mich auch nicht, dass er meine Crew verlassen wollte. Travis Lennox war erst seit Kurzem dabei, aber kein blutiger Anfänger. Während unseres letzten Luftbetankungstrainings erstarrte er plötzlich vor Angst und konnte meine Befehle nicht ausführen. Das hat uns wertvolle Zeit gekostet, und wir wären beinahe durch die Prüfung gefallen. »Wahrscheinlich ist das besser so. Ich glaube nicht, dass er für den Job geeignet ist.«

»Nicht dafür geeignet? Du bist so ein Miststück. Lennox ist noch nicht lange dabei. Er braucht Zuspruch und Ermutigung. Stattdessen hast du ihn vor allen anderen runtergemacht. Er war schon nervös, bevor das Training überhaupt begonnen hat. Du kannst dein Team nicht dermaßen unter Druck setzen und dann erwarten, dass alle Höchstleistungen bringen.«

Doch, konnte ich. Wir hatten dauernd mit stressigen Situationen zu tun. Wenn ich meine Leute nicht im Training darauf vorbereiten würde, wäre es für die ganze Crew gefährlich. In meiner Truppe war kein Platz für Amateure. Vermutlich hatte ich dem Jungen einen Gefallen getan und ihm das Leben gerettet. »Die Sache wird demnächst noch viel nervenaufreibender, wenn wir über dem Meer auftanken. Einen Typ, der schon im Training versagt, können wir nicht gebrauchen.«

»Bullshit«, widersprach sie und bog in die Straße ein, die uns von der *Cannon Air Force Base* weg und zum Flughafen von Albuquerque, New Mexico, bringen würde. »Die erste Luftbetankung ist für jeden purer Stress. Tu nicht so, als wäre das für dich ein Kinderspiel gewesen. Ich erinnere mich noch genau an unser erstes Training.«

Vor nunmehr acht Jahren hatten wir unsere Flugausbildung absolviert. Manchmal kam es mir vor, als würde ich schon ewig fliegen, und war trotzdem nicht in der Lage, mein Wissen weiterzugeben. »Ich habe dauernd mit blutigen Anfängern zu tun, die dem Job nicht gewachsen sind. Kein Wunder, dass mich alle für ein Miststück halten.«

Monica rollte mit den Augen. »Sie werden in dein Team gesteckt, weil alle wissen, wie gut du in deinem Job bist. Wenn jemand sie ausbilden kann, dann du, Naomi. Du könntest jeden noch so untalentierten Rekruten aufbauen und kampftauglich machen. Doch du ziehst es vor, sie niederzumachen, bis sie sich fragen, was sie überhaupt bei uns zu suchen haben. Jetzt lass den Quatsch, und sag mir endlich, worum es hier wirklich geht.«

Ich war noch nie eine gute Lügnerin gewesen, und Monica konnte mich schon immer durchschauen. Selbst wenn ich selbst nicht wusste, was los war, erkannte sie sofort das Problem. Zumindest die Symptome. Ich überlegte einen Moment, was mich am meisten an meinem Job störte, bevor ich antwortete. »Jedes Mal, wenn sie mir eine neue Crew zuteilen, ziehen sie mich von den CSARs ab.« *Combat Search and Rescues* waren meine Leidenschaft. Bei den Einsätzen ging es darum, in feindliches Gebiet einzudringen, um Soldaten aufzunehmen. Das befriedigte mein kleines Adrenalinjunkie- und Möchtegern-Superhelden-Herz. Ich lebte für diese Art von Abenteuer und hasste es, Routinejobs zu erledigen. Als Ausbilderin zu arbeiten, empfand ich als Degradierung.

»Süße, du bist die *einzige* aktive Frau in der sechsundzwanzigsten Spezialtaktikstaffel. Du hast deinen Abschluss als Klassenbeste gemacht und sogar mich übertrumpft. Eigentlich bin ich dir immer noch böse deswegen, weil wir immer zusammen gelernt haben. Aber du bist die beste Hubschrauberpilotin, die ich je kennengerlernt habe. Und du weißt, dass du besser bist als die anderen in deiner Staffel. Du hast dir den Arsch aufgerissen, um das alles zu erreichen. Warum entspannst du dich nicht einfach mal und genießt den Status quo? Es tut dir nicht gut, immer im Arbeitsmodus zu sein.«

»Was habe ich denn erreicht?«, hakte ich nach. »Und was soll ich genießen? Ich muss immer mehr als hundert Prozent geben, um Respekt zu bekommen, darf aber auch nicht besser sein als die anderen, um sie nicht zu verprellen. Ich weiß genau, dass ich im Einsatz am besten funktioniere. Warum werde ich dann zurückbeordert, um den Babysitter zu spielen? Das ist eine schwachsinnige Entscheidung. Das weißt du so gut wie ich.«

Sie schnaubte. »Ich verstehe dich ja. Aber du solltest dran denken, dass nur vier Prozent aller Piloten der Air Force weiblich und nur zwei Prozent davon Kampfpiloten sind. Ich brauche dir wohl nicht zu sagen, wie viele davon schwarz *und* weiblich *und* Kampfpiloten sind. Egal, wie hart ich arbeite, egal, wie viele Belobigungen ich bekomme, irgendein Dummkopf wird mir immer unterstellen, dass sich die Quotenregelungen auch beim Militär eingeschlichen haben. Als wäre das der Grund dafür, dass ich in meinem Job gut bin und mir meinen Erfolg nicht hart erarbeiten musste. Als wäre eine starke, intelligente, schöne schwarze Frau nicht in der Lage, mit Technik umzugehen und Scheiße in die

Luft zu jagen. Trotzdem verstehe ich dich nicht. Wir wussten von Anfang an, was auf uns zukommen würde, und haben uns für Jobs entschieden, die verdammt schwierig sind. Die Air Force ist kein Kindergarten. Es gibt hier keinen regelmäßigen Mittagsschlaf oder jemanden, der uns den Arsch abwischt. Was hast du erwartet?«

Sie hatte recht, doch ich fühlte mich dadurch nicht besser. »Keine Ahnung. Ich dachte, dass es irgendwann einfacher wird. Dass mir nicht immer gesagt wird, was ich zu tun und zu lassen habe. Ich will einfach nur meinen Job so gut wie möglich machen und das tun, was ich am besten kann. Ist das so schwer zu verstehen?«

»Du machst es dir selbst schwerer als nötig. Und das sage ich nicht nur, weil du meine Freundin bist. Aber so darfst du nicht denken. Du kanntest die Regeln, als du dich zur Air Force gemeldet hast, und wusstest, dass es schwierig werden würde. Deshalb hast du es ja auch gemacht. Weil du die Herausforderung suchst. Den Nervenkitzel. Deshalb frage ich mich, warum du jetzt wie ein Weichei reagierst und dich über die Dominanz der Männer beschwerst. Wenn du das tust, gewinnt jedes einzelne frauenfeindliche Arschloch da draußen. Sie können uns als launische Miststücke bezeichnen und uns das Leben schwer machen. Wenn sie etwas mehr Toleranz hätten, würden sie erkennen, dass unsere Körper für diese Art von Job viel besser geeignet sind. Uns Frauen gehört der Himmel. Und wenn sie uns als Schlampen bezeichnen, sollten wir stolz darauf sein.«

Monica schaffte es immer wieder, mir den Kopf zurechtrücken, meine Sicht auf die Dinge zu korrigieren. Deshalb liebte ich sie auch so sehr. Obwohl ihre Worte schwer zu verkraften waren, brachten sie mich zum Nachdenken.

»Aber das weißt du ja alles selbst am besten. Trotzdem werde ich nie verstehen, warum du mit einem Stock im Arsch durch die

Basis marschierst. Du hast alles erreicht, was du dir vorgenommen hattest. Wem musst du etwas beweisen, Nae?«

Das war eine ausgezeichnete Frage mit mehreren möglichen Antworten. Vielleicht ging es mir darum, allen zu zeigen, dass ich ehrgeizig meine Ziele verfolgte und nicht einfach alles hinschmiss, wie meine Mutter es getan hatte. Oder meinem Vater Jacob ›Jake‹ Lincoln zu imponieren, dem Veteranen der *Army Special Forces* sowie Gründer und Präsident des knallharten Motorradclubs, mit dem ich aufgewachsen war. Vielleicht wollte ich mir unbedingt selbst beweisen, dass ich meinem Bruder Tyler ›Link‹ Lincoln, der ebenfalls ein Veteran der Army *Special Forces* war und bald die Leitung des Clubs von unserem Vater übernehmen würde, in nichts nachstand.

All dies war nur die halbe Wahrheit. Ich war Enkelin, Tochter und Schwester von Soldaten und demnach Disziplin und Gehorsam gewohnt. Damit kam ich gut klar. Es war etwas anderes, was mich irritierte. Etwas, das noch unerreichbarer war als Selbstwertgefühl, das bei mir nicht sehr ausgeprägt war.

»Hast du gehört, dass wieder eine Frau für den Q-Kurs bei den *Green Berets* zugelassen wurde?«, fragte ich. Dieser Kurs war ein wichtiger Teil der Ausbildung von Spezialkräften der Armee, und schon bei der Qualifizierung, dem sogenannten Q-Kurs, fielen die meisten Bewerber durch. Bis vor wenigen Jahren waren Frauen von der Teilnahme ausgeschlossen.

Ich erinnere mich noch gut an eine Situation mit meinem Vater, als ich noch sehr klein war. Er kam nach einem Einsatz nach Hause. Ich saß auf seinem Schoß und sagte ihm, dass ich später auch ein *Green Beret* werden wollte, genau wie er. Er lachte, strich mir die Haare aus dem Gesicht und erklärte mir, dass das unmöglich sei. Mädchen durften keine *Green Berets* werden. Zum ersten Mal in meinem Leben fühlte ich mich ausgeschlossen. Ich hatte keine Chance, das Erbe meines Vaters und Großvaters anzutreten. Deshalb beschloss ich, meinen eigenen Weg zu gehen und verdammt hart für meine Ziele zu kämpfen. Es ging also nicht darum, jemandem etwas zu beweisen, sondern etwas zu erreichen, was kaum eine Frau vor mir geschafft hatte.

»Wahnsinn! Wie hat sie sich geschlagen?«, fragte Monica.

»Durchgefallen.«

»Verdammt.«

Ich hatte mich immer gefragt, wie ich im Q-Kurs abschneiden würde. Mein Vater und mein Bruder hatten ihn bestanden. Würde ich es auch schaffen können? Ich hatte mir den Arsch aufgerissen, um dort hinzukommen, wo ich jetzt war. Doch ohne diese eine Bewährungsprobe hatte ich das Gefühl, noch nicht wirklich bewiesen zu haben, was in mir steckte. Ich würde meinen Ansprüchen nie gerecht werden, solange ich als Frau gezwungen war, einen anderen Maßstab anzulegen. Dabei ging es mir nicht darum, eine *Green Beret* sein zu wollen. Diesen Kindheitswunsch hatte ich längst begraben. Ich störte mich nur daran, nicht die gleichen beruflichen Chancen wir ein Mann zu haben.

Das betraf auch die Mitgliedschaft in dem Motorradclub, den mein Vater gegründet hatte und den mein Bruder bald als Prez führen sollte. Es spielte keine Rolle, dass auch ich irgendwann ein Veteran war und Motorräder fahren und reparieren konnte. Ich hatte keinen Penis. Daher konnte ich nur Mitglied des Clubs werden, wenn mich einer der Biker heiraten würde. Dann dürfte ich den schönen Titel *Old Lady* tragen.

Scheiß drauf.

Ich wollte keinen Penis, aber eine Frau zu sein, bedeutete immer noch, von vielen Chancen ausgesperrt zu sein.

»Die kleine Auszeit wird dir guttun«, kündigte Monica an. »Nimm den Stock aus deinem Arsch, verwandele ihn in eine Flagge, und lass sie wehen. Du wirst gleich von netten Bikern umgeben sein, richtig? Dein Einsatzbefehl lautet: einen besonderen Leckerbissen aufreißen und ihn genießen. Es sei denn, du willst lieber weiterhin das Weichei spielen und dich nicht amüsieren. Mach einfach, was ich dir sage.« Sie zwinkerte mir zu und grinste breit.

Dass sie nicht auf unser Kantinenessen anspielte, sondern auf mein nicht vorhandenes Liebesleben, war mir klar. Trotzdem konnte ich mir ein Lachen nicht verkneifen. Monica hatte die Gabe, mich davon abzuhalten, alles viel zu ernst zu nehmen. Sie war mein Rettungsanker, ein Diamant. Mein Fels.

»Ich meine es ernst. Wann hattest du das letzte Mal Sex?«

Ich dachte nach, konnte mich aber nicht erinnern. Die meisten Männer auf der Basis waren gute Kerle – nicht die frauenfeindlichen Arschlöcher, für die ich sie hielt, wenn ich frustriert war. Aber es wurde immer viel getratscht, und ich wollte nicht Thema der Gerüchteküche werden. Das war vorprogrammiert, wenn ich auch nur einmal mit einem meiner Kollegen ausgehen würde. Denn Männer konnten schlafen, mit wem sie wollten, und bekamen keinen Ärger. Aber wenn sich eine Frau auf der Basis auf eine Affäre einließ, galt sie sofort als Schlampe. Darunter litt ihre Karriere, und niemand nahm sie mehr ernst. Das war kein Preis, den ich für ein bisschen Sex zu zahlen bereit war.

»Antworte bloß nicht«, rief Monica. »Die Art und Weise, wie du deinen Hintern zusammenkneifst, sagt mir schon genug.«

»Ich kneife meinen Hintern nicht zusammen«, erwiderte ich empört.

»Klar doch, Sista. Wie auch immer. Du musst jemanden finden, der weiß, wie er diese Anspannung aus dir herausbekommt. Aus diesem Grund fliege ich übers Wochenende nach Hause.«

Ich war in Seattle, Washington, aufgewachsen. Monica stammte aus dem pazifischen Nordwesten, aus Portland, Oregon. »Du nimmst einen sehr weiten Weg auf dich, um Sex zu haben«, bemerkte ich. »Außerdem dachte ich, du wolltest wegen der Abschlussfeier deiner Schwester nach Hause fliegen.«

»Glaub mir, Süße, mein Spielgefährte Bo ist jede Flugmeile wert. Niemand interessiert sich für den Highschool-Abschluss. Das war nur ein Vorwand. Sobald ich gelandet bin, wird mir Bo alles geben, was ich brauche. Dieser Mann weiß, wie er mit einer Göttin wie mir umzugehen hat, und verehrt mich und meinen Körper. Das mit uns ist nichts Ernstes, aber er erinnert mich immer daran, dass ich eine begehrenswerte Frau mit körperlichen Bedürfnissen bin, obwohl ich im Job meinen Mann stehe. Und genau so einen Mann brauchst du auch. Einen starken, sexy Kerl, der dich vernascht wie ein Diabetiker eine Schüssel Eiscreme. Glaub mir, das wird dein Leben verändern.«

Monicas machte mich wahnsinnig. Ich warf lachend den Kopf zurück und beschloss, dass sie recht hatte. Ich musste unbedingt flachgelegt werden. Allerdings nicht von jemandem aus Dads Club. Bisher hatte ich kein Interesse an einem Mitglied der *Dead Presidents*. Sie waren alle älter als ich, und die meisten von ihnen kannte ich schon seit meiner Kindheit. Ich würde definitiv nicht einen dieser vertrockneten alten Säcke an mich ranlassen.

Als ich das letzte Mal mit Link telefonierte, erzählte er mir, dass er jüngere Leute rekrutieren wollte. Einige der alten Hasen planten, in den Ruhestand zu gehen, sobald Grandpa sein Amt niederlegen würde. Ich kannte die Regeln und wusste, dass Veteranen nicht nur ausgelaugte alte Männer waren. Vielleicht hätte ich meinen Bruder bitten sollen, mir Fotos von den *Prospects* zu schicken. Unser Gespräch wäre dann sicherlich etwas lustiger verlaufen. Allerdings hätte er dann genug Zeit gehabt, mir einen Keuschheitsgürtel zu besorgen, den er mir anlegen würde, sobald ich im Club auftauche.

»Du denkst über meinen Rat nach«, stellte Monica lächelnd

fest. »Es ist so aufregend. Ich lasse mich von Bo vernaschen, und du wirst an diesem Wochenende göttlichen Sex haben und dich verdammt noch mal entspannen. Und wenn du es dir nicht richtig besorgen lässt, werde ich dich umbringen müssen, Süße.«

»Okay«, erwiderte ich grinsend. »Aber warum redest du dauernd von *Häppchen*? Wenn ich Sex habe, dann will ich nicht nur einen Bissen, sondern die ganze verdammte Salami.«

Sie lachte und hielt mir ihre Faust hin, und ich stieß mit meiner dagegen. »Genau darum geht es, Süße. Und mach dir Notizen. Ich will jedes noch so kleine Detail wissen.«

Nach einer dreistündigen Fahrt und einem vierstündigen Flug landete ich in Seattle. Sobald die Räder den Boden berührten, schickte ich Link eine Nachricht und teilte ihm mit, dass ich gelandet war. Er antwortete mir sofort, dass mich ein *Prospect* namens Eagle abholen würde.

Leicht verärgert darüber, dass sich mein toller Bruder nicht die Zeit nehmen konnte, mich selbst abzuholen, dachte ich an Monicas Ratschlag. Die *Prospects* waren definitiv jünger als die Veteranen, mit denen Dad den Club gegründet hatte. Vielleicht bot mir dieser Eagle die Gelegenheit, Monicas Einschätzung der Bedürfnisse meines Körpers zu bestätigen. Entschlossen, mich zu entspannen und in ein paar Tagen meine sexuell erfahrene Freundin mit detaillierten Berichten zu inspirieren, schulterte ich meinen Rucksack und ging eilig zum vereinbarten Treffpunkt.

Der Himmel war bewölkt. Trotzdem war es ein angenehm warmer Junitag. Ich scannte den Parkplatz und blieb an einer mattschwarzen *Street Glide* hängen. Ein Typ saß auf der Harley, die vor dem großen *Welcome-to-Alaska*-Schild parkte, genau wie Link geschrieben hatte. Er war groß, gut gebaut und trug die typische Bikerkluft der *Dead Presidents*: dunkle Jeans, derbe Stiefel und unter der Kutte ein kurzärmeliges T-Shirt, das mir einen Blick auf seine muskulösen, tätowierten Arme gewährte. Unter seinem Helm schaute ein dunkler Zopf hervor. Allerdings konnte ich nicht viel von seinem Gesicht erkennen, das hinter einem getönten Schild und einem Tuch über Mund und Nase verborgen war.

Während ich mich ihm näherte, überlegte ich, was Monica in dieser Situation getan hätte. Soziale Kontakte zu knüpfen, war nicht gerade eine meiner Stärken. Ich entschied mich, ihn möglichst unbefangen zu begrüßen und abzuwarten, was sich ergeben würde.

»Eagle?«, fragte ich, sobald ich vor ihm stand.

Er klappte das Schild nach oben und enthüllte kräftige Brauen über geheimnisvollen Augen, die fast so dunkel waren wie sein Helm. »Naomi?« Er betrachtete mich mit einem Blick, der nicht uninteressiert wirkte. Sofort verzieh ich meinem Bruder, dass er mich nicht selbst abgeholt, sondern diesen sexy Biker geschickt hatte.

Ich schulterte meinen Rucksack und nickte.

Er hielt mir einen zweiten Helm hin. »Steig auf.«

Ich beäugte den Helm und die verdammt kleine Sitzfläche hinter ihm und überlegte, wie ich die Sache angehen sollte. Es war lange her, seit ich mit jemandem geflirtet hatte, und ich war nicht besonders talentiert. Also beschloss ich, ich selbst zu sein und so mit ihm umzugehen, wie ich es früher mit allen *Prospects* getan hatte. »Netter Versuch. Aber ich gehöre nicht zu den Schlampen, die einfach irgendwo draufsteigen.«

In Eagles Augen blitzte etwas Schelmisches auf. Er zog sein Tuch runter, sodass ich auch die untere Hälfte seines Gesichts sehen konnte. Der Anblick raubte mir den Atem, und ich starrte ihn an. Dieser Typ war nicht nur gut aussehend, sondern verdammt heiß. Sein Bart war kräftig und gepflegt und brachte seinen einladenden Mund herrlich zur Geltung.

»Jetzt weiß ich, warum dich dein Bruder nicht selbst abholen wollte«, bemerkte er grinsend.

Der Kerl hatte offensichtlich auch noch Sinn für Humor. Angenehm überrascht erwiderte ich sein Grinsen. »Du lernst schnell, *Prospect*. Link ist ein harter Kerl. Keine Frage. Aber ich weiß, wie ich mit ihm umgehen muss.«

»Nicht mein Problem. Ich habe nur einen Job zu erledigen. Was muss ich tun, damit du deinen Arsch auf dieses Motorrad setzt? Oder hast du genug Mumm, selbst zu fahren?«

In seinem Blick lag die Art von Herausforderung, die ich nur ungern ablehnen wollte. Mit diesem Kerl würde ich noch viel Spaß haben.

»Du kannst deine Eier behalten. Diese haarigen kleinen Dinger haben mir nie viel bedeutet. Aber ich könnte dir beibringen, wie man deinen Schlitten richtig benutzt.« Ich hatte nicht die Absicht, die Harley zu fahren. Ja, ich war eine starke, unabhängige Frau, aber ich mochte es, wenn mein männliches Gegenüber noch stärker war. Eagle war ein Typ, der nicht nur heiß war. Einer wie er forderte mich geradezu heraus, ihn zu provozieren, um zu sehen, was in ihm steckte. »Wie wär's, wenn *du* fährst, und ich sage dir anschließend, wie man's besser macht?«

Er schnaubte. »Du musst jemandem den Sack geklaut haben, so wie du redest. Vertrau mir, Babe. Ich weiß, wie man eine Harley fährt. Und ich lasse auch nicht jedes x-beliebige Weibsstück aufsitzen.«

»Babe?«, spottete ich. »Nicht sehr originell. Das kannst du sicher besser.«

Seine Augen lachten mich an. »Okay, *Sweetheart*, schwing

deinen sexy Arsch auf dieses gottverdammte Motorrad, und lass mich meinen Job erledigen.«

»*Sweetheart*? Jetzt machst du dich lächerlich.« Und fordernd war er auch, wie ich feststellen musste. Eigentlich hätte mich so ein Verhalten wütend gemacht. Doch bei ihm war das anders. Ich genoss unser Geplänkel und stellte mir vor, wie dominant er sich mit mir im Bett verhalten würde. Wie gern hätte ich nachgegeben und mich hinter ihn auf sein Bike gesetzt. Nur, um herauszufinden, ob sich sein Körper so gut anfühlte, wie er aussah. Ich betrachtete die Tätowierung, die unter seinem Ärmel hervorlugte. Eine Weltkugel mit einem Anker im Hintergrund. »Du warst ein Marine?«

Er nickte. »Ja, Ma'am.«

Natürlich. Ich hätte es wissen müssen. Nur Marines hatten diese Wirkung auf mich, die allgemein als sexuelle Erregung bezeichnet wurde. Viele Soldaten sahen gut aus, aber ein großer, starker, dominanter Marine brachte mich am ehesten dazu, die Beine breit zu machen und meine feministische Ader für ein paar Stunden zu verdrängen. Ich hatte meine Jungfräulichkeit an einen Marine verloren, und alles an Eagle erinnerte mich daran, warum das so war.

»Respekt. Alle Ex-Marines können Harleys fahren«, sagte ich grinsend, schwang mich auf den Sozius und nahm ihm den Ersatzhelm ab. Mit geübten Griffen setzte ich ihn auf, legte meine Arme um seine Taille und wartete ungeduldig, dass er endlich Gas gab.

Es gab fast nichts Schöneres auf der Welt, als die Vibrationen eines starken Motors zwischen den Beinen zu spüren. Vor allem, wenn man erregt war, so wie ich aktuell. Noch viel schöner war, dass ich mich dabei gegen eine Wand aus Muskeln lehnen durfte.

Die Maschine dröhnte unter mir und versetzte alles, was mich biologisch betrachtet als Frau definierte, in Schwingungen. Eagles

Bauchmuskeln, die sich unter meinen Händen anspannten, trugen ihr Übriges zu meinem Zustand bei. Ich atmete den Ledergeruch seiner Kutte ein und fragte mich wieder, was Monica in dieser Situation tun würde.

War das auf dem Parkplatz so was wie ein Flirt? Hätte ich ihm deutlicher zeigen sollen, dass ich Interesse hatte? Sollte ich meine Hand in seine Hose stecken, während wir an der Ampel warteten? Das wäre zu dreist, oder? Ich hatte keine Ahnung, was er von mir dachte. Ich wusste nur, dass ich die feste Absicht hatte, diesen sexy und dominanten Marine in mein Bett zu bekommen.

Herausforderung angenommen, Monie Love.
Meine Flagge habe ich bereits gesetzt.

3. KAPITEL

Eagle

Obwohl ... *oder gerade* weil Links Schwester für alle Jungs im Club tabu war, gab es diverse Gerüchte über sie. Doch keines davon wurde ihr auch nur annähernd gerecht. Sie war groß, etwa eins achtundsiebzig, muskulös, aber kurvenreich. Sie trug schwarze Jeans, Stiefel und ein enges Tanktop im Harley-Look, ihr langes blondes Haar war glatt und ihr Make-up dezent. Mit den zarten Tattoos auf dem linken Arm wirkte sie wie der feuchte Traum eines jeden Bikers. Alle beobachteten sie, doch sie schenkte ihnen keine Aufmerksamkeit. Stattdessen hatte sie mich im Visier und kam, ohne zu zögern, auf mich zu.

Das war eine Frau, die etwas zustande brachte. Offensichtlich war sie es gewohnt, dass man auf sie hörte und sie respektierte. Ich wusste, dass sie bei der Air Force war. Ihrem Verhalten nach zu urteilen, im Rang eines Offiziers. Ungeachtet dessen juckte es mich in den Fingern, sie über meine Schulter zu werfen und ihr deutlich zu vermitteln, wer hier das Sagen hat. Ich erkannte schon an ihrer Körperhaltung, dass es nicht leicht werden würde, sie auf mein Motorrad zu bekommen, um meinen Auftrag zu erfüllen.

Ob Soldat oder Polizist, niemand außer mir fuhr meine Harley. Dennoch hatte ich eine hohe Meinung von Frauen, die sich behaupten konnten. Und diese hier war ein Paradebeispiel dafür. Man sagte über mich, dass ich einschüchternd wirke. Doch sie hielt meinem Blick stand, taxierte und testete mich. Ich fragte mich, wie sie wohl im Bett sein würde. Ebenso herausfordernd und unbändig? Vermutlich wäre sie so dominant, dass ich sie in ihre Schranken weisen müsste. Vielleicht würde sie sogar gegen mich ankämpfen. Das könnte lustig werden.

Allein bei dem Gedanken daran wurde meine Jeans unangenehm eng. Ich richtete meine wachsende Erektion. Sie beobachtete mich dabei mit sichtlichem Interesse.

Schade, dass sie Links Schwester war. Bevor ich mich auf den Weg zum Flughafen begab, hatte er mich noch einmal daran erinnert, die Finger von Naomi zu lassen. Offenbar hatte er nur mir diese Anweisungen gegeben, nicht ihr.

Schließlich gab sie nach und stieg hinter mir auf. Sie drückte ihre großen Titten gegen meinen Rücken und legte ihre Hände auf meinen Bauch. Sie hielt mich fester als nötig, und ihr süßer Duft benebelte mir die Sinne, bevor ich die Gelegenheit hatte, meine Gesichtsmaske über Mund und Nase zu ziehen. Damit konnte ich ihren berauschenden Duft, zumindest für eine Weile, bewahren.

Ihre Hände wanderten von meinem Bauch tiefer hinunter. Sie lenkte mich ab, und ich fuhr schneller, als ich eigentlich wollte. Das hatte zur Folge, dass sie sich noch enger an mich drückte. Es fiel mir zunehmend schwer, mich auf die Straße zu konzentrieren. Sobald wir den Highway verlassen hatten, wurde der Verkehr dichter, sodass wir für die zwanzig Kilometer vom Flughafen bis zur Feuerwache fast eine Stunde benötigten. Eine Stunde mit einer sexy Frau, die ihren kurvenreichen Körper an mich presste und ihre Hände nicht still halten konnte. Hätte sie sie nur noch ein paar Zentimeter weiter nach unten gleiten lassen, hätte sie gespürt, wie interessant ich sie fand. Als wir unser Ziel erreichten, war meine Jeans definitiv zu eng geworden, und ich brauchte dringend eine kalte Dusche.

Ohne auf meine helfende Hand zu warten, schwang sich Naomi von der Harley und nahm ihren Helm ab. Ihr Haar war vom Wind zerzaust, ihre großen braunen Augen leuchteten, und ihre Wangen waren rosig. Sie sah aus, als wäre sie soeben gevögelt worden. Ich umklammerte den Lenker, um nicht nach ihr zu greifen und sie auf meinen Schoß zu ziehen. Wenn ihr ihr Grinsen richtig deutete, wusste sie genau, welche Wirkung sie auf mich hatte. Zweifellos steckte in jeder Geste, jedem Blick und jedem Wort eine gewisse Absicht. Allerdings war mir nicht klar, ob sie mich verarschen wollte oder wirklich interessiert war.

»Danke fürs Mitnehmen, Marine«, säuselte sie und gab mir den Helm zurück. »Ich sollte mich bei dir mit einem Drink bedanken.«

Die Aussicht war verlockend, aber auch gefährlich. Um nicht wie jemand zu klingen, der jedes Angebot annahm, nickte ich nur unverbindlich und parkte die Harley. »Wie lange bleibst du?« Ich hätte nicht fragen sollen, es hätte mich nicht interessieren sollen, aber ich konnte mich nicht zurückhalten.

»Am Montag geht's zurück.«

Es war Donnerstagabend, und ich sollte mich bis dahin lieber von ihr fernhalten. Leichter gesagt als getan, denn Links Amts-übernahme würde Freitagmittag stattfinden. Daher würde an dieser Frau kein Weg vorbeiführen. So verlockend sie auch war, ich hoffte inständig, dass sie ein anderes Spielzeug fand und mich verdammt noch mal in Ruhe ließ.

Ich begleitete Naomi in die Feuerwache. Einige *Prospects* trafen zusammen mit den Old Ladys, den Frauen der *Dead Presidents*, die letzten Vorbereitungen für die morgen stattfindenden Feierlichkeiten. Sobald sie uns sahen, unterbrachen sie ihre Arbeit. Die Frauen eilten herbei und begrüßten Naomi. Jake kam mit seiner Frau Margo aus der Küche und kam freudestrahlend auf uns zu.

»*Slugger*! Schön, dass du da bist«, rief Jake und umfasste das Gesicht seiner Tochter, als wäre sie ein kleines Kind.

»*Slugger*?«, fragte ich überrascht. Mein Vater hatte meine Schwester nur Prinzessin oder Schätzchen genannt.

Jake grinste. »Ja. In ihrem ersten Jahr beim T-Ball sagte einer der Jungs in ihrem Team zu ihr, sie schlage wie ein Mädchen. Naomi marschierte sofort nach Hause zu ihrem Bruder und hat ihn immer wieder drangsaliert, ihr die Schlagtechniken beizubringen, bis sie es draufhatte. Im ersten Spiel der Saison schlug sie einen Ball genau zwischen die Augen vom dritten Baseman.«

»Dad«, sagte Naomi und sah ihn vorwurfsvoll an. »Immer diese Geschichte. Ich hätte ihn nicht erwischt, wenn er seinen Handschuh hochgehalten hätte. Und ich habe Link nicht drangsaliert, sondern ihn ermutigt, mir zu helfen. Mit Überzeugungskraft.«

»Erpresst trifft es wohl eher«, mischte sich Link ein, nahm seine Schwester in den Arm und küsste ihre Stirn. »Hey, Kleines.«

Naomi rollte mit den Augen. »Schlimmere Spitznamen sind euch wohl nicht eingefallen?«

Jake stieß mich mit dem Ellenbogen an. »Noch so eine Geschichte. Wir nennen sie so, seit sie sich für Jungs interessiert hat.« Mit stolz geschwellter Brust küsste er ihre Wange. »Aber jetzt steht sie eher auf echte Kerle.«

»Hör auf, so über deine Tochter zu reden. Immerhin steht sie direkt vor dir«, schimpfte Margo und schob Jake aus dem Weg, um seine Tochter zu umarmen. »Du weißt, wie sehr sie das hasst. Willkommen zu Hause, Naomi. Dein Vater hat Rippchen im Ofen, und ich habe Käsemakkaroni gemacht. Ich hoffe, du bist hungrig.«

Ich kannte Jake und Margo seit zwei Monaten. Soweit ich das beurteilen konnte, waren sie zuverlässig, vertrauenswürdig, gute Menschen, die etwas bewirken wollten. Jake war noch frisch verheiratet. Ohne seine Frau tauchte er nur bei unseren wöchentlichen Clubtreffen auf. Er wollte seinen Job als Präsident des Clubs an seinen Sohn übergeben, um mehr Zeit mit Margo zu verbringen und vielleicht sogar die Welt zu bereisen. Er war ein Veteran, der für den Dienst gelebt und sich danach ganz dem

Club gewidmet hatte. Er hatte mehr durchgemacht, als ein Mann ertragen konnte. Jetzt wollte er kürzertreten und seinen Ruhestand genießen. Ich war stolz und glücklich, bald ein ordentliches Mitglied des Clubs zu werden und sein Vermächtnis fortsetzen zu dürfen.

»Ich bin sogar sehr hungrig«, antwortete Naomi. »Seit dem Frühstück habe ich nichts mehr gegessen, weil ich gehofft hatte, du würdest kochen.«

»Oh, Süße. Es ist so schön, dass du da bist«, freute sich Margo. »Es gibt hier viel zu viel Testosteron.«

»Was soll das denn heißen?«, wollte Link wissen und tat beleidigt. »Magst du Naomi mehr als mich?«

»Ich meine das, was ich gesagt habe«, erwiderte sie und schenkte ihm ein warmherziges Lächeln, bevor sie mich ebenso herzlich ansah. »Danke, dass du Naomi abgeholt hast, sonst wäre ich in der Küche nicht fertig geworden. Möchtest du mit uns zu Abend essen?«

Naomi beobachtete mich und war so sehr an meiner Antwort interessiert, dass ich mich unter ihrem Blick etwas unwohl fühlte. Ich wollte nicht unhöflich sein und Margos Einladung ablehnen. Sie war immer so nett zu mir. Doch ich wollte auch nicht den Versuchungen ihrer Stieftochter erliegen. Je weniger Zeit ich mit Links Schwester verbrachte, die im Übrigen für mich tabu war, desto besser. »Danke für die Einladung. Ich muss leider absagen. Morgen ist ein anstrengender Tag, und Link hält sicher noch einige Aufgaben für mich bereit.« Ich schaute zu meinem künftigen Präsidenten und hoffte, er würde den Wink verstehen und mich wegschicken.

Doch er schüttelte den Kopf. »Alles gut, Bruder. Iss mit uns. Eigentlich wäre es schön, wenn alle, die uns geholfen haben, mit uns essen würden.« Er sah in die Runde. »Nae? Kennst du schon Havoc? Er war mein Waffenspezialist.«

Naomi streckte ihre Hand dem großen schwarzen *Prospect* entgegen. Er ignorierte ihre Hand und zog sie stattdessen in seine Arme. »Als Schwester von Link gehörst du zur Familie«, bemerkte er grinsend.

Ich wusste, dass die Geste freundlich gemeint war. Trotzdem wurde ich etwas nervös, weil mich ein seltsames Gefühl beschlich, bei dem es sich nur um Eifersucht handeln konnte. Das irritierte mich, weil ich nie dazu geneigt hatte. Nicht einmal, als ich mich in Jeanie verliebt hatte. Deshalb konnte ich mir beim besten Willen nicht erklären, warum ich eifersüchtig auf Havoc war, der eine Frau an sich drückte, die ich eigentlich meiden wollte.

Nach der ausgedehnten Vorstellungsrunde, die alle im Club Anwesenden einschloss, gingen wir in den Gemeinschaftsraum, in dem es eine große Tafel gab, die Platz für alle bot. Naomi saß zwischen ihrem Vater und ihrem Bruder an einer der Längsseiten. Havoc nahm ihr gegenüber Platz, was mich verdammt irritierte. Frustriert und darüber nachdenkend, wie ich die beiden voneinander fernhalten sollte, setzte ich mich ganz ans Ende des Tisches, so weit weg von ihnen wie möglich.

»Naomi«, sagte Wasp, der neben Havoc saß. »Link hat erzählt, du bist bei der Air Force. Wie gefällt es dir dort?«

»Ich mag meinen Job. Vor allem die CSAR-Einsätze. Was ich wirklich verabscheue, sind die politischen Entscheidungen.«

Ich kannte natürlich die Abkürzung für *Combat Search and Rescues* und mischte mich in das Gespräch ein. »CSAR? Gehörst du zur Flugbesatzung?«, fragte ich, obwohl ich nicht allzu interessiert erscheinen wollte. Aber die Frage war mir einfach rausgerutscht, obwohl ich normalerweise nicht sehr gesprächig war.

»Sie ist Hubschrauberpilotin«, erklärte Jake stolz und schaufelte sich eine Portion Makkaroni auf den Teller. »Die einzige Pilotin in ihrem Team.«

»Du bist eine *Pedro*?«, staunte Havoc und wischte sich den

Mund ab. »Respekt.«

Ich konnte verstehen, warum er so reagierte. *Pedro* war der Spitzname für Hubschrauberpiloten der Air Force, die CSAR-Einsätze flogen. Der Name war aufgrund der Bezeichnung der Helikopter entstanden. Soweit ich wusste, besaß die Air Force nur etwa hundert Hubschrauber im Vergleich zu den Tausenden bei der Army. Daher war es etwas Besonderes, eine *Pedro* bei der Luftwaffe zu sein. Wer einen Platz in einem der Hubschrauber bekam, gehörte zu den Besten der Besten. Naomi Lincoln musste aus ziemlich hartem Holz geschnitzt sein, wenn sie einen solchen Job ergattern konnte.

»Ich habe ihr immer geraten, zur Army zu gehen«, sagte Link.

»Ja, deine Ratschläge waren super hilfreich«, erwiderte Naomi und lachte.

»Wenn du Hubschrauber fliegen willst, geh zur Army. Wenn du Jets fliegen willst, geh zur Navy. Wenn du das verdammte Spaceshuttle fliegen willst, musst du zur Air Force, und wenn du etwas in die Luft jagen willst, bist du bei den Marines richtig. Und wer nicht schwimmen kann, dem empfehle ich die Küstenwache«, erklärte Link. »Das sind doch verdammt gute Tipps«, fügte er grinsend hinzu.

Es war üblich, dass die verschiedenen Zweige des Militärs übereinander spotteten, und da es im Club derzeit keine Veteranen der Küstenwache gab, bekam sie besonders viel ab.

»Verdammt gut«, stimmte Jake zu. »Aber ich wünschte, du hättest dir einen weniger gefährlichen Job ausgesucht, *Slugger*. Man sollte meinen, dass du dein Leben noch etwas genießen willst, nachdem du mit einem Haufen abgefuckter Soldaten aufgewachsen bist.«

Sie lächelte ihn an. »Dad, ich bin mit den besten Männern der Welt groß geworden. Warum sollte ich nicht in ihre Fußstapfen treten wollen?«

Er schüttelte den Kopf, aber sein Blick war voller Stolz.

»Warum hast du dich ausgerechnet für die Air Force entschieden?«, wollte Havoc wissen.

»Die Bedingungen und auch die Bezahlung sind besser als bei den anderen Einheiten. Klügere Leute. Außerdem bin ich nicht wild genug für die Army.« Naomi stieß ihren Bruder mit dem Ellenbogen an.

»Sie mag es, Dinge zu tun, die als unmöglich gelten«, fügte Link hinzu.

»Woher ich das wohl habe, hm?«, bemerkte sie und warf ihrem Bruder und ihrem Vater einen amüsierten Blick zu.

Link hob abwehrend die Hände und deutete dann auf Jake, der jegliche Schuld leugnete. Er stritt noch alles ab, als Margo ihn einen unverfrorenen Lügner nannte.

»Was ist mit dir, Eagle?«, fragte Naomi. Es überraschte mich, dass sie nicht weiter mit meinen Brüdern plaudern wollte, die offensichtlich Gefallen daran hatten. »Du warst bei den Marines. Und in welcher Funktion?«

Ich sprach nur ungern über meine Dienstzeit. Dann kamen zu viele Erinnerungen hoch, die ich lieber begraben wollte. Daher antwortete ich denkbar knapp. »Sniper.«

»Das erklärt deinen Spitznamen«, stellte sie fest.

Ich nickte und konzentrierte mich auf mein Essen, um nicht darüber reden zu müssen. Sie schien den Wink mit dem Zaunpfahl zu verstehen und richtete ihre Aufmerksamkeit auf Wasp. »Was ist mit dir? Wasp, richtig? Wo hast du gedient?«

Im weiteren Verlauf des Gesprächs erfuhr ich viel mehr über sie, als ich wollte. Sie war klug und witzig, sie teilte mit ihrem Vater die Vorliebe für das Lesen von Krimis, und sie schien sich wirklich für die Menschen um sie herum zu interessieren. Ich hatte eigentlich erwartet, dass sie eher der Typ *Daddys Liebling* sein würde. Aber das war sie ganz und gar nicht. Sie warf mir immer wieder Blicke zu. Ich ignorierte beinahe jeden. Sie war definitiv nicht wie die Frauen, die ich sonst abschleppte. Und es reizte mich sehr, sie zu erobern. Doch ich konnte den Ärger mit Link nicht gebrauchen, der dann vorprogrammiert war. Daher machte ich mich aus dem Staub, sobald sich die Gelegenheit dazu bot.

4. KAPITEL

Naomi

Ich war mehr als zweieinhalbtausend Kilometer gereist, um bei der Amtsübergabe dabei zu sein. Und dann durfte ich nicht hautnah dabei sein, als die Geschäfte von meinem Vater an meinen Bruder übertragen wurden.

Alles spielte sich im Geheimen ab. Die ordentlichen Mitglieder des Clubs verzogen sich in ein Separee, das intern als Kirche bezeichnet wurde. Ich war dazu verdammt, im Gemeinschaftsraum mit den Old Ladys und den Clubhäschen zu warten, bis die Zeremonie geendet hatte. Mal wieder schränkte die Tatsache, dass ich eine Frau war, meine Möglichkeiten ein. Das steigerte nicht gerade meine gute Laune.

Dass Mädchen nicht erlaubt sind, bedeutete für erwachsene Männer offenbar dasselbe wie für die *Kleinen Strolche* und ihren albernen Club für kleine Jungs. Der einzige Unterschied war, dass die *Kleinen Strolche* schließlich nachgegeben hatten. Die *Dead Presidents* würden vermutlich nie so offen sein.

Natürlich kannte ich die Regeln, verstand nur den Sinn darin nicht. Allerdings hatte ich auch nicht die Absicht, sie zu brechen. Ich beschwerte mich nicht einmal darüber, von dem Ereignis ausgeschlossen zu ein. Stattdessen genehmigte ich mir ein Glas Whiskey mit viel Eis. So war ich gezwungen, ihn langsam zu trinken. Nebenbei checkte ich meine E-Mails. Eine war langweiliger als die andere. Lustlos durchstöberte ich die Schlagzeilen der größten Fernsehsender, bis mich mein Telefon ablenkte. Eine Nachricht von Monica. Ich öffnete sie und wurde von einem animierten Irgendwas gefragt, ob ich schon Sex gehabt hatte.

Nein. Ich war zu sehr damit beschäftigt gewesen, mein Selbstmitleid zu pflegen, weil ich nicht in die Penisspiele des Clubs einbezogen wurde, und hatte mir daher keinen Lustknaben gesucht. Tatsächlich hatte ich einen gefunden, aber er schien mehr daran interessiert zu sein, mir aus dem Weg zu gehen, als in mein Höschen zu greifen. Zweifellos hatte mein liebenswerter Bruder etwas damit zu tun, dieser Kontrollfreak. Genervt von der Situation antwortete ich mit einem deprimiert aussehenden Hund, der den Kopf schüttelt.

Ich musste diesem Trübsinn entfliehen, aufhören, mich auf all den Scheiß zu konzentrieren, den ich nicht ändern konnte, und mich stattdessen mit den schönen Dingen des Lebens befassen. Schließlich hatte ich so was wie Urlaub und konnte meinen Kampf der Frauen um die Weltmacht mal ein paar Stunden ignorieren und mich austoben. Ein weiterer Whiskey würde mir dabei helfen.

An meinem Drink nippend, lehnte ich an der Bar und überlegte, wie ich mir etwas Gutes tun könnte. Ich war so in meine Gedanken versunken, dass ich Margo erst bemerkte, als sie eine Flasche Bier öffnete.

Sie warf einen Blick auf mein fast leeres Glas und lächelte mich verständnisvoll an. »Das muss hart für dich sein«, bemerkte sie.

Meine Stiefmutter war eine warmherzige Frau. Sie machte meinen Vater auf eine so bezaubernde Art glücklich, wie es nur Menschen können, die ihr halbes Leben schon hinter sich haben. Als sie sich kennenlernten, war ich längst bei der Air Force und selten zu Hause. Daher kannte ich Margo kaum, und sie zählte nicht zu den Personen, denen ich mich anvertraute.

»Was muss hart für mich sein?«, fragte ich nach.

»Du hast eine lange Reise auf dich genommen und darfst nicht mal bei der Amtsübergabe dabei sein. Ich verstehe sehr gut, wie du dich fühlen musst.«

Ich mochte sie, und sie war wirklich nett. Trotzdem hatte ich keine Lust, darüber mit ihr zu reden. »Es ist, wie es ist«, erwiderte ich und zuckte mit den Schultern.

»Mich nervt dieses Männer-Getue. Versteh mich nicht falsch, Naomi. Ich mag den Club und die Leute. Und ich bewundere, was sie tun und wofür sie einstehen. Aber ich finde es ungerecht, dass wir beide, du und ich, nicht beitreten dürfen.«

»Du hast auch gedient?«, wollte ich überrascht wissen.

»Sechs Jahre im Army Nurse Corps. Meine Motivation war ein wenig anders als deine. Ich kam aus einer Kleinstadt und war auf der Suche nach den Abenteuern, die in der großen, weiten Welt auf mich warteten. Die Army bot mir die besten beruflichen Chancen. Ich konnte reisen, durch die neuen Herausforderungen mein Selbstwertgefühl stärken und ganz nebenbei interessante Männer treffen. Die meisten Mädchen, die ich kannte, dachten so. Durch den Dienst habe ich dann auch meinen ersten Mann kennengelernt. Gott hab ihn selig.«

»Davon hast du nie erzählt.« Von ihrem ersten Mann wusste ich bisher auch nicht. Plötzlich betrachtete ich Margo mit ganz anderen Augen. »Das muss wirklich hart gewesen sein.«

»Es war, was es war«, adaptierte sie lächelnd meine Worte. »Es war einfacher, als Krankenschwester zu arbeiten und nicht im Women's Army Corps. Die Frauen, die es bis dort geschafft hatten, arbeiteten bestenfalls als Telefonistin oder Mechanikerin, die meisten als Bäckerin oder Näherin. Einige wenige hielten auch mal eine Waffe in der Hand, allerdings nur, um sie zu reinigen. Alle Frauen, die früher im WAC dienten, hatten mit sexueller Belästigung zu tun. Entweder galten sie als Lesben oder als Prostituierte. Ausnahmslos jede wurde verspottet. Es hieß, es wäre unnatürlich für eine Frau, ihrem Land dienen zu wollen, statt ihrem Ehemann. Angeblich würden sie sich nicht durchsetzen können und deshalb nur Aufgaben bekommen, wo sie keine

Entscheidungen treffen mussten. Die schlimmsten Männer waren die Rekruten. Sie beschwerten sich vor allem darüber, dass sie so hart arbeiten mussten, während alle *leichten Jobs* den Frauen überlassen wurden.«

Frauen hatten immer schon mit Vorurteilen zu kämpfen, weil sie ihrem Land dienten. Das war mir nicht neu. Aber Margo darüber reden zu hören, machte das Problem wesentlich realer. Ich ließ ihre Worte auf mich wirken und dachte darüber nach, dass sich seit ihrem Dienst die Strukturen etwas verändert hatten, aber immer noch keine Gleichberechtigung herrschte. Ich konnte Pilotin werden, weil Frauen wie Margo dafür gekämpft hatten. »Ich sollte zufriedener mit den Veränderungen in den vergangenen Jahrzehnten sein«, gab ich zu.

»Oh, nein, Schatz. Das wollte ich damit nicht sagen. Ich bin der Meinung, dass wir noch in den Sechzigern feststecken würden, wenn es keine Frauen gegeben hätte, die sich gegen die bestehenden Strukturen gewehrt haben. Ich bin stolz, dass du dich für die Gleichberechtigung einsetzt, Naomi. Gott weiß, wie sehr.«

Ein etwas abwegig erscheinender Gedanke setzte sich in meinem Kopf fest. Eine Andeutung, die sie gemacht hatte. »Hast du Dad gebeten, die Statuten zu ändern und dich als vollwertiges Mitglied aufzunehmen? In den Club?«

Sie lächelte. »Ich wollte ein *Prospect* sein und mich bewähren. Ohne jede Sonderbehandlung.«

Margo war eine wirklich erstaunliche Frau. Daran hatte ich nie gezweifelt, zumal mein Vater regelrecht besessen von ihr war. Je länger wir miteinander sprachen, desto verbundener fühlte ich mich ihr. »Was hat er dazu gesagt?«

»Er war der Meinung, dass der Club nicht bereit sei für diese Art von Fortschritt. Dann kündigte er an, von seinem Amt zurückzutreten.«

Interessant und gut zu wissen. Vielleicht würde ich diese Informationen später noch gebrauchen können.

»Du weißt, dass er stolz auf dich ist, oder?«, bemerkte sie. »Er erzählt allen von seiner Tochter, die es geschafft hat, eine *Pedro* zu werden.«

Das von ihr zu hören, war nicht dasselbe, wie es aus seinem Mund zu erfahren oder wirklich zu wissen. »Hat er dir auch erzählt, dass ich ihn belogen habe?«

Ihr Lächeln verschwand. »Belogen?«, wollte sie beinahe tonlos wissen.

Mein Onkel Wade und mein Vater waren zur gleichen Zeit zum Militär gegangen. Dad kam nach Hause, Onkel Wade nicht. Bis heute wurde seine Leiche nicht gefunden. Dad befürchtete immer, dass sein Bruder in Gefangenschaft geraten sein könnte. Mom behauptete, dass er dadurch zu jemandem wurde, mit dem sie nicht mehr leben konnte. Deshalb hatte sie ihn verlassen. Und deshalb gründete Dad die *Dead Presidents*. Um anderen Veteranen zu helfen, mit der Heimkehr in ein Leben fertigzuwerden, das nicht mehr ihres war.

»Dad wollte nie, dass Link und ich zum Militär gehen. Vor allem wegen Wade.«

»Verständlich.«

»Deshalb habe ich ihm versprochen, den sichersten Job anzunehmen, den ich finden kann. Nur so konnte ich ihn und meinen Bruder davon abhalten, mich in der Besenkammer einzusperren und hierzubehalten.«

Sie lachte. »Er sollte dich besser kennen. Ich kann mir nicht vorstellen, dass er dir geglaubt hat. Du bist keine Frau, die den sicheren Weg wählen würde, Naomi.«

»Er war verdammt sauer, als er herausfand, dass ich eine *Pedro* geworden bin.«

»Er macht sich Sorgen um dich. Trotzdem ist er stolz auf alles, was du erreicht hast.«

Bevor ich etwas erwidern konnte, ertönten Jubelrufe. Offenbar hatten die Jungs die heiligen Hallen verlassen. Das bedeutete, dass mein Bruder Link ab sofort der neue Chef der *Dead Presidents* war.

»Da kommen sie«, sagte Margo aufgeregt und öffnete zwei Flaschen Bier. »Lass uns dem neuen Präsidenten gratulieren.« Sie reichte mir eine der Flaschen. Ich nahm sie und meinen Drink und folgte meiner Stiefmutter.

Links Feier ging bis tief in die Nacht hinein. Während ich mich an den Trinksprüchen und peinlichen Geschichten über meinen Bruder beteiligte, behielt ich Eagle im Auge. überraschenderweise trafen sich unsere Blicke regelmäßig. Schließlich löste ich mich aus den Fängen meiner Familie und setzte mich neben den sexy *Prospect*.

Ich betrachtete sein fast leeres Glas »Was trinkst du?«

Er betrachtete mich misstrauisch. »*Jack*, warum?«

Ja, natürlich. Ein Grund mehr, ihn zu vernaschen. Für mich gab es keinen interessanteren Mann als einen Marine, der Whiskey trank.

»Ich schulde dir einen Drink. Schon vergessen?«, erwiderte ich und nahm ihm das Glas aus der Hand.

Bevor er ablehnen konnte, war ich schon auf dem Weg an die Bar. Nachdem ich unsere Gläser nachgefüllt hatte, fand ich ihn an einem der Billardtische. »Spielst du gut?«, wollte ich von ihm wissen und reichte ihm seinen Drink.

Er lochte eine Kugel. »Geht so. Und du?«

Ich nahm einen der Queues aus der Halterung an der Wand. »Es ist etwas her, seit ich zuletzt gespielt habe. Aber früher war ich nicht schlecht«, behauptete ich, obwohl ich als Kind und als Jugendliche verdammt gut spielen konnte. Dad hatte früher dauernd irgendwelche Kumpel zu Besuch. Die Männer veranstalteten regelmäßig Turniere. Ich war immer dabei, wenn sie versuchten, sich gegenseitig zu übertrumpfen. Dabei hatte ich einige Tricks gelernt.

Eagle setzte den Tisch neu auf. »Du beginnst.«

Ich richtete die Weiße aus, atmete tief durch und konzentrierte mich auf den ersten Stoß. Prompt versenkte ich eine Halbe in die linke Ecktasche, beim zweiten Stoß eine in die rechte Seitentasche. Auch bei meinem dritten Versuch fiel eine Kugel.

Er zog eine Augenbraue hoch. »Hast du mich absichtlich getäuscht, *Pedro*?«

Sein Anblick erinnerte mich daran, dass ich eigentlich mehr Lust auf Sex hatte, als eine ruhige Kugel zu schieben. Deshalb verschoss ich absichtlich die nächste Halbe.

Eagle war am Zug und versenkte nacheinander drei Volle, bevor er die vierte verschoss.

»Geht so?«, wiederholte ich seine Worte. »Offensichtlich war ich es, die getäuscht wurde, Marine.«

Er zuckte grinsend mit den Schultern, und mein Herz schlug einen einfachen Salto. Verdammt, war der Mann sexy. Seine Hände waren riesig, seine Schultern wahnsinnig breit, und ich hatte zwei Clubhäschen belauscht, die von seinen Qualitäten im Bett schwärmten. Genauso einen Kerl hatte mir Monie Love, mein persönlicher Liebescoach, empfohlen, um mich zu entspannen. Doch vorher musste ich mir etwas Mut antrinken, um besser flirten zu können.

Ich versenkte zwei weitere Halbe und verfehlte mit der dritten nur knapp die linke Seitentasche. Eagle zog nach und versenkte ebenfalls zwei Bälle. Als er das Queue für den dritten Stoß anlegte, zuckte in letzter Sekunde seine Hand, sodass er verriss und den Spielball nicht mittig traf. Ich hatte das Gefühl, er hatte absichtlich verschossen.

Ich zog eine Augenbraue hoch. »Du musst dich nicht zurückhalten, okay? Ich weiß, wie ich dich zu nehmen habe.«

Meine zweideutige Bemerkung zeigte Wirkung, denn er ließ seinen Blick über meinen ganzen Körper wandern. Womöglich half ihm *Jack*, etwas lockerer zu werden. »Das wollte ich dir auch gerade sagen.«

Erwischt. Mit einem schuldbewussten Lächeln setzte ich zu einem weiteren Stoß an. Diesmal führte ich das Queue hinter meinem Rücken und versenkte die Kugel.

»Sieh an«, bemerkte er grinsend.

Ich versenkte meinen letzten Ball, bevor ich meine Aufmerksamkeit auf die Acht richtete. Die Chancen, sie zu lochen, standen nicht gut. Aber ich konnte seinen nächsten Zug sabotieren, was ich nur allzu gern tat.

»Das war sehr unhöflich«, kommentierte er meinen Stoß.

Ich zuckte mit den Schultern und nahm einen weiteren Schluck von meinem Drink. »Ich sollte mich doch nicht zurückhalten. Oder hast du deine Meinung geändert, *Sweetheart*?«, zog ich ihn auf, und es fühlte sich verdammt gut an.

Kopfschüttelnd ließ er seine nächste Kugel in einer der Ecktaschen verschwinden. Er spielte überraschend solide, stellte ich insgeheim fest. Der nächste Ball verfehlte allerdings die Tasche. Somit war ich wieder dran und räumte den Tisch komplett ab.

Wir lachten, und ich sammelte die Kugeln für unser nächstes Spiel ein, während er unsere Gläser nachfüllte. Wir waren ebenbürtige Gegner, und mit einem Whiskey in der Hand verlief unsere Unterhaltung einfach und entspannt. Der Typ war nicht nur attraktiv, sondern auch ein toller Zeitvertreib.

Eagle gewann das zweite Spiel, und als er auch das dritte Spiel für sich entschieden hatte, gesellten sich Havoc und Wasp zu uns.

»Eagle, du gieriger Mistkerl«, sagte Wasp und beäugte mich interessiert. »Du hast die schönste Frau weit und breit an die Wand gespielt.« Er kam auf mich zu und blieb nur wenige Zentimeter vor mir stehen, bevor er um mich herum nach einem der Queues griff, die hinter mir an der Wand hingen. »Niemand treibt Naomi in die Enge«, fügte er hinzu und schenkte mir ein bezauberndes Grinsen.

Wasp wollte eindeutig provozieren. Doch ich liebte Herausforderungen und ließ mich auf sein Spielchen ein. »Du magst *Dirty Dancing*?«

Er grinste wie ein Idiot und nickte dabei. »Moms Lieblingsfilm. Sie hat mich immer gezwungen, ihn mit ihr anzusehen. Bis ich Ärger bekam, weil ich die Bewegungen mit den Mädchen in der Schule ausprobiert habe.«

Ja, genau. Wasp wollte eindeutig mehr als nur provozieren.

Er beugte sich zu mir vor. »Bist du es wert, dass ich mir *deinetwegen* die Eier abreißen lasse?«

»Wollte mein Bruder deine Gene nicht aussterben sehen wie bei einer bedrohten Tierart?«, gab ich süffisant zurück.

Er warf mir einen prüfenden Blick zu und gab sich geschlagen, bevor er sich von mir abwandte, aber dicht neben mir stehen blieb.

Havoc mischte sich ein. »Links Worte waren: *Ich reiße dir die Kugeln ab und schiebe sie dir in den Arsch, Wasp*«, wiederholte er die Drohung meines Bruders und nahm ein Queue aus dem Regal neben ihm. »Wasp will ausreizen, wie weit er bei Link gehen kann«, erklärte er mir. »Wenn er so weitermacht, wird ihn unser Prez umbringen müssen. Und ich werde ihm helfen, die Leiche zu entsorgen.«

»Ihr würdet euch ohne mich langweilen. Das wisst ihr ganz genau«, erwiderte Wasp. Im Takt seiner Hüften ließ er die Kreide über seine Pomeranze gleiten, vermied aber tunlichst, mich anzustoßen. »Naomi und ich sind ein Team«, rief er und zwinkerte mir zu.

Der verkniffene Gesichtsausdruck von Eagle verriet mir, dass ihm diese Paarung gar nicht gefiel. Jedoch forderte er uns mit einer knappen Geste auf, das Spiel zu beginnen.

Es war eine Zitterpartie, doch Wasp und ich gewannen, weil Havoc bei der achten Kugel patzte. Ich hatte einen Riesenspaß und hätte die ganze Nacht weiterspielen können. Leider gab mir Eagle zu verstehen, dass er aussteigen wollte. Bevor er sich verabschiedete, warf er mir einen letzten flammenden Blick zu, der einer Einladung gleichkam.

»Er ist ein eher zurückhaltender Typ«, kommentierte Wasp den Abgang seines Bruders. Gemeinsam sahen wir Eagle nach, bis er in der Menge verschwand.

Zurückhaltend? Wir hatten uns angeregt unterhalten, bevor Havoc und Wasp zu uns gestoßen waren. Doch plötzlich fiel mir auf, wie wenig er seitdem zu unseren Gesprächen beigetragen hatte.

»Kennst du seine Geschichte?«, fragte ich möglichst beiläufig. Die meisten Männer im Club hatten mit ihrer Vergangenheit im Dienst zu kämpfen. Mir war klar, dass Eagle von einigen Dämonen verfolgt wurde. Wasp schien ein Typ zu sein, der sich auskannte, und auch einer, der bereitwillig meine Fragen beantworten würde.

»Er hat mit seiner Frau gedient. Wollte sie sogar heiraten. Dann musste er mitansehen, wie ihr AAV über eine IED lief. Sie hat es nicht geschafft.«

»Scheiße«, presste ich hervor. Bei der Bergung von Gefechtskräften hatte ich schon einige grausame Szenen gesehen. Amphibische Angriffsfahrzeuge waren in der Vergangenheit immer wieder in Sprengfallen geraten. Ich hatte aus erster Hand gesehen, welche Wirkung eine IED für die Besatzung eines offenen AAV hatte. »Wie lange ist das her?«

»Ungefähr vier Jahre.«

»Das ist Eagles Privatsache«, bemerkte Havoc finster.

Wasp zuckte mit den Schultern und wechselte das Thema. »Sollen wir uns einen vierten Mann suchen? Vielleicht jemanden, der dir beibringt, die verdammte Acht zu lochen?«

Havoc zeigte ihm den Mittelfinger und entschuldigte sich dann bei mir, als würde ich das als persönliche Beleidigung empfinden. Seine Besorgnis war süß, aber unnötig. Ich war keine Dame, die errötete, wenn jemand derb fluchte. Nein, im Gegenteil. Ich mochte den harten Ton der Jungs im Club. Wenn mich Havoc gefragt hätte, hätte ich unumwunden zugegeben, dass ich angetrunken und vor allem geil war.

Ich dachte nur darüber nach, wie ich schnellstmöglich verschwinden und unbemerkt Eagles Zimmer erreichen konnte, um mir und ihm die Seele aus dem Leib zu vögeln. Als ich seine Geschichte hörte, bekam ich nur noch mehr Lust. Und vermutlich war Sex das einzige Mittel, was gegen die Dämonen im Kopf half. Das wusste ich aus Erfahrung.

»Es ist spät geworden. Ich muss langsam ins Bett«, bemerkte ich und täuschte ein Gähnen vor. »Ihr wisst schon, unterschiedliche Zeitzonen«, fügte ich erklärend hinzu.

Wasp beugte sich mit einem schelmischen Gesichtsausdruck zu mir. »Nimm dir, was du brauchst, *Slugger*«, raunte er in mein Ohr.

»Wovon redest du, Wasp?«, fragte ich möglichst unschuldig.

»Du hast mich verstanden.« Grinsend drehte er sich zu Havoc um. »Tja, Mann, somit sind nur meine Wenigkeit und dein hässlicher Arsch übrig. Lass uns nach nebenan gehen. Vielleicht ist da noch was los.«

Ich verabschiedete mich mit einem Nicken von den beiden und mischte mich unter die alten und neuen Clubmitglieder, bis ich eine vertraut aussehende Brünette entdeckte, die mit einem *Prospect* knutschte.

»Kim?«

Sie zog sich zurück und lächelte verlegen. »Hey, Naomi. Ich habe gehört, dass du hier bist.« Trotzdem hatte sie nicht versucht, mich zu finden.

Kim und ich waren während unserer Highschool-Zeit befreundet gewesen. Manchmal begleitete sie mich in den Club, wo ich im Obergeschoss ein eigenes Zimmer hatte. Wir redeten vorwiegend über Jungs und Lehrer und konnten es kaum erwarten, volljährig zu werden. Nach dem Abschluss hatten wir versucht, in Kontakt zu bleiben, aber sie zog weg, und wir verloren uns aus den Augen.

»Was machst du denn hier?«, wollte ich wissen.

Ihr Blick fiel auf den Biker, dessen Bart Reste ihres Lippenstiftes zierten, und errötete. »Ähm ...«

Während sie noch nach Worten suchte, kam ein anderer Biker vorbei und gab ihr einen Klaps auf den Hintern. »Hey, Süße. Falls du später nichts vorhast, können wir gern dort weitermachen, wo wir gestern aufgehört haben.«

Ah, meine Freundin war ein Clubhäschen. Das war nicht sonderlich überraschend, denn sie war schon immer sehr daran interessiert gewesen, was die Biker unten taten, während wir in meinem Zimmer saßen.

Es war mir egal, womit sie sich die Zeit vertrieb. Sämtliche Clubhäschen, die ich kannte, hatten mich immer gut behandelt. Weil ich ohne Mutter erwachsen wurde, nahmen sich die Old Ladys und die Häschen meiner an und erklärten mir all die Dinge, die ein Mädchen wissen sollte. Sie kauften Tampons und zeigten mir, wie man sie benutzt, und demonstrierten mir sogar mit einer Banane, wie man mit einem Kondom umgeht. Sie waren für mich da, wenn ich einen Rat brauchte oder Fragen hatte, die mir mein Vater und Link nicht beantworten konnten oder wollten.

Wenn also ein Clubhäschen einen Biker ranlassen wollte, war

ich die Letzte, die darüber urteilte. Ich hoffte sogar, mit ihrer Hilfe einen ganz bestimmten Biker ausfindig zu machen. Um den würde ich mit mich dann allerdings selbst kümmern.

»Du musst die Prinzessin sein«, sagte der Biker mit dem Lippenstift und musterte mich mit etwas zu viel Interesse. Außerdem machte er sich nicht beliebt bei mir, wenn er mich mit *Prinzessin* anredete.

Statt ihm das Maul zu stopfen, riss ich mich zusammen und warf ihm nur einen finsteren Blick zu. »Du scheinst mich zu verwechseln.«

»Naomi, das ist Brass«, stellte Kim uns vor.

»Links kleine Schwester«, erkannte er und nickte. »Ich habe gehört, du bist tabu.«

»Ja, ist sie«, erwiderte Kim und stellte sich zwischen uns. Als würde eine Körpergröße von nicht mal einem Meter siebzig verhindern, dass mich der Bär von Mann hinter ihr betrachten konnte.

Dementsprechend ungehindert und auch ungeniert starrte mich Brass über ihren Kopf hinweg an. »Wenn du die Regeln deines großen Bruders brechen willst, Prinzessin, kannst du gern zu mir kommen. Ich werde dich nach allen Regeln der Kunst verwöhnen.«

Für wen zum Teufel hielt sich der Kerl? Er war nicht nur unhöflich und ekelhaft, sondern zeigte keinerlei Respekt Link gegenüber. Dieser Scheiß gefiel mir nicht. Der beste Zeitpunkt, ihm eine Dosis Realität in den Arsch zu schieben. »Brass, hm? Hast du diesen Spitznamen gewählt, weil du dir gewünscht hast, ein hohes Tier beim Militär zu werden? Offensichtlich ist es dir nicht gelungen. Dir fehlt das Benehmen, die Intelligenz und die Klasse, um eine solche Position zu bekleiden. Ich vermute, du warst bei der Infanterie. Wahrscheinlich wolltest du nur die Mindestzeit absitzen, konntest dich nicht behaupten und bist dann ausgestiegen. Mein Bruder hat dich aufgenommen und dir geholfen, wieder auf die Beine zu kommen. Und du revanchierst dich, indem du ihn wie ein Feigling hinter seinem Rücken beleidigst?«

Er wurde puterrot, und seine Adern auf der Stirn traten deutlich hervor. »Schlampe«, zischte er und ging davon.

»Und schlagfertig bist du auch noch«, rief ich ihm hinterher.

»Tut mir leid«, sagte Kim leise. »Brass ist ein Trottel.«

»Warum entschuldigst du dich? Das liegt definitiv nicht an dir. Außerdem hatte ich schon öfter mit solchen Leuten zu tun.«

Und Kim würde ich problemlos die Informationen entlocken, die ich brauchte, um Eagle zu finden. Dann würde ich ihm auf meine eigene Art vermitteln, wie unsagbar toll es wäre, die Befehle meines Bruders zu missachten und mich in sein Bett zu lassen.

5. KAPITEL

Eagle

Der Versuchung zu widerstehen und mich in mein Zimmer zurückzuziehen, war die richtige Entscheidung gewesen. Ich war etwas angetrunken und genoss Naomis Gesellschaft ein wenig zu sehr, bevor Havoc und Wasp aufkreuzten. Ihre Anwesenheit war mir nicht sehr willkommen. Aber sie haben mich vermutlich davor bewahrt, etwas Dummes zu tun, wie Naomis süße, volle Lippen zu kosten oder sie über meine Schulter zu werfen und nach oben in mein Bett zu tragen. Diese beiden Gedanken waren mir unermüdlich durch den Kopf gegangen.

Naomi war umwerfend, aber mit ihr zu reden, hatte mich erst so richtig umgehauen. Sie war verdammt klug, ihr Humor war trocken, und sie hatte einen Sinn für Ironie. Auch dass sie Whiskey mochte, gefiel mir, und dass sie wie ein Seemann fluchen konnte. Wir hatten uns eine Stunde angeregt über Waffensysteme unterhalten, und es gab nicht eine Situation, in der ich mich unwohl gefühlt hatte.

Seit nunmehr vier Jahren hatte ich mich nicht mehr so gut mit einer Frau unterhalten.

Dieser Gedanke erschütterte mich und ließ mich schlagartig nüchtern werden. Ich hatte zu Naomi eine Verbindung gespürt, die ich niemandem gestattet hatte. Es war im Nachhinein, als hätte ich Jeanie betrogen.

Mit anderen Frauen zu schlafen, hatte sich nicht so angefühlt. Aber das mit Naomi ... Kameradschaft verband viel mehr als Sex. Von Schuldgefühlen geplagt, griff ich zu meinem Whiskey und stürzte einen weiteren Schluck hinunter. Ich hatte keine Wahl, als mich zu betäuben. Vorher war an Schlaf nicht zu denken.

Meine Gedanken schweiften wieder zum Billardtisch, und ich fragte mich, was nach meinem Verschwinden geschehen war. Wahrscheinlich baggerte Wasp weiterhin Naomi an. Der Typ konnte nicht anders, als jede Frau zu umgarnen. Sonst war mir das egal, aber nicht, wenn es um sie ging. Jedes Mal, wenn er ihr ein High Five gab oder ihr zu nah trat, hätte ich ihm am liebsten mein Queue in den Arsch gerammt. Ich hatte Mühe, mich zurückzuhalten. Wenn ich sein Grinsen richtig gedeutet hatte, wusste er das. Allerdings schien sie von seinem Schwachsinn kein bisschen beeindruckt zu sein. Ihr Blick, aufgeheizt durch den Whiskey, landete immer wieder bei mir.

Ich wusste genau, worauf sie hinauswollte. Noch bevor sie auf mein Motorrad gestiegen war, hatte sie eindeutige Signale gesendet. Ich fühlte mich genauso angezogen von ihr. Wenn ihre wunderschönen großen braunen Augen auf mich gerichtet waren, malte ich mir aus, wie sie mich ansehen würde, während meine Härte in ihrem Mund war. Wie sie vor Verlangen glühten, wenn ich tief in sie eindrang und ihr höchstes Vergnügen bereitete, bis sie meinen Namen schrie.

Ich war geradezu vor ihr geflüchtet und hatte mich in meinem Zimmer eingeschlossen. Vielleicht hätte ich sogar noch mein Bett vor die Tür schieben sollen. Trotzdem hoffte ich, dass sie zu mir kommen würde, mich finden würde, so wie ihr Blick mich den ganzen verdammten Abend gefunden hatte.

Mit dem Gedanken an sie zog ich mich aus, legte mich aufs Bett und begann, mir einen runterzuholen. Plötzlich klopfte es an der Tür. Das war ungewöhnlich. Mich besuchte so gut wie nie jemand. Ich sah auf mein Handy, ob ich eine Nachricht oder einen Anruf verpasst hatte. Aber da war nichts.

Dann muss es Naomi sein.

Mein Herz raste. Wenn es Naomi war, hatte sie nicht lange

gebraucht, mich zu finden.

Ein erneutes Klopfen.

Ich erhob mich vom Bett, wickelte das Laken um meine Hüften und öffnete die Tür. Vor mir stand die wunderschöne Blondine, deren Erscheinen ich sowohl erhofft als auch gefürchtet hatte.

»Hey«, sagte sie und wirkte keineswegs schüchtern. Sie betrachtete meine nackte Brust und meine Arme, und ihre Augen verdunkelten sich. »Habe ich dich geweckt?«

Als würde ich schlafen können, solange sie so nah und doch unerreichbar für mich war. »Nein, Ma'am.« Selbst wenn, hätte ich mich gefreut, von ihr geweckt zu werden.

»Ich sollte nicht hier sein, aber ... « Sie warf einen Blick in den dunklen Flur hinter ihr. Unten war die Party noch in vollem Gange, wie an der Lautstärke, die durchs Haus dröhnte, deutlich zu erkennen war. Doch auch Schritte waren zu hören. Ehe ich mich versah, trat Naomi in mein Zimmer und schloss die Tür hinter sich. Die Geräusche der Party verstummten.

Sie betrachtete das Glas in ihrer Hand und leerte es, bevor sie zu mir aufschaute. »Eigentlich ist das nicht mein Stil«, begann sie. »Gott, das klingt so lahm.«

Sie war verdammt schön, wie sie so vor mir stand. Ihre Wangen waren leicht gerötet, und ihre üppige Brust hob und senkte sich, während sie tief durchatmete.

Sie hier bei mir zu haben, fühlte sich wie ein Vertrauensbruch Link gegenüber an. Doch Naomi und ich waren erwachsen, und ich war einer der wenigen *Prospects*, die einen Job hatten und die Miete für ihr Zimmer im Club pünktlich zahlten. Ich kannte Link kaum und schuldete ihm nichts. Außerdem hatte ich den Reizen seiner süßen Schwester den ganzen Abend widerstanden. Damit war ich beinahe zu einem Heiligen geworden.

»Willst du dich setzen?«, bot ich an und deutete auf das Bett.

Praktischerweise gab es keine andere Sitzgelegenheit.

Sie sah mich einen Moment nachdenklich an, bevor sie auf mich zukam und ihre Bluse auszog. »Ich bin nicht hier, um neben dir auf der Bettkante zu sitzen, Eagle.«

Ein rosa Spitzen-BH lenkte meine Aufmerksamkeit auf ihre großen, runden Titten, die verdammt einladend waren. Naomi hatte eine schmale Taille und sehr verlockende Hüften. Am liebsten hätte ich sie gepackt, sie umgedreht und von hinten genommen. Doch so, wie sich die Sache entwickelte, würde ich mich nicht mehr lange gedulden müssen.

»Offensichtlich auch nicht, um mit mir zu plaudern.«

Gespannt wartete ich darauf, ihren ganzen Körper betrachten zu können, ihre Süße zu schmecken und die Geräusche zu hören, die sie kurz vor ihrem Höhepunkt machen würde.

Mein Atem stockte, als sie ihre Jeans aufknöpfte und auszog. Ein weiteres Stück rosa Spitze kam zum Vorschein, das zu ihrem BH passte. Heilige Scheiße, ihr Körper war perfekt. Muskulös und definiert und zugleich weich, mit Rundungen an den richtigen Stellen.

Sie lehnte sich gegen das Bett, ihre Augen funkelten. »Warum? Hast du etwas anderes im Sinn?«

Definitiv. Ich hakte einen Finger in ihren BH und zog sie zu mir, bis ihre Lippen auf meinen landeten. Sie geriet leicht aus dem Gleichgewicht, doch ich legte die Arme um sie und drückte sie sanft auf das Bett. Wieder fanden sich unsere Lippen. Sanft bat ich mit der Zungenspitze, in sie eindringen zu dürfen. Sie öffnete sich mit einem Keuchen.

Sie schmeckte wie Honig-Bourbon, süß, aber stark. Ich wusste, dass ich ihr nie mehr widerstehen konnte, wenn ich zu viel von ihr probieren würde. Trotzdem konnte ich mich nicht zurückhalten und vertiefte den Kuss, während ich den Verschluss ihres BHs öffnete. Ich streifte ihr die Träger von den Schultern und

Armen und warf ihn achtlos beiseite. Sie rieb ihre vollen Brüste an meinen Oberkörper. Die Berührung weckte unglaubliches Verlangen in mir.

Mich von ihrem Mund lösend, folgte ich mit einer Hand den Rundungen ihres Körpers, bis meine Fingerspritzen ihr Höschen fanden. Ohne zu zögern, entfernte ich das störende Stück Stoff, sodass sie nackt und stöhnend vor mir lag. Im nächsten Moment hatte sie das Laken weggezogen, das meine Erregung nur ungenügend verbergen konnte, und umschloss sie mit der Hand.

Dann saß sie auf mir. Sie hatte so schnell die Kontrolle übernommen, dass ich kaum wusste, wie mir geschah. Ich hatte geahnt, dass sie es versuchen würde, denn sie war es gewohnt, alle Fäden in den Händen zu halten. Doch ich würde auf keinen Fall zulassen, dass sie das Sagen hatte. Zumindest nicht, bis ich ihr deutlich gemacht hatte, wer von uns beiden der Boss war.

»Ich lasse nicht jedes x-beliebige Weibsstück aufsitzen. Schon vergessen?«, fragte ich grinsend und drehte uns um. Damit hatte sie offensichtlich nicht gerechnet, denn sie ließ meinen Schwanz los und sah mich überrascht an, als sie wieder unter mir lag. Ich zog das Laken zwischen uns hervor, sodass ich ihre glatte Haut an meiner spüren konnte.

Naomi streckte ihre Hand nach meiner Härte aus. Doch diesmal war ich schneller, griff nach ihren Handgelenken und hob ihre Arme bis über ihren Kopf. So verharrte ich und betrachtete ihr Gesicht. Ihre Brust hob sich, ihr Mund war verheißungsvoll, ihr Blick dunkel vor Verlangen. Sie war so, wie ich sie mir vorgestellt hatte. Sogar noch mehr als das. Sie war perfekt.

»Du bist verdammt heiß, Schätzchen«, bemerkte ich.

Ihre Augen verengten sich, und sie versuchte, ihre Hände zu befreien. »Lass mich los. Dann zeige ich dir, was für ein verdammtes Schätzchen ich sein kann, Arschloch.«

Sie war wie eine Wildkatze, die man besser festhält. Wenn ich sie losließ, würde sie flüchten oder sich auf mich stürzen. »Auf keinen Fall. Du bist zu mir gekommen. Deshalb spielen wir nach meinen Regeln. Und ich werde jede verdammte Sekunde mit dir genießen.«

Sie bockte mit den Hüften und versuchte, sich zu befreien. Dabei bot sie mir eine fantastische Show ihrer hüpfenden Brüste. »Oh mein Gott! Kannst du jemals die Klappe halten? Mach stattdessen deinen verdammten Job, Marine.«

Sie so derb reden zu hören, machte mich nur noch härter. Und dann dieser Mund ... Ich konnte mich nicht entscheiden, ob ich sie küssen oder um einen Blowjob bitten wollte. »Mit Vergnügen. Ihr Wunsch ist mir Befehl, Ma'am.«

»Doch du redest immer noch ...«

Bevor sie den Satz beenden konnte, nahm ich ihren Mund in einem Kuss in Besitz. Mit einer Hand hielt ich ihre Hände fest, mit der anderen knetete ich ihre Brüste, während sich unsere Zungen einen kleinen Kampf um die Vorherrschaft lieferten. Zweifellos würde sie sich weiterhin wehren, und ich war verdammt gespannt auf unser Duell.

Ich ließ ihre Hände los und verteilte Küsse auf ihrem Körper. Ich saugte einen rosa Nippel zwischen meine Lippen und zupfte an dem anderen. Naomi wand sich unter mir, krallte ihre Nägel in meinen Rücken und stöhnte lustvoll.

»Eagle, ich brauche ...«

»Was?«, neckte ich sie. »Was brauchst du?«

»Mehr und fester.« Sie hob die Hüften und wollte nach meinem Schwanz greifen. Ich richtete mich etwas auf, sodass sie ihn nicht erreichen konnte.

»Ich gebe ihn dir, wenn ich bereit bin. Bis dahin kannst du dich an mich klammern und deinen kurvigen Körper an mir reiben. Ich bin hier derjenige, der sagt, wo es langgeht.«

»Mistkerl«, presste sie hervor und grinste frech.

Mich konnte sie nicht gemeint haben, so hingebungsvoll, wie ich mich ihren Nippeln widmete. Ich rollte einen zwischen den Zähnen und kniff in den anderen, bevor ich von ihnen abließ.

»Du wusstest das und hast trotzdem an meine Tür geklopft.«

»Weniger reden, mehr vögeln.«

Sie versuchte immer noch, die Kontrolle über mich zu erlangen. Ich umklammerte ihre Hände, zog mich zurück und betrachtete sie. Höchste Zeit, ihr beizubringen, wer hier die Oberhand hatte.

»Bitte«, fügte sie leise hinzu.

Mein Schwanz pulsierte schmerzhaft. Doch ich wollte sie zuerst wahnsinnig vor Lust werden lassen, bevor ich ihr diesen Wunsch erfüllte. Da halfen ihr auch keine Höflichkeitsfloskeln. Ich wollte sie besitzen, sie kontrollieren, ihr klarmachen, dass ich der Boss war.

Ich zog meinen Gürtel aus der Jeans, die über dem Bettpfosten hing, und fesselte ihre Hände ans Kopfteil. Sie wehrte sich und bäumte sich auf, während ich ihren Körper mit Küssen bedeckte und mich von ihrem Hals bis zu ihren Hüften vorarbeitete. Ich griff nach ihren Schenkeln und spreizte ihre Beine, um dann ihre Pussy zu lecken.

»Gottverdammte Scheiße«, hauchte Naomi und hielt plötzlich still.

Süße Nässe quoll aus ihrem Eingang. Ich nahm jeden Tropfen in mich auf, den ich bekommen konnte. Sie fluchte und stöhnte, während ich mich ihrer Klit widmete. Wie ein braves Mädchen winkelte sie ihre Beine an und streckte mir ihr Becken entgegen.

»Mehr«, forderte sie und stöhnte. »Leck mich weiter, aber benutze auch noch deine Finger.«

Wer war hier der Boss?, dachte ich grinsend und beschloss, sie noch etwas länger hinzuhalten. Vielleicht hörte ich noch den einen oder anderen Fluch, wenn ich mich nicht sofort ihrem

Willen beugte. Außerdem hatte ich noch nie eine Frau im Bett, die mir so offen sagte, was sie wollte und brauchte. Naomi machte das zu ihrem eigenen Vergnügen, und das war verdammt heiß.

Wenn ich ihr freie Hand ließe, würde sie sich wahrscheinlich auf mein Gesicht setzen oder mich reiten. Sie war entschlossen zu kommen, und sie würde mich zu ihrem Werkzeug machen. Ich konnte es kaum erwarten, sie über den Rand zu treiben und zu sehen, was passierte, wenn sie völlig die Kontrolle verlor.

Ich leckte weiter ihre Klit, bevor ich ihrer Bitte nachkam und mit einem Finger in sie eindrang. Sie bäumte sich auf und rieb sich an mir.

»Gib mir mehr«, forderte sie. Ihre Stimme klang rau.

Ich fügte einen zweiten Finger hinzu. Sie war so feucht, dass ihr Honig an meinem Handgelenk hinunterlief. Ich fand mit Leichtigkeit ihren empfindlichsten Punkt und drückte mit den Fingerspitzen dagegen. Im nächsten Moment bäumte sich ihr Körper auf, und sie schrie, als sie kam.

Ich verlängerte ihren Orgasmus, bevor ich meine Finger aus ihr zurückzog und sie ableckte. Ihr süßer Geschmack vermischte sich mit den Aromen von Whiskey auf meiner Zunge. Einfach himmlisch.

Mit gespreizten Beinen lag sie vor mir. Einen langen Moment genoss ich den Anblick, bevor ich sie bat, mir ihre Hüften entgegenzustrecken. Ich gab ihr einen Klaps auf den Hintern und griff nach der Whiskeyflasche, die noch neben dem Bett stand. Einer seltsamen Eingebung folgend, nahm ich einen Schluck, stützte dann ihr Becken und ließ etwas von der köstlichen Flüssigkeit auf ihre Pussy tropfen. Dann leckte ich alles auf, was ich bekommen konnte. Ihr Geschmack vermischte sich mit den Aromen des Whiskeys zu einem fantastischen Gebräu.

Um auch ihr etwas davon zu gönnen, küsste ich Naomi und löste den Gürtel vom Bettpfosten, ohne ihre Hände zu befreien.

Offenbar genoss sie die Kombination aus ihr, *Jack* und meinem Geschmack, denn es dauert nicht lange, bis unser Kuss so leidenschaftlich war, dass ich an nichts anders denken konnte, als sie zu nehmen.

Ich hatte versucht, sie in den Wahnsinn zu treiben, aber mein Plan ging nach hinten los. Meine Härte pochte so stark, dass es schmerzte. Ich musste in ihr sein, um etwas Erleichterung zu bekommen.

»Dreh dich um«, forderte ich sie auf.

Ohne zu zögern, rollte sie sich auf den Bauch. Ich nahm ein Kondom aus dem Nachttisch und zog es über, bevor ich ihre Hüften so platzierte, wie ich sie haben wollte.

Ihre Pussy war triefend nass und wirkte auf mich wie eine Einladung. Genau wie ihr runder Hintern. Ich positionierte mich an ihrem Eingang und schlug ihr mehrmals mit der flachen Hand auf den Hintern. Sie stöhnte lustvoll.

»Das gefällt dir, nicht wahr?«

»Gott, ja. Du machst mich so scharf, Marine«, presste sie hervor.

Ich schlug ihr auf den Po, bis beide Backen rosig waren. Sie streckte sich mir immer weiter entgegen und versuchte, meinen Schwanz zu bekommen. Weil ich nicht in der Lage war, ihren Reizen noch länger zu widerstehen, packte ich ihre Hüften und drang mit einem kräftigen Stoß tief in sie ein.

Sie keuchte und nahm mich kniend ganz in sich auf. Ihr Inneres war so verdammt eng, dass ich laut fluchte. Ich ließ ihre Hüften los und umfasste ihre Brüste, die perfekt in meine Hände passten. Sanft knetete ich sie und begann erst dann wieder, langsam und gleichmäßig in sie zu stoßen.

»Schneller«, hauchte Naomi. Offenbar mochte sie es hart.

Ich legte eine Hand an ihre Hüfte, mit der zweiten kniff ich in ihren harten Nippel und rollte ihn zwischen Daumen und Zeigefinger. Dann stieß ich immer härter in sie hinein. So, wie wir beide es wollten.

»Ja. Gott, ja.« Sie ließ mich die Kontrolle übernehmen. Zumindest, bis sie bekommen hatte, was sie wollte. Doch das zu erreichen, war anspruchsvoll. Denn ich musste mich zurückhalten, bis ich sie in den zweiten Orgasmus getrieben hatte. Die eigentliche Herausforderung war, den Reizen dieser Frau zu widerstehen, die sich vor mir wandte und stöhnte.

Immer wieder schlug ich ihr mit der flachen Hand auf den Hintern, kniff in ihre Nippel und verwöhnte ihre Klit mit den Fingern. Auf der Suche nach dem einen verborgenen Punkt tief in ihr, änderte ich den Winkel meiner Stöße, drehte sie dann um, legte mir eines ihrer langen Beine über eine Schulter und winkelte das andere an.

Naomi wölbte ihren Rücken und rieb ihre Klit, spannte ihr Inneres um mich herum an und tat alles, um Erlösung zu finden. Als wäre dies das Letzte, was sie im Leben erreichen wollte. Ich ritt sie, als wäre ich verloren, wenn ich sie nicht zum Höhepunkt treiben konnte, um dann auch loslassen zu können.

Als sie schließlich über den Abgrund fiel, nahm sie mich mit. Ich kam so heftig wie selten zuvor. Verschwitzt und schwer atmend ließ ich mich neben sie fallen und genoss die Zuckungen ihres Körpers. Plötzlich war ich so ruhig und entspannt wie seit Jahren nicht mehr.

Ich brauchte einen Moment, um zu verarbeiten, was gerade passiert war. Das mit ihr war kein gewöhnlicher Sex gewesen. Es war … anders. Nicht vergleichbar mit allem, was ich je erlebt hatte. Sie war anders.

Bevor ich den Grund dafür herausfinden konnte, rutschte sie unter mir weg und ließ mich allein im Bett zurück. Die kleine Wildkatze hatte es irgendwie geschafft, sich von dem Gürtel zu befreien, mit dem ich ihre Handgelenke gefesselt hatte. Vor Erschöpfung leicht wankend, mit zerzaustem Haar, stand sie vor mir und schenkte mir ein zufriedenes Lächeln.

»Danke, Marine. Genau das habe ich gebraucht.« Sie schlüpfte in ihr Höschen und ihre Jeans und zog beides zusammen hoch.

Irritiert setzte ich mich auf. »Was machst du da?«

Sie knöpfte ihre Jeans zu, griff nach ihrem BH und warf mir einen nicht zu deutenden Blick zu, während sie die Träger über ihre Schultern schob. »Anziehen?«

Jede andere Frau, mit der ich nur Sex hatte, musste ich bitten zu gehen. Warum wollte ich, dass sie blieb?

Sie zog sich ihre Bluse über den Kopf und verbarg damit vollends ihren perfekten Körper. Nachdem sie in ihre Stiefel geschlüpft war, schenkte sie mir ein letztes Lächeln. »Wir sehen uns«, sagte sie, drehte sich um und ging.

Ich sah ihr nach, bis sich die Tür hinter ihr schloss. Mich befiel ein seltsames Gefühl von Verlust. Am liebsten hätte ich sie gebeten, noch zu bleiben. Doch mir fiel nichts ein, um sie zurückzuhalten. Dann wurde mir klar, dass ich zum ersten Mal seit Jahren mit jemanden Sex gehabt hatte, ohne an Jeanie denken zu müssen. Nicht ein einziges Mal.

Ich fühlte mich schuldig und kam mir wie ein Arschloch vor. Egal, wie gern ich mit Naomi zusammen war, es war falsch. Sie war im aktiven Dienst und würde bald wieder abreisen müssen. Und wenn sie das nächste Mal auftauchte, würden wir vielleicht wieder Sex haben. Aber hier ging es um mehr. Das spürte ich deutlich, obwohl ich partout keine Beziehung wollte. Nicht jetzt, vielleicht nie. Und vor allem nicht mit einer verdammten *Pedro*.

Ich beschloss, ihre Anziehungskraft zu ignorieren und mich in den nächsten Tagen von ihr fernzuhalten. Deshalb schlich ich mich am nächsten Morgen in aller Frühe aus dem Club und quartierte mich bei einem Kumpel ein.

Ja, sie ging, nachdem wir gevögelt hatten. Aber ich war das feige

Arschloch, das sich fernhielt, bis sie weg war. Und das nur, um mich ihren Versuchungen nicht mehr stellen zu müssen.

6. KAPITEL

Naomi

Zwei Monate zuvor

»Erzähl mir etwas mehr von der Verlobten deines Bruders«, bat mich Monica. Sie setzte sich zu mir auf die Bettkante und schlug die Beine übereinander. Unter dem Vorwand, mir beim Packen helfen zu wollen, war sie bei mir aufgetaucht. Seitdem hatte sie nichts anderes getan, als mich auszufragen. Sie konnte nicht glauben, dass Link eine Frau heiraten wollte, die er erst seit ein paar Monaten kannte. Verdammt, selbst mir fiel das schwer. Mein Bruder war normalerweise eher besonnen, und ich glaubte nicht, dass seine bisherigen Beziehungen länger als eine Woche gedauert hatten.

»Da gibts nicht viel zu berichten«, antwortete ich und rollte eine Jeans auf, damit sie nicht zerknittert wurde. »Ich kenne Emily ja kaum. Wir haben einmal telefoniert, und das war's. Sie ist Anwältin und hat dabei geholfen, Links Kumpel Havoc aus dem Gefängnis zu holen.«

»Havoc?«, fragte Monica. »Den hast du mal erwähnt. Ist das der große schwarze Kerl oder der unermüdliche Flirter?«

»Schön, wie aufmerksam du mir zuhörst«, bemerkte ich.

»Süße, diese Geschichten sind besser als jede Realityshow.«

Ich stopfte die Jeans in meinen Rucksack und beäugte das Kleid, das an meiner Schranktür hing. »Havoc ist der große schwarze Kerl. Er hat einen Vergewaltiger auf frischer Tat ertappt und ihm die Scheiße aus dem Leib geprügelt. Weil der Mistkerl auf der Intensivstation landete, wurde er wegen versuchten Mordes eingeklagt. Unter anderem.«

»Alle Achtung. Typen wie ihn gibt es leider nicht all zu häufig. Aber warum hast du mir nichts davon erzählt? Du weißt doch, wie sehr ich Geschichten über heldenhafte Kerle mag. Als deine beste Freundin sollte ich alles wissen, was dich, deine Familie und die sexy Biker betrifft, mit denen sich dein Bruder umgibt.«

Ich faltete eine Bluse zusammen und packte sie ein. »Haben wir vertraglich geregelt, was ich dir erzählen muss und was nicht? Wie auch immer. Vor ein paar Wochen, als wir beide im Einsatz waren, bekam ich eine Nachricht von Link, in der er die Sache mit Havoc erwähnt hat. Ich habe einfach vergessen, dir davon zu berichten.«

Monica sah mich prüfend an, sagte aber nichts. Normalerweise würde sie bei einer solch schwachen Ausrede nachhaken. Aber mein letzter Einsatz war der härteste meiner Karriere gewesen. Sie wusste, wie sehr mir das zu schaffen machte, weil ich jedem Gespräch darüber auswich. Deshalb hatte sie alle anderen Mitglieder meiner Crew befragt. Wenn es mit dem Pilotenjob bei ihr nicht klappen sollte, wäre sie prädestiniert für einen Job beim CIA. Monica schaffte es, jeden zum Reden zu bringen und auch noch die kleinsten Details zu verraten. Informationen waren ihre Währung.

»Richtig. *Dieser* Einsatz«, bemerkte sie. Es war ihr anzusehen, wie sehr sie darauf brannte, mehr von mir zu erfahren. Doch ich weigerte mich, meine Barrikaden einzureißen und mir in die Karten schauen zu lassen.

Sie kannte mich verdammt gut, und ihr Blick wurde sanfter. »Nae ...«

»Nein«, unterbrach ich sie und wandte ihr den Rücken zu. Ich konnte nicht über die Operation sprechen. Noch nicht. Die Wunde war noch zu frisch, als dass ich darüber reden wollte. »Hm, was könnte ich dir noch über Emily erzählen?«, wechselte ich das Thema. »Sieh mal, das Kleid da. Ist es nicht atemberaubend? Wenn eine Braut ihre Brautjungfern bittet, so was zu tragen, muss sie sich ihrer eigenen Ausstrahlung sehr sicher sein. Das ist wirklich lobenswert. Kannst du dich an Michelles Brautjungfern erinnern? Die hatten echt hässliche Kleider an.«

Michelle war eine gemeinsame Bekannte, die offensichtlich nicht so viel Selbstvertrauen wie Emily hatte. Die Kleider, die sie ausgewählt hate, sahen aus wie Ballkleider aus den Achtzigern. Das bodenlange, trägerlose Kleid, das mir Emily zur Anprobe geschickt hatte, war dagegen einfach umwerfend. Der smaragdgrüne Stoff fiel weich nach unten. Das eingearbeitete Mieder hob meine Brüste an, ließ meinen Bauch flacher aussehen und brachte meinen Hintern zur Geltung. Wenn ich das Kleid zur Oscarverleihung tragen würde, wären alle anderen Frauen blass vor Neid. Ich hatte noch nie etwas so Luxuriöses und Aufreizendes getragen. Links Verlobte hatte nicht nur Geschmack. Offensichtlich hatte sie auch kein Problem damit, dass ihre Brautjungfern ein wenig Haut zeigten.

Monica schien immer noch an den letzten Einsatz zu denken. Sie würde nicht lockerlassen, bis ich ihr alles haarklein erzählte. Zum Glück bedrängte sie mich nicht weiter. »Süße, das Kleid sitzt so angegossen wie ein Kondom«, bemerkte sie grinsend.

»Wie in Kondom? Willst du damit etwa sagen, dass ich darin wie ein Penis aussehe?«

Sie lachte. »Nein, natürlich nicht. Ich wollte damit ausdrücken, dass es verdammt eng ist. Du solltest dich auf einige Anmachen einstellen. Ich wäre zu gern dabei, wenn dich *Bird Brain* in diesem Kleid sieht. Der Kerl wird sich auf der Stelle einen runterholen. Ich hoffe nur, seine Boxershorts sind wasserdicht. Vielleicht solltest du eine Art Spritzschutz dabeihaben, falls er dir zu nah kommt.«

Bird Brain war der nicht gerade liebevolle Spitzname, den sie

Eagle gegeben hatte, nachdem ich ihr von seinem Verschwinden nach unserer tollen Nacht erzählt hatte. Ich dachte, es wäre alles zwischen uns klar gewesen. Doch dann war er nicht mehr aufgetaucht. Nicht einmal, um sich von mir zu verabschieden. Ich wollte keine Beziehung, nicht mal eine Affäre. Aber ich hätte gern gewusst, ob ich seine Welt genauso erschüttert hatte wie er die meine. Fast zwei Jahre waren nach dieser unglaublichen Nacht vergangen, und dieser Mann ging mir immer noch nicht aus dem Kopf. Ich konnte es kaum erwarten, ihn wiederzusehen.

»Egal, was er auch tut. Ich lasse ihn nicht noch einmal ran. Ich habe meine Lektion gelernt.«

Sie lachte. »Welche Lektion? Du warst doch sowieso nur auf etwas Spaß aus. Vergiss den Typen, Nae. Er ist es nicht wert, sich mit ihm abzugeben. Das Arschloch hatte ja nicht mal den Anstand, sich von dir zu verabschieden.«

»Darum geht es doch gar nicht. Ich habe weder nach seiner Telefonnummer gefragt noch nach dem Sex mit ihm gekuschelt. Nein, ich habe mich angezogen und bin gegangen, bevor er mich rausschmeißen konnte.« Von Kim wusste ich, dass Eagle es nicht mochte, wenn seine Fickfreundinnen länger als nötig blieben. Ich hatte nicht vor, zu den Vertriebenen zu gehören. Außerdem hatte ich alles bekommen, was ich mir von ihm erwartet hatte. Danach hatte ich zwei Jahre lang vergeblich versucht, den sexy Marine zu vergessen.

»Du verarschst dich selbst, Süße. Da waren definitiv Gefühle im Spiel. Dein abwesender Blick, wenn du über ihn sprichst, spricht Bände.«

»Sexuell gesehen war er fabelhaft, Monie Love«, verteidigte ich mich. »Glaub mir, er hatte nicht nur einen riesigen Schwanz, er wusste auch, wie man ihn benutzt. Wenn überhaupt, dann bin ich emotional mit seinem Schwanz verbunden.«

Sie streckte ihre Beine und stand auf. Sie war immer noch

skeptisch, wie mir ihr Blick verriet. »Dieses Kleid wird die Zurückhaltung des Typen mit dem Riesenschwanz auf die Probe stellen. Aber was ist mit dir? Diesmal solltest du Abstand halten. Sobald du für ihn die Beine breit machst, wird der Kerl denken, dass er dich wie eine Hure behandeln kann.«

»Ich werde für niemanden die Beine breit machen. Es geht hier nur um die Hochzeit meines Bruders. Mehr wird nicht passieren.« Ich war mir zu fast fünfzig Prozent sicher, dass ich Eagle widerstehen konnte. Genau genommen eher zu neunundvierzig Prozent, dass ich nicht stolpern und auf seinem Penis landen würde. »Es ist zwei Jahre her. Inzwischen könnte er glücklich verheiratet sein, eine Glatze haben oder zahnlos rumlaufen. Wer weiß, ob ich ihn überhaupt noch attraktiv finde? Außerdem war ich beim letzten Mal ziemlich besoffen.« Nicht nach der Ankunft am Flughafen. Und auch nicht beim Abendessen, als ich ihn ständig angestarrt hatte. »Diesmal werde ich nüchtern bleiben und nicht die Whiskeybrille aufsetzen.«

Sie lachte. »Du hast viel darüber nachgedacht, hm?«

Pläneschmieden war eher das richtige Wort. Intuitiv wusste ich, dass diese seltsame magnetische Anziehungskraft zwischen uns nicht einfach so verpufft war. Deshalb hatte ich mir das Gehirn zermartert, wie ich es schaffen konnte, ihm zu widerstehen. Allerdings war nicht bereit, das offen zuzugeben. Daher ignorierte ich ihre Frage und packte weiter.

Monica blieb abwartend im Türrahmen stehen. Völlig untypisch für sie, schwieg sie einige Zeit und schien düsteren Gedanken nachzujagen.

»Wirst du deinem Vater erzählen, was beim letzten Einsatz passiert ist?«, wollte sie plötzlich wissen.

Der abrupte Themenwechsel überrumpelte mich. Erinnerungen tauchten auf, die ich nur schwer verdrängen konnte. Schüsse. Verwundete, die überall herumlagen. Die verzweifelten

Versuche, meinen fluguntauglichen Hubschrauber vom Boden abheben zu lassen. Der kupfersüße Geruch von Blut. Mein Magen krampfte sich zusammen, und meine Sicht trübte sich. »Nein«, presste ich hervor.

Das war der schlimmste Tag meines Lebens gewesen. Ich hatte mich so verdammt hilflos gefühlt. Freunde waren gestorben, und es spielte keine Rolle, wie gut ich als Pilotin war. Außer, auf den schier endlosen Strom von Angreifern zu schießen, gab es nichts, was ich tun konnte.

Ich verdrängte die Gedanken daran, atmete tief durch und konzentrierte mich auf das Hier und Jetzt.

Ich bin in Sicherheit.

Ich bin zu Hause.

ES ist vorbei.

»Du musst darüber reden«, sagte Monica mitfühlend.

Definitiv nicht. Ich wollte nicht reden, sondern vergessen, und konnte es nicht ertragen, mich mit all dem Scheiß auseinanderzusetzen.

»Nicht jetzt.« Ich betrachtete das exquisite Kleid. »Ich sollte mir lieber überlegen, wie ich dieses Ding einpacken kann, ohne dass es total zerknittert. Es zusammenzurollen und in den Rucksack zu stopfen, ist wohl keine gute Idee«, überlegte ich laut, um meine Freundin vom Thema abzubringen. Eigentlich, um uns beide abzulenken.

Monica schien mit sich zu ringen, ob sie mir weiterhin ein Gespräch aufzwingen oder sich geschlagen geben sollte. Schließlich entschied sie sich für Letzteres. »Denk nicht mal dran«, warnte sie mich. »So ein Kleid gehört in einen Kleidersack. Und ich rate dir, während der Reise gut auf ihn aufzupassen.«

Ich schaute vom Kleid zum Rucksack. »Aber da ist noch Platz.«

Monica knurrte. »Vergiss es. Ich kümmere mich darum.«

Sie durchsuchte meinen Schrank und hielt kurz darauf triumphierend einen Kleidersack hoch. Sie verpackte das Kleid und hängte es vorsichtig zurück.

Bevor sie das Zimmer verließ, warf sie mir einen finsteren Blick zu. Mir war klar, dass sie mir einen Aufschub gewährte, aber noch lange nicht fertig mit mir war.

Als das Flugzeug in Seattle landete, war es kurz nach sieben Uhr abends. Bevor ich Albuquerque verließ, schrieb ich Link eine Nachricht, dass ich ein Uber nehmen würde. Ich hatte keine Lust, meinen Kleidersack am Motorrad eines *Prospects* festzuzurren. Als ich mein Handy wieder einschaltete, erschien seine Antwort. Er teilte mir mit, dass mich Emily abholen würde.

Großartig. Nach einem langen Flug geht doch nichts über eine peinliche Unterhaltung mit der Fremden, die meinen Bruder heiraten wollte. Ich widerstand nur knapp dem Drang, darauf zu bestehen, mir ein Uber zu nehmen.

Ich holte mein Gepäck ab und ging nach draußen. Link hatte mir ein Foto von Emily geschickt, damit ich sie erkennen konnte. Sie erwartete mich bereits neben einem schwarzen Jaguar XE. Nachdem wir uns begrüßt und einander vorgestellt hatten, öffnete sie den Kofferraum, und ich verstaute meinen Kleidersack und meinen Rucksack. Dann stieg ich ein. Der Wagen wirkte sauber, hatte Ledersitze und war offensichtlich mit allem ausgestattet, was man bekommen konnte. Er sah chic und teuer aus, genau wie seine Besitzerin. Auf dem Foto wirkte sie toll, aber in Wirklichkeit war sie noch schöner. Sie trug einen marineblauen Business-Blazer und den dazu passenden Rock mit praktisch aussehenden Pumps. Alles an ihr wirkte perfekt, sogar ihre Körperhaltung. Mit ihrem langen, dunklen Haar, den stechend blauen Augen und einem Lächeln, das sowohl verbindlich als auch natürlich wirkte, war sie eine Frau, die sich durchsetzen konnte. Klar, denn Link würde sich nicht in ein schüchternes Mauerblümchen verlieben, das wortlos tat, was er anordnete.

»Danke, dass du mich abgeholt hast. Hoffentlich hast du nicht lange warten müssen.« Das war eine ausgesprochen dumme Bemerkung, und ich wusste nicht, warum ich so einen Blödsinn redete. Mein Flug hatte sich nicht verspätet, und sie war keine Frau, die sich langweilte, wenn sie ein paar Minuten ausharren musste. Ich war einfach nur nervös und versuchte krampfhaft, höflich zu sein und mich damenhaft zu verhalten.

»Mach dir darüber bitte keine Gedanken. Ich bin froh, dass ich aus dem Büro verschwinden konnte, um dich abzuholen. Bisher hatten wir keine Gelegenheit, mitcinander zu reden. Jetzt haben wir zumindest etwas Zeit, bevor der Hochzeitstrubel losgeht.«

Sie wirkte etwas angespannt und besorgt. Vielleicht war sie auch nur nervös. »Ist alles in Ordnung?«, fragte ich.

»Ja. Ich dachte nur, dass wir uns kennenlernen sollten. Vermutlich willst du mir ein paar Fragen stellen, weil Link und ich ... Die meisten Leute waren überrascht, dass wir so schnell heiraten wollen. Ich versichere dir, dass ich nicht schwanger bin, obwohl das alle vermuten.«

Ihre offene, unkomplizierte Art und die Vorstellung, wie mein Bruder auf die Frage nach der Schwangerschaft reagieren würde, brachte mich zum Lachen. »Oh, verstehe. Link ist bestimmt begeistert.«

Sie rollte mit den Augen. »Er brüllt jeden an, der ihn danach fragt, weil das nur uns etwas angeht.«

»Dabei geizt er bestimmt nicht mit Schimpfwörtern«, erwiderte ich grinsend. »Keine Sorge, ich habe nicht mal daran gedacht, dass du schwanger sein könntest. Und falls doch, ist das ganz allein eure Sache«, versicherte ich ihr. »Link würde keine Frau heiraten, nur weil er sie geschwängert hat. Übrigens hat er noch von keinem Menschen so sehr geschwärmt wie von dir.« Ich sah mich in ihrem Auto um. »Außerdem ist offensichtlich, dass du ihn nicht wegen seines Geldes heiratest. Du scheinst gut zu verdienen, und Link steckt jeden Cent in den Club. Er hat mir erzählt, dass du Strafverteidigerin bist. Ist das eine bekannte Kanzlei, für die du arbeitest?«

Emily betrachtete mich einen Moment von der Seite, bevor sie sich wieder auf die Straße konzentrierte. »Meine eigene. Aber angefangen habe ich bei der *Wielder Group*, bis ich es satthatte, Arschlöcher zu vertreten, von denen ich wusste, dass sie schuldig waren.«

»Nach welchen Kriterien wählst du jetzt deine Mandanten aus?«, wollte ich wissen. »Weißt du immer genau, wer schuldig ist und wer nicht?«

»Ich treffe mich zuerst zu einem Vorgespräch. Dann prüfe ich die Geschichten, die ich erzählt bekomme, auf Lücken und Unstimmigkeiten. Ich befrage möglichst viele Leute, nicht nur den Arbeitgeber und das direkte Umfeld. Du kennst deinen Bruder. Ihm war das nicht genug. Er bestand darauf, seine Leute für die Hintergrundrecherche einzusetzen. Ich war anfangs dagegen, aber dann haben wir uns auf einen Kompromiss geeinigt. Jetzt überprüfen seine Leute auch meine Klienten. Manchmal frage ich mich, ob das wirklich nötig ist. Andererseits liebt mich Link, und er will mich beschützen. Vor allem deshalb lasse ich ihn gewähren. Er ist eben wie ein Neandertaler. Manchmal macht er mich fast verrückt mit seinem Beschützerinstinkt. Aber er ist freundlich und großzügig und ein wunderbarer Mann. Ich weiß, dass es verrückt ist, so schnell zu heiraten. Aber ich liebe ihn, und ich *vertraue* ihm bedingungslos: seinem Charakter, seiner Ehre, seinem Herzen und seiner Loyalität. Nach den Beziehungen, die ich hinter mir habe, und den Menschen, die ich im Laufe der Jahre verteidigt habe, macht das keinen Sinn. Trotzdem will ich so schnell wie möglich seine Frau werden.«

Ihre ehrliche, von Herzen kommende Erklärung löste die Verspannung, die ich seit meiner Ankunft auf dem Flughafen verspürt hatte. Ich hatte mir Sorgen um Link gemacht, weil ich wollte, dass er glücklich wird. Ich verstand zwar immer noch nicht, warum sie so schnell heiraten wollten, aber zumindest wusste ich, dass ihre Beweggründe stimmten. Sie liebte ihn, und mein Bruder würde mit ihr glücklich werden. Mir wurde ganz warm ums Herz.

»Wenn ich ganz ehrlich sein darf: Ich fühle mich mit der ganzen Clubszene etwas überfordert, und trotzdem weiß ich, dass es funktionieren wird. Wenn du einen Rat für mich hast, wie ich mit Link besser klarkommen kann, bin ich ganz Ohr.«

Ich dachte einen Moment nach. »Bist du schon mal geritten?«

»Nein. Das wollte ich schon immer mal ausprobieren, hatte aber nie die Gelegenheit dazu.«

»Bevor meine Mutter abgehauen ist, wollte sie unbedingt, dass Link und ich reiten lernen. Die Reitlehrerin erklärte uns, dass manche Pferde eine starke Persönlichkeit haben. So wie manche Menschen auch. Sie brachte uns bei, auf welche äußeren Anzeichen man achten sollte und was man tun muss, dass es auf Befehle reagiert. Sie ließ uns verschiedene Pferde reiten, um das zu demonstrieren. Bei einigen genügte ein kleines Ziehen an den Zügeln, bei anderen brauchte man eher einen Ruck und einen kleinen Tritt in die Flanke. Dann war da noch ein sehr eigenwilliger Hengst namens Dusty. Ich wollte, dass er geradeaus läuft, und habe ihm das auch signalisiert. Doch er hatte andere Pläne und galoppierte los. Es war ein Höllenritt. Aber nach ein paar Wochen kamen wir gut miteinander aus. Ich sollte Dusty vielleicht nicht mit Link vergleichen. Aber er ist intelligent und hat gute Instinkte. Er wird dich beschützen und sich keinen gefährlichen Situationen aussetzen, wenn es nicht unbedingt sein muss. Du solltest einfach nur Geduld mit ihm haben. Irgendwann wird er ruhiger und frisst dir aus der Hand. Und du wirst nicht mal eine Gerte oder Sporen brauchen.«

Emily hielt an einer Ampel und starrte mich an. Dann blinzelte sie und begann zu lachen. »Das ist wahrscheinlich der beste Rat für die Ehe, den ich je gehört habe. Wir sollten auf dem Weg zum Club unbedingt noch Pferdezubehör kaufen, damit ich deinen Bruder im Zaum halten kann.«

Ich erschauderte bei dem Gedanken, wie Emily meinen Bruder züchtigte. Und wegen ihrer Wortwahl. »Erstens: ekelhaft. Wie soll ich die Bilder jemals aus meinem Kopf bekommen? Ich sehe deutlich vor mir, wie du ihn mit der Reitgerte bearbeitest, du Freak. Zweitens: Es heißt Zaumzeug, nicht Zubehör. Drittens habe ich das Gefühl, dass du ihn ganz gut im Griff hast. Ich habe noch nie erlebt, dass er so glücklich klang.«

»Danke.« Sie betrachtete den Verlobungsring an ihrem Finger und lächelte.

»Lass mich mal sehen, was er für dich ausgesucht hat«, bat ich sie, weil die Ampel immer noch rot war. Sie hielt mir ihre Hand hin. Der Ring war umwerfend und musste ein Vermögen wert sein. Offenbar hatte mein Bruder nicht sein *ganzes* Geld in den Club gesteckt.

»Heilige Scheiße. Kein Wunder, dass du Ja gesagt hast.«

»Er kann sehr überzeugend sein.« Emily lachte wieder, legte den Gang ein und fuhr weiter. »Lass uns noch über den Zeitplan sprechen. Für morgen ist nichts vorgesehen, aber am Freitag habe ich uns für eine Maniküre und Pediküre angemeldet. Anschließend proben wir den Ablauf und fahren dann zum Abendessen.«

Ich würde also den ganzen Tag mit Emily und den anderen Brautjungfern verbringen. Ein richtiger Frauen-Wellness-Tag.

»Ich kann mich nicht daran erinnern, wann ich das letzte Mal so verwöhnt wurde. Meine Hände und Füße sind schon ganz aufgeregt. Du bist definitiv meine liebste Schwägerin.«

Sie lachte wieder, und ich freute mich, wie wohl ich mich mit ihr fühlte. Wir unterhielten uns über den Club und die Hochzeit, und ich hatte so viel Spaß mit Emily, dass ich kaum noch an Eagle dachte.

7. KAPITEL

Eagle

Naomi war zurück. Ich wusste, dass sie sich die Hochzeit nicht entgehen lassen würde. Aber als ihr Name im *Copper Penny* fiel, war ich trotzdem überrascht. Ich setzte mich auf meinen Barhocker und lauschte den Gesprächen. Ich wollte wissen, worüber genau geredet wurde. Was auch immer es war, es klang wie eine Mischung aus Stolz und Furcht. Ich hätte jeden meiner Brüder nach ihr fragen können, aber ich versuchte mir immer noch einzureden, dass sie mich nicht interessierte. Daher hielt ich die Klappe.

»Naomi ist in der Stadt«, bemerkte Wasp und setzte sich auf den Barhocker neben mir. Er betrachtete mich und schien auf eine Reaktion zu warten.

Der Scheißkerl konnte mich anstarren, wie er wollte, nicht die kleinste Regung würde er bekommen. »Ich weiß«, erwiderte ich möglichst unbeteiligt, nippte an meinem Whiskey und sah stur geradeaus.

»Du bist so ein Weichei. Warum ignorierst du sie?«

Wut kochte in mir hoch. Ich? Ein Weichei? Wenn er noch ein falsches Wort sagte, würde ich ihm mitsamt dem Barhocker umkippen. »Was willst du von mir? Soll ich dir den Hintern versohlen?«

»Ich weise nur auf das Offensichtliche hin, zum Beispiel, dass du die Feuerwache meidest, seit sie hier ist.«

»Ich musste arbeiten und weiß nicht mal, seit wann sie hier ist, du Intelligenzbolzen. Außerdem geht dich das einen Scheißdreck an.« Wenn ich gewusst hätte, dass Naomi im Club war, hätte ich einen großen Bogen darum gemacht. Seit unserer gemeinsamen Nacht musste ich dauernd an sie denken. An das Gesicht von Jeanie konnte ich mich nicht mehr erinnern, aber das von Naomi hatte ich immer vor Augen. Das war verdammt seltsam. »Ich gehe nichts und niemandem aus dem Weg.«

Er grinste. »Klar, Mann. Du solltest sie mal sehen. Attraktiver als je zuvor. Und sie ist eine coole Braut. Hast du gehört, was sie heute mit Zombie gemacht hat?«

Ich schüttelte den Kopf.

»Sie hat bei *Formation* ausgeholfen«, antwortete Wasp. *Formation Auto Repair* gehörte dem Club. Viele Brüder arbeiteten dort. Ich hatte Gerüchte gehört, dass Naomi, bevor sie zur Air Force ging, oft mitgeholfen hatte und sich mit dem Tuning und auch bei Reparaturen gut auskannte. Dass sie sich nicht davor scheute, ihre Finger in Getriebeöl zu tauchen, machte sie in meinen Augen noch interessanter. Allerdings versuchte ich, nicht zu viel darüber nachzudenken, weil mein Kopfkino mich jedes Mal fast um den Verstand brachte. »Sie war dabei, Bremsbeläge an einem Truck auszuwechseln. Zombie hat sie blöd von der Seite angequatscht.«

»Er hat was?« Mein Blutdruck stieg, und ich drehte mich zu Wasp um und sah ihn aufmerksam.

»Ah, doch interessiert? Hab ich es doch gewusst.« Er setzte ein dämliches Grinsen auf. »Zombie sagte irgendetwas darüber, dass eine schöne Frau wie sie auf der Motorhaube liegen sollte und nicht unterm Wagen.«

Wenn ich den Idioten in die Finger bekomme, würde ich ihm die verdammte Zunge herausreißen und ihm damit das Maul stopfen. Ich erhob mich vom Barhocker und sah mich nach ihm um, bereit, ihm eine kleine Lektion in Sachen Respekt zu erteilen.

»Whoa, Bruder«, hielt mich Wasp zurück. »Bleib ruhig, Alter. Er ist nicht hier, und er wird sich nach Naomis Antwort auch so schnell nicht blicken lassen. Ich könnte mir vorstellen, dass er heute Abend irgendwo seine Wunden leckt und hoffentlich seine Dummheit verflucht.« Er sah an mir vorbei zum anderen Ende der Bar. »Oh, da ist Rabbit. Ich muss mit ihm über eine Bestellung für den Laden reden. Wir sehen uns.«

Ich stellte mich vor ihn und versperrte ihm den Weg. Auf keinen Fall wollte ich ihn gehen lassen, bevor ich die ganze Geschichte kannte. »Was hat Naomi mit ihm gemacht?«

Wasp grinste. Der Wichser hatte endlich mein Interesse geweckt und war sichtlich erfreut darüber. Er brauchte wirklich eine Tracht Prügel.

»Was war zwischen dir und Naomi, als sie das letzte Mal hier war?«, schoss er zurück.

Wie gern hätte ich ihm das Grinsen aus dem Gesicht geprügelt. Stattdessen riss ich mich zusammen. »Ich weiß nicht, wovon du redest, Wasp.«

Er schüttelte den Kopf. »Eines Tages werde ich es rausfinden.«

»Sicher nicht. Und jetzt erzähl mir den Rest der Geschichte.«

»Naomi lag also unterm Truck und hat ihn ignoriert. Dann hat der Blödmann sie an den Knöcheln gepackt und unter dem Truck hervorgerollt. Naomi fackelte nicht lange und schlug ihm mit dem Schraubenschlüssel auf die Schulter. Zombies Schrei war bis in die Motorradwerkstatt zu hören. Als ich dazukam, hat er von Rabbit die Leviten gelesen bekommen. Und dann auch noch von Link. Ich rechne nicht damit, Zombie vor der Hochzeit zu sehen. *Falls* Link ihn so lange leben lässt. Du kennst unseren Prez: Wenn es um seine Schwester geht, kennt er keine Gnade. Aber wenn du mich fragst ... Das Mädchen kann verdammt gut auf sich selbst aufpassen.« Er kicherte. »Ich wette, Zombie sieht das auch so.«

Für mich spielte es keine Rolle, ob Naomi auf sich selbst achtgeben konnte. Niemand durfte so respektlos mit ihr umgehen. Es kostete mich all meine Willenskraft, dem Bastard nicht die Tür einzutreten. Wie konnte er es wagen, sie anzumachen? Verübeln konnte ich es ihm nicht. Trotzdem wollte ich ihn dafür in Stücke reißen.

»Zombie ist ein guter Mann«, erinnerte mich Wasp. »Er hat sich nur an eine attraktive Frau rangemacht. Wir sind doch nicht anders. Er wusste nur leider nicht, dass die Frau Links Schwester ist.«

»Er wusste aber, dass sie kommen würde.« Link hatte uns alle gewarnt, uns verdammt noch mal von ihr fernzuhalten. Nicht zum ersten Mal.

»Ja, aber Zombie hat nicht erwartet, dass sie in der Garage arbeitet. Außerdem steckte sie mit dem Kopf unterm Truck, als er sie angebaggert hat.«

Wasp hatte recht. Ich atmete tief durch und versuchte, meine Anspannung und die Wut zu verdrängen. »Hat sie ihm wenigstens ein paar Knochen gebrochen?«

Wasp grinste. »Nein, aber eine schöne Prellung der Schulter.«

Völlig unbegründet empfand ich so etwas wie Stolz. Ich verdrängte das Gefühl, trat einen Schritt zur Seite und machte Wasp den Weg frei. Er sah mich noch einmal kopfschüttelnd an, bevor er ging. Ich konnte es ihm nicht verdenken.

Naomi gehörte nicht zu mir, und ich hatte sie seit zwei Jahren nicht gesehen. Doch allein der Gedanke, dass ein anderer Mann sie berührte, brachte mein Blut in Wallung.

Frustriert kippte ich den letzten Rest Whiskey hinunter und ging zurück zur Feuerwache. Es war schon weit nach Mitternacht, und ich bezweifelte, dass Naomi im Gemeinschaftsraum auf mich warten würde. Trotzdem betrat ich das Clubhaus durch die Hintertür und schlich wie ein gottverdammter Feigling die Treppe hinauf. Nur für den Fall, dass sie doch hier sein sollte.

Ich schloss nur die Tür zu meinem Zimmer, ohne sie zu verriegeln, zog mich aus und ging ins Bett. Grübelnd lag ich auf dem Rücken und fand keine Ruhe. Und es klopfte auch niemand an, was mich einerseits erleichterte und zugleich enttäuschte.

Neben meinen Aufgaben im Club arbeitete ich als Qualitätsprüfer für ein Automatisierungsunternehmen im Industriegebiet von Seattle. Die Bezahlung und die Sozialleistungen waren gut, und wegen der Arbeitszeiten von Montag bis Freitag zwischen sieben und drei Uhr hatte ich abends und an den Wochenenden frei. Ich hatte so viel Urlaub angesammelt, dass ich den Freitag hätte freinehmen können, aber angesichts des Papierkrams auf meinem Schreibtisch war ich froh, dass ich es nicht getan hatte.

Der Tag verging schnell, und ehe ich mich versah, war es Zeit für die Hochzeitsprobe und das Abendessen. Weil wir noch keinen Zugang zur *Joni Earl Great Hall* in der *Union Station* hatten, würden wir die Zeremonie in der Feuerwache proben. Ich duschte, zog mich an und machte mich auf den Weg zum Gemeinschaftsraum, wo wir uns treffen wollten.

Unbewusst ließ ich meinen Blick auf der Suche nach Naomi schweifen, noch bevor ich den Fuß der Treppe erreicht hatte. Ich sah sie sofort. Ihr Haar war jetzt länger und fiel in lockeren Wellen. Sie trug eine schulterfreie Bluse, blaue Jeans und hochhackige Schuhe. Sie sah ein wenig älter und reifer aus, noch mehr sexy. Ich verlangsamte meine Schritte und beobachtete sie bei ihrem Gespräch mit Jayson, Emilys Assistent. Sie lächelte, während sie ihm zuhörte.

Gott, sie war umwerfend. Kein Wunder, dass ich seit vierundzwanzig Monaten nur an sie denken konnte.

»Da bist du ja«, sagte Link und kam auf mich zu.

Ich wandte meinen Blick von seiner Schwester ab und nickte ihm grüßend zu. »Tut mir leid, dass ich spät dran bin. Ich stand im Stau.«

»Der Pfarrer ist schon da. Wir können gleich loslegen«, bemerkte Link und rief alle zusammen.

Naomi sah sich um und entdeckte mich. Ein Lächeln breitete sich auf ihrem Gesicht aus. »Hey, Eagle. Schön, dich wiederzusehen.«

Die Elektrizität zwischen uns war so stark, dass sich die Haare in meinem Nacken aufstellten. »Ja, freut mich auch«, erwiderte ich, obwohl es so viel mehr zu sagen gab. Doch ich sollte mich verdammt noch mal bedeckt halten.

Wir nahmen unsere Plätze im hinteren Teil der Feuerwache ein, während sich Link und der Pfarrer nach vorn begaben. Die Musik setzte ein, und wir begannen unseren Marsch. Jayson war Emilys Trauzeuge, und Havoc, der die Rolle der Braut übernommen hatte, hakte sich bei ihm ein. Dann schritten sie den breiten Gang hinunter. Die beiden waren wirklich sehenswert. Jayson war nicht nur schwul, sondern herrlich tuntig. Er flirtete unablässig mit Havoc, der ihm keinerlei Beachtung schenkte. Jayson war ein netter Kerl. Alle mochten seine liebenswürdige Art.

Wasp und Naomi bereiteten sich darauf vor, als nächstes Paar den Gang entlangzugehen. Sie hakte sich bei ihm unter, woraufhin mich das Arschloch angrinste und sie näher an sich zog. Ich schaute weg, als würde es mich nicht interessieren.

Schließlich war ich mit Julia, Havocs Frau, an der Reihe. Naomi beobachtete uns mit wachsamem Blick, bis Julia neben ihr Platz nahm. Ich setzte mich auf die andere Seites des Ganges zu Wasp.

Link und Havoc als Emily probten das Gelübde, während Naomi immer wieder zu mir sah und ich zu ihr. Wir vermieden peinlichst genau, dass sich unsere Blicke trafen.

In den zwei Jahren, seit ich sie zuletzt gesehen hatte, war ihr Körper schlanker und muskulöser geworden. Insgesamt wirkte sie härter und noch entschlossener. Ihr Gesicht war wunderschön, aber der Ausdruck darin war nicht zu deuten.

Sie lächelte Havoc an, und ich erhaschte einen Blick auf die selbstbewusste Air-Force-Offizierin, die mir erklärt hatte, dass sie keine Schlampe sei, die sich irgendwo draufsetzen würde. Doch diese Person verschwand, als ihr Lächeln verblasste. Ihre Augen wirkten dunkler als damals. Offensichtlich hatte sie seitdem einiges durchgemacht. Darauf würde ich meinen Patch verwetten, der mich als Mitglied der *Dead Presidents* auswies.

Am liebsten hätte ich die Arme um sie gelegt und sie beschützt. Ein Wunsch, der mich verdammt noch mal selbst überraschte. Ich hatte schon einmal eine Frau beschützen wollen und kläglich versagt. Ich hatte mir geschworen, mich nie wieder in so eine Lage zu bringen.

Irgendetwas an Naomi führte dazu, dass ich mein Versprechen vergessen wollte. Es war zwei verdammte Jahre her, dass ich sie gesehen hatte, aber die Chemie zwischen uns hatte sich noch verstärkt.

Ich sollte aufhören, sie anzustarren, aber ich konnte meinen Blick nicht abwenden. Sie war so nah und doch unerreichbar. Die pure Qual, zumal nun auch noch Erinnerungen auftauchten. Daran, wie empfänglich sie für meine Berührungen gewesen war. Wie sie auf meiner Zunge und meinem Schwanz gekommen war. Seitdem hatte ich mit einigen Frauen geschlafen, aber nie war es wie mit Naomi gewesen.

Ungeduldig hatte ich das Ende der Probe erwartet, denn ich hatte einen Drink bitter nötig. Sofort machte mich auf den Weg zur Bar, schenkte mir ein Glas Whiskey ein und suchte mir eine Sitzgelegenheit.

Die Brüder strömten in den Club, um sich auf Links Junggesellenabschied vorzubereiten. Unwillkürlich suchte ich in dem Gedränge Naomi. Sie stand an der Tür und sprach mit Jayson, während sich Julia von Link und Havoc verabschiedete. Vermutlich hatten die Frauen ihre eigene Party geplant. Das war gut. Wenn Naomi ging, musste ich mir keine Sorgen mehr machen, dass sie in meinem Bett landen könnte. Ich redete mir immer wieder ein, dass ich mich darüber freute, aber die Enttäuschung lag mir wie ein Stein im Magen.

Ihr Blick traf den meinen, und sie hob auffordernd ihr Kinn. Das allein reichte, um meinen Schwanz pulsieren zu lassen. Hatte sie auch an unsere gemeinsame Nacht gedacht? Wollte sie mehr? Hatte sie sich überhaupt jemals daran erinnert?

Was zum Teufel ist los mit mir? Ich klinge wie eine verdammte Schlampe.

Entschlossen, mich zusammenzureißen, holte ich mir ein weiteres Glas Whiskey. Die Frauen gingen, und ich schloss mich Link, Havoc und dem Rest meiner Brüder an, um ausgiebig zu feiern.

Total verkatert wachte ich am nächsten Tag auf. Es war schon gegen Mittag, als ich endlich die Augen öffnete. Ich war allein und fragte mich, wo Naomi vergangene Nacht gelandet war. In ihrem eigenen Bett? Oder bei jemandem, der sie in den Arm nahm? Das ging mich nichts an, hielt mich aber nicht davon ab, darüber nachzudenken. Der Gedanke, dass sie neben einem anderen Mann aufwachen könnte, machte mich ganz krank.

Seufzend verließ ich das Bett. Wenn ich pünktlich zur Hochzeit erscheinen wollte, musste ich mich beeilen.

Dreieinhalb Stunden später stand ich mit Link, Havoc und Wasp in der *Joni Earl Great Hall*. Wir warteten auf ein Zeichen von Jake. Sobald Emily bereit war, konnte die Zeremonie beginnen. Noch nie in meinem Leben hatte es für mich einen Grund gegeben, einen Anzug zu tragen. Dieses Ding war das Unbequemste, was ich je angezogen hatte. Lieber würde ich meine stinkende Kampfuniform tragen als das hier. Ich konnte es kaum erwarten, wieder in Jeans und T-Shirt zu schlüpfen und diese verdammten Schuhe auszuziehen.

»Havoc, hast du die Ringe?«, fragte Link bestimmt zum fünften Mal in den vergangenen fünf Minuten.

Auf Havocs Schläfe zeichnete sich eine pochende Ader ab. Er konnte mit Links Aufregung besser umgehen als ich und klopfte auf seine Brusttasche. »Hier drin«, antwortete er geduldig.

So hatte ich unseren Prez noch nie erlebt. Er lief hin und her, verlagerte sein Gewicht auf ein Bein und dann wieder auf das andere und starrte dauernd zur Tür am anderen Ende des Saals. Wenn Emily nicht bald fertig war, würde er uns alle in den Wahnsinn treiben.

»Wir waren die ganze Zeit hier«, bemerkte Wasp. »Wie soll er die verdammten Ringe verloren haben, seit du das letzte Mal gefragt hast, Prez?« Wasp musste wieder unbedingt seinen Senf dazugeben. »Was ist los? Hast du es dir anders überlegt? Bist du bereit, die Ringe zu versetzen und nach Vegas zu gehen? Du wirst doch jetzt nicht den Schwanz einziehen?« In den zwei Jahren im Club hatte er nicht gelernt, dass man sich lieber nicht mit dem Präsidenten anlegte.

»Halt die Klappe, Wasp«, knurrte Link und entschuldigte sich sofort bei dem Pfarrer, der hinter uns stand.

»Schon in Ordnung«, sagte der Pfarrer und deutete zum hinteren Teil des Saals, wo Links Vater Jake wie ein Verrückter winkte. »Sieht so aus, als wären die Damen bereit.«

Link stand endlich halbwegs ruhig und verschränkte die Hände hinter dem Rücken. Havoc, Wasp und ich machten uns auf den Weg zu Jake, unter beleuchteten Tonnengewölben hindurch, an den Reihen gepolsterter Stühle, auf denen Familienmitglieder und Freunde saßen, bis wir die schwarzweiß gemusterte Tanzfläche erreichten.

Vor uns tauchte Jayson auf. In seinem smaragdgrünen Anzug wirkte er eher wie ein Comic-Bösewicht als der Trauzeuge auf einer Biker-Hochzeit. Er nahm Havocs Arm und zog ihn mit sich.

Dann kam Naomi aus dem Bereich, der als Umkleidekabine diente. Bei ihrem Anblick fiel mir die Kinnlade runter. Die komplizierte Frisur betonte ihren Hals, der darum bettelte, von mir geküsst zu werden. Das schulterfreie, bodenlange Kleid schmiegte sich an ihre Kurven, sodass sie mit dem dezenten Make-up und dem perfekt ausgewählten Schmuck wunderschön aussah. Kaum zu glauben, dass sie vor zwei Tagen Bremsbeläge gewechselt hatte.

»Eagle«, sagte sie zur Begrüßung und schenkte mir ein verbindliches Lächeln. Mit den hohen Absätzen war sie beinahe so groß wie ich. Als sie an mir vorbeiging, nahm ich ihren wunderbaren, leicht süßlichen Duft in mich auf.

Wasp grinste mich an und bot ihr seinen Arm an. »Verdammt, Naomi, du hast dich ja ganz schön rausgeputzt«, bemerkte er und beäugte sie.

Ich wollte ihm die Augäpfel ausstechen.

»Ähm. Ja«, antwortete Naomi ein wenig steif.

Blöd grinsend führte er sie den Gang hinauf, während ich gegen den Drang ankämpfte, den beiden hinterherzulaufen.

»Hey, Eagle«, ertönte eine Stimme neben mir. Es war Julia, Havocs Frau, eine umwerfende Rothaarige, die aus reichem Hause stammte, wie man unschwer an ihrer Haltung erkennen konnte. Doch ich habe nie erlebt, dass sie sich wie ein reicher Snob benommen hätte. Sie war eher bodenständig, und nach allem, was ich gehört hatte, konnte sie gut mit einer Schrotflinte umgehen. Mit ihr sollte man sich lieber nicht anlegen. Sie hatte zwei Anläufe gebraucht, aber schließlich war es ihr gelungen, den betrügerischen Arsch ihres Ex-Mannes unter die Erde zu bringen.

»Hey, Julia. Du siehst wunderschön aus«, erwiderte ich bewundernd. Havoc musste ein glücklicher Mann sein.

»Danke.« Lächelnd legte sie ihre Hand auf meinen Unterarm und ließ sich von mir führen.

Naomi und Wasp hatten ihre Position erreicht, drehten sich zu uns um und warteten. Sie betrachtete die Hochzeitsgäste, vermied es aber, mich anzusehen.

»Sie ist umwerfend«, flüsterte Julia.

Obwohl sie mich erwischt hatte, stellte mich dumm. »Wen meinst du?«

Julia schüttelte nur lächelnd den Kopf, was mir einen strafenden Blick von Havoc einbrachte. Um den *Sergeant at Arms* nicht zu verärgern, beschleunigte ich meine Schritte. Julia stellte sich neben Naomi, die mich immer noch nicht ansah. Ich nickte Link zu und nahm meinen Platz neben Wasp ein.

Emily hatte ihre Eltern verloren, als sie noch ein Kind war, und ihr Großvater, bei dem sie aufgewachsen war, verstarb vor ein paar Jahren. Daher ließ sie sich von Jake, Links Vater, zum Traualtar führen. Ihr zukünftiger Schwiegervater grinste bis über beide Ohren, während er sie zu Link führte. Er gab der Braut einen Kuss auf die Wange und übergab sie an seinen Sohn.

Die Zeremonie konnte beginnen.

Der Pfarrer sprach über die Ehe und wie schön es war, dass sich Link und Emily gefunden hatten. Es fiel mir schwer, mich auf seine Worte zu konzentrieren, während Naomi nicht weit entfernt stand und eine unglaubliche Anziehungskraft auf mich ausübte. Mir war bewusst, dass ich sie unverhohlen anglotzte, aber ich konnte mich nicht zwingen wegzusehen. Mein ganzer Körper schrie nach ihr, und ich konnte nichts dagegen tun.

Jubel brach aus und riss mich aus meiner Starre. Link küsste seine Frau, und als er sie wieder freigab, waren ihre Wangen rosig und ihre Lippen voller. Unter lautstarkem Beifall hob er sie hoch und trug sie aus dem Saal.

Alle folgten dem glücklichen Paar, ich ging direkt zur Bar. Ich brauchte ein Glas Whiskey so dringend wie meinen nächsten Atemzug. Ich lockerte meine Krawatte, lehnte mich gegen die Bar und gab meine Bestellung auf.

»Für mich dasselbe.« Naomi stand plötzlich neben mir.

»Hey«, sagte ich.

»Selber hey.«

Sie war so verdammt nah, dass ich die Hitze ihres Körpers spüren konnte, der darum bettelte, berührt zu werden. Der Barkeeper reichte mir ein Glas, und ich umklammerte es, um meine Hände zu beschäftigen.

»Du siehst ...«, begann ich, hatte aber keine Worte, die ihr auch nur annähernd gerecht wurden, »... gut aus.« Dann wurde mir klar, wie dumm das klang. »Ganz toll«, verbesserte ich mich, was auch nicht besser war. »Wirklich unglaublich«, wagte ich einen dritten Versuch und musste wie ein gottverdammter Idiot gewirkt haben.

»Danke.« Sie lächelte amüsiert und betrachtete mich von Kopf bis Fuß und retour. Ihr Blick hatte sich verdunkelt, als sie mir in die Augen sah. »Du siehst auch unglaublich aus.« Sie hob ihr Whiskeyglas. »Einen Toast?«

»Auf Link und Emily?«

»Ja, zuerst auf das glückliche Paar.« Sie stieß mit mir an und leerte ihr Glas in einem Zug, bevor sie uns eine weitere Runde bestellte.

Ich wusste, dass ich schnellstmöglich verschwinden sollte, aber ich wollte nicht. Um nichts in der Welt. Statt vernünftig zu sein, hob ich mein Glas. »Worauf stoßen wir als Nächstes an?«

8. KAPITEL

Naomi

Ich werde NICHT mit Eagle schlafen.
Ich werde nicht mit Eagle schlafen.
Entschlossen, mich nicht auf ihn zu stürzen, als ich ihn die Treppe herunterkommen sah, wiederholte ich das Mantra immer wieder in meinem Kopf. Wie üblich trug er ein kurzärmeliges T-Shirt unter seiner Kutte, Jeans und Stiefel. Und er sah verdammt gut aus. Seine Arme und seine Brust waren noch kräftiger und definierter geworden. Seine Augen kamen mir dunkler vor, sein Blick intensiver. Sein langes dunkles Haar war noch feucht von der Dusche. Schon sein Anblick ließ mich beinahe meinen Vorsatz vergessen. Doch dann ging er an mir vorbei, und sein männlicher Duft in Verbindung mit seinem hitzigen Blick verwirrte meine Sinne vollends.

Ich werde nicht mit Eagle schlafen.
Und dann, bei der Hochzeit, tauchte er in einem Anzug auf, und ich hatte kaum noch eine Chance, ihm zu widerstehen. Dabei fand ich Männer in Anzügen nie besonders interessant. Ich bevorzugte muskelbepackte Typen, die keine Scheu hatten, sich die Hände schmutzig zu machen. Aber so einen Kerl in einem Anzug zu sehen ... Das war einfach nicht fair. Dem hatte ich nichts entgegenzusetzen.

Ich war erledigt. Willenlos. Hormongesteuert.

Noch nicht komplett, aber es war nur eine Frage der Zeit.

Er stand im hinteren Teil der *Joni Earl Great Hall* und wartete mit Wasp, während Jayson und Havoc nach vorn gingen. In dem Moment, als sein Blick auf mir landete, fühlte es sich an, als würde mein Körper in Flammen aufgehen. Die Erinnerung daran, wie sich sein Mund auf meiner sensibelsten Stelle angefühlt hatte, ließ mich vor Verlangen dahinschmelzen. Und dann seine Hände, die wahre Wunder vollbrachten. Instinktiv presste ich die Schenkel zusammen. Zum Glück war mein Kleid so lang, dass das kaum jemand bemerkt haben dürfte. Als ich auf ihn zugehen musste, verschlang er mich mit seinem Blick. Spätestens seit diesem Moment war klar, dass ich verloren war.

Wie ich es geschafft hatte, auf den zehn Zentimeter hohen Absätzen nicht ins Straucheln zu geraten, war mir schleierhaft. Vielleicht half es, dass ich mich auf Wasp konzentrierte, der dauernd irgendwas plapperte. Ich hörte nur das Blut in meinen Ohren rauschen. Wasp sah mich an, als wartete er auf eine Antwort. Ich hatte nicht mal die Frage gehört. *Ähm.* »Ja«, murmelte ich und kam mir wie eine Idiotin vor.

Wasp kicherte und bot mir seinen Arm an. Dankbar, der Situation zu entkommen, hakte ich mich bei ihm ein und ließ mich den Gang hinunterführen.

»Entschuldigung, was hast du gesagt?«, wollte ich wissen, sobald wir die vereinbarte Stelle erreicht hatten. Nebenbei versuchte ich aus den Augenwinkeln, einen Blick auf Eagle zu erhaschen.

»Nichts. Ich wollte nur, dass ihr euch nicht noch länger so anstarrt. Wir wollen doch nicht, dass dein Bruder Wind davon bekommt.«

Ich lächelte meinen nervösen Bruder an, atmete tief durch und wiederholte das Mantra.

Ich werde nicht mit Eagle schlafen.

Selbst als ich die Worte vor mich hinmurmelte, wusste ich, dass ich mich selbst belog. So weit war es schon mit mir gekommen. Aber darum ging es ja gar nicht. Ich hatte keine Lust, mit ihm zu schlafen. Daran dachte ich nicht im Entferntesten. Ich wollte mit meinen Fingern durch sein Haar streichen, seinen Kopf nach hinten ziehen, mich auf sein Gesicht setzen und mich von ihm verwöhnen lassen, bis er sich dafür entschuldigte, dass er sich vor zwei Jahren nicht von mir verabschiedet hatte.

Dann würde der eigentliche Spaß beginnen.

Sein hitziger Blick ließ mein Blut kochen. Ich fächelte mir Luft zu und konzentrierte mich auf Link. Solange ich Eagle nicht sah, bestand auch keine Gefahr, dass ich mich vor allen Leuten auf ihn stürzte. Vor dem Pfarrer, dem Hochzeitspaar, allen Gästen.

Schon in seiner Nähe zu sein, verlangte mir Unmögliches ab. Er war wie ein Planet, der Zeit und Raum um sich herum verformte und eine unwiderstehliche Anziehungskraft ausübte. Zwei Jahre waren wir uns nicht begegnet, doch die Anziehungskraft hatte sich nur noch verstärkt. Ich konnte weiter dagegen ankämpfen, aber irgendwann würde mir der Treibstoff ausgehen. Die Landung auf Eagle war somit unvermeidlich.

Während der Zeremonie schossen mir weitere Erinnerungen an unsere gemeinsame Nacht durch den Kopf und lenkten mich ab. Es war nur Sex. Ich hatte davor und danach welchen gehabt. Warum konnte ich diese eine Nacht nicht vergessen?

Lauter Jubel machte mir klar, dass ich etwas Wichtiges verpasst hatte. Ich schaute auf und sah Link, der vorgab, Emily zu küssen, doch eigentlich drauf und dran war, sie in sich aufzusaugen. Lachend schüttelte ich den Kopf und stimmte in den Jubel ein, der das Paar begleitete, als Link seine Angebetete hochhob und nach draußen trug. Genau genommen sah es aus, als würde er sie verschleppen.

Bei diesem Anblick krampfte sich meine Brust zusammen. Ich freute mich für Link und Emily. Doch zum ersten Mal überhaupt hatte ich das Gefühl, dass in meinem Leben etwas fehlte. Ich fühlte mich ... einsam. Waren Feierlichkeiten dieser Art daran schuld, dass man so einen Scheiß dachte?

Zu heiraten, hatte ich nie auf dem Radar gehabt. Aber das Ticken meiner biologischen Uhr wurde immer lauter, bestärkt durch die Glückseligkeit, die mich umgab. Meine Hormone gerieten außer Kontrolle, und mein Single-Status erschien mir plötzlich fragwürdig. Ich war emotional so am Ende, dass mir nur ein Drink helfen würde, wieder halbwegs klar zu denken. Deshalb tat ich das Dümmste, was mir einfallen konnte, und folgte Eagle an die Bar.

Ich fühlte mich seltsam leer und entschied mich für etwas Hochprozentiges. Wenn ich schon untergehen musste, dann in einem Flammenmeer, getränkt von Whiskey und durchflutet von Leidenschaft.

Nachdem wir auf das Paar angestoßen hatten, beließen wir es nicht dabei, sondern tranken, bis sich der gesunde Menschenverstand verabschiedet hatte, und noch ein paar Gläser, bis auch alle Hemmungen verschwunden waren.

Eagle warf mir immer mehr anzügliche Seitenblicke zu, und mir ging langsam der Treibstoff aus, um seinem Gravitationsfeld zu entkommen. Verdammt, ich wollte nicht mehr warten. Ich wollte ihn sofort. Hier und jetzt.

Unter dem Vorwand, auf die Toilette zu müssen, ließ ich ihn an der Bar zurück und suchte nach einem einigermaßen ruhigen Raum. Die Tür zu dem Zimmer, das uns vorhin als Umkleidekabine gedient hatte, war verschlossen. Von drinnen ertönten allerdings eindeutige Geräusche. Da hatte wohl jemand die gleiche Idee. Es klang wie Havoc und Julia, offenbar hatten Hochzeiten auch auf die beiden eine solche Wirkung.

Wenig später entdeckte ich einen Raum mit allerlei Werkzeug, der für unsere Zwecke ausreichen sollte. Ich kehrte zu Eagle zurück und sagte ihm, wo er mich finden könne, falls er Interesse an mir hätte.

Die Hitze in seinem Blick hatte mir verraten, dass er mir folgen würde. Doch die Minuten verstrichen, und ich war mir nicht mehr ganz so sicher. Schließlich öffnete sich die Tür, und er betrat den winzigen Raum. Er sah in seinem Anzug elegant aus und doch wild vor Lust. Er schloss die Tür hinter sich, ohne mich aus den Augen zu lassen. Im nächsten Moment lag ich in seinen Armen.

Wir pressten unsere Körper aneinander, ließen unsere Zungen tanzen und fummelten wie unerfahrene Teenager. Er roch frisch und sauber mit einem Hauch von Metall. Ich nahm seinen Duft in mich auf und speicherte ihn für alle Ewigkeit. Seine Hände auf mir fühlten sich vertraut und doch seltsam fremd an, als käme man nach Hause, und alle Möbel waren umgestellt. Er hatte sich verändert. Wir beide hatten das. Der Gedanke war sowohl beruhigend als auch irritierend. Ich kannte diesen Mann nicht. Das hatte ich nie wirklich, und doch fühlte es sich so richtig an, in seinen Armen zu liegen. Richtiger als alles, was ich je erlebt hatte.

Ich fühlte mich betrunken vor Lust, verstärkt durch den Alkohol, und versuchte, nichts Dummes zu sagen. Doch ich dachte nur daran, wie sehr ich seine Zunge und seinen Schwanz vermisst hatte. Wenn ich das laut gesagt hätte, hätte er vielleicht erwidert, dass ich die schönsten Brüste habe und die engste Pussy.

Wir waren viel zu ausgehungert, als darum zu ringen, wer die Kontrolle übernehmen durfte. Unser spielerischer Machtkampf war auf Eis gelegt, sodass es nichts gab außer wildem Verlangen.

Von der Party dröhnte Rockmusik, sodass uns niemand hören konnte. Wir konnten so laut sein, wie wir wollten. Und wie wir es *brauchten*.

Ich schlang ein Bein um ihn und flehte ihn im Stillen an, mir alles zu geben, wofür er bereit war. Er presste mich gegen ein Regal und ließ seine Hand unter mein Kleid gleiten und schob meinen Spitzentanga beiseite. Als er zwei Finger in mich führte, warf ich keuchend den Kopf zurück.

»Du bist so verdammt feucht, Naomi«, flüsterte er, verwöhnte mich weiterhin mit den Fingern und rieb mit seinem Daumen über meine Klit. »So verdammt feucht. Und so gottverdammt schön, wenn du die Kontrolle verlierst.«

Dann küsste er mich wieder, ohne sein Fingerspiel zu vernachlässigen. Mein Körper erbebte, und meine Knie wurden weich, während ich auf einen Höhepunkt zusteuerte. Ich ließ meine Hüften kreisen, um schnellstmöglich Erlösung zu finden. Doch seine beiden Finger waren mir nicht genug.

»Gib mir mehr«, presste ich atemlos hervor. Meine Stimme klang ungewöhnlich tief.

Auch mit nunmehr drei Fingern war es mir nicht genug. Ich brauchte seinen Schwanz und begann, seine Hose zu öffnen.

»Ich will dich in mir spüren«, raunte ich und befreite seine Härte. Eagle stöhnte unter meiner Berührung. »Kondom?«

Er griff in die Innentasche seinen Sakkos. Sekunden später rollte er ein Kondom über und zögerte nicht, sofort in mich zu stoßen.

Er fühlte sich so verdammt perfekt an, dass mir Tränen in die Augen stiegen. Ich legte wieder ein Bein um ihn und nahm ihn tiefer in mich auf. Es war unglaublich, mit ihm die Grenzen zwischen Lust und Schmerz auszuloten.

»Härter«, hauchte ich, bevor ich seinen Mund wiederfand.

Er steigerte das Tempo, und unsere Zungen tanzten. Ich fühlte mich so lebendig wie lange nicht mehr, rieb mich an ihm, packte seine Schultern und ließ mich von ihm nehmen. Wir jagten beide unserer Erlösung entgegen, folgten nur den Bedürfnissen unserer Körper.

Er nahm mich hart und presste mich gegen das Regal hinter mir. Der Schmerz steigerte mein Vergnügen nur noch mehr. Ich spürte heiße Küsse auf meinem Hals und dann wieder seine Finger auf meiner Klit. Genau das brauchte ich noch, um Erlösung zu finden. Mein Höhepunkt war heftig und schoss wie eine Explosion durch meinen Körper hindurch. Er stieß weiter in mich, bis er selbst wenig später kam.

Atemlos legte ich meinen Kopf auf seine Schulter und genoss seine Nähe. Vielleicht war der Alkohol schuld daran oder die zwei Jahre ohne ein Wiedersehen, dass ich so etwas wie Glück empfand. Es schien mehr als Sex zu sein, was uns verband. Er gab mir Trost, und ich spürte eine seltsame Vertrautheit zwischen uns. Eine Verbindung, die ich nicht in Worte fassen konnte.

Schließlich zog er sich zurück, streifte das Kondom ab und warf es in einen Mülleimer. »Wir sollten zurückgehen, bevor man uns vermisst.« Er warf einen Blick zur Tür, machte aber keine Anstalten zu gehen.

Ich verstand sein Zögern. »Wahrscheinlich sind alle besoffen und haben nicht mal gemerkt, dass wir verschwunden sind.« Auch ich war noch nicht bereit, das hier zu beenden und mich von Eagle zu trennen. Link und Emily würden morgen in die Flitterwochen fahren, und ich musste zum Stützpunkt zurückkehren. Schneller Sex in einem Werkraum war mir nicht genug, denn ich wusste nicht, ob und wann ich ihn wiedersehen würde.

»Willst du dich dieses Mal wenigstens verabschieden?«, fragte ich und schaffte es nicht, den Schmerz zu unterdrücken, den ich bei dem Gedanken empfand. Leidenschaftlicher Sex und dann wieder eine Trennung auf unbestimmte Zeit? Oder für immer?

Ich konnte seine Miene nicht deuten. War das Schmerz? Oder Bedauern? Bevor ich wusste, was es war, küsste er mich zärtlich. Dann sah er mich an. »Wir sind noch nicht fertig, Sweetheart. Bei Weitem noch nicht. Wir sollten uns ein Taxi rufen und von hier verschwinden.«

Und was dann?

Die Frage lag mir auf der Zunge, doch ich hatte zu viel Angst, sie auszusprechen.

Er strich mir eine Locke hinters Ohr. »Bleib heute Nacht bei mir, Naomi. Lauf diesmal nicht weg.«

Ich ließ meinen Kopf an seine Brust sinken, atmete seinen Duft ein und versuchte, meine Emotionen unter Kontrolle zu halten. Kim hatte mir damals erklärt, Eagle würde es nie zulassen, dass eine Frau mit ihm die Nacht verbrachte. Und jetzt bat er mich genau darum. Dabei war doch das zwischen uns nur unverbindlicher Sex, oder?

Ich konnte nicht anders und nickte.

9. KAPITEL

Eagle

Ein harter Tritt gegen mein linkes Knie weckte mich auf.

Erschrocken sprang ich aus dem Bett und griff nach der Pistole, die ich in meinem Nachttisch aufbewahrte. Während ich die Schublade aufzog, wurden mir zwei Dinge klar: Ich war noch immer angetrunken, und in meinem Bett lag eine Frau.

Was soll der Scheiß?

Die Ereignisse der vergangenen Nacht stürzten auf mich ein, und ich schloss die Schublade. Die Hochzeit. Naomi in ihrem trägerlosen Kleid. Die vielen Drinks. Trinksprüche. Sex in der Werkstatt. Dabei musste ich meinen Verstand verloren haben, denn ich bat sie, die Nacht mit mir zu verbringen. Offenbar hatte sie auch ihren verloren, denn sie lag in meinem Bett.

Ich beugte mich über sie, um ihr Gesicht zu betrachten. Sie bewegte sich unruhig im Schlaf. »Hinterhalt. Kann nicht aussteigen ... Gelandet«, murmelte sie und bewegte die Arme, wobei das Laken verrutschte und ihr nackter Oberkörper zum Vorschein kam. Ihr Gesicht drückte zuerst Entsetzen aus, dann Schmerz. »Nein!«, schrie sie, und ich trat noch einen Schritt näher. »Michaels ... Deckung.«

Ich ahnte, dass Naomi in letzter Zeit viel durchgemacht haben musste. Wenn sie dachte, unbeobachtet zu sein, war ihr Gesichtsausdruck hart, und ihre Augen strahlten nicht mehr so hell wie früher. Vermutlich hatte es mit einem Einsatz zu tun, und ich hatte das Gefühl, dass sie ihn in diesem Moment noch einmal durchlebte. Diese Art von Erinnerungen, die Albträume auslösten, kannte ich nur zu gut.

Tränen liefen über ihr Gesicht. Sie kniff die Augen zusammen und schüttelte heftig den Kopf. »Zu viele«, murmelte sie.

Zu viele was?

Schweißperlen bildeten sich auf ihrer Stirn. Sie schlug und trat um sich, ihre Beine verhedderten sich im Laken. Ihre Augen waren noch geschlossen, aber die Angst stand ihr ins Gesicht geschrieben. Bei dem Gedanken daran, was sie erlebt haben musste, lief mir ein Schauder über den Rücken.

Naomi war eine *Pedro*. Jeder Einsatz war lebensgefährlich. Doch sie war zäh und klug und konnte damit umgehen. Das war das Bild, das ich bisher von ihr hatte. Jetzt wirkte sie nur noch verletzlich. Ihr Anblick erinnerte mich daran, wie zerbrechlich das Leben sein konnte. Dass in einer einzigen Sekunde alles vorbei sein konnte.

Manchmal genügte eine Kugel.

Ein Sturz.

Eine Sprengfalle.

Mir kam der Gedanke, dass ich auch Naomi verlieren könnte. Meine Brust zog sich zusammen, und meine Arme zuckten, weil ich sie so gern im Arm halten und vor allem beschützen wollte.

Ich schüttelte den Kopf. Sie liebte ihren Job. Daher war es unmöglich, sie zu beschützen. Ich war dazu verdammt, darauf zu hoffen, dass sie aus jedem Einsatz heil rauskam. Und wenn es nicht so wäre? Wenn ich einen Anruf mit der Nachricht erhalten würde, dass sie es nicht geschafft hatte? Dann würde ich zum zweiten Mal erleben, was ich wenig erfolgreich versucht hatte zu verdrängen.

Sie strampelte wieder, durchlebte ihre eigene persönliche Hölle. Ich musste sie da rausholen, auch auf die Gefahr hin, dass sie sauer wäre, dass ich sie so gesehen hatte.

»Naomi«, sagte ich leise und schüttelte sie sanft. »Wach auf.«

Sie schreckte aus dem Traum und blinzelte, bevor sie die Augen aufschlug. Ihr Blick war ängstlich, und sie zitterte. Dann setzte sie sich auf und sah sich um. »Eagle«, bemerkte sie seufzend und rieb sich ihr Gesicht.

»Ich bin hier. Was ist passiert?«

»Was meinst du?« Sie hob den Kopf und starrte auf die Tür, als würde sie ihre Fluchtchancen abwägen.

»Etwas muss passiert sein. Du hast dich verändert, seit du das letzte Mal hier warst.«

Sie schnaubte. »Das ist zwei Jahre her. Menschen ändern sich jeden Tag.«

»Du weißt, was ich meine. Ganz alltägliche Veränderungen verursachen keine Albträume.«

»Tut mir leid, dass ich dich geweckt habe. Vielleicht sollte ich jetzt lieber gehen.«

Sie schwang die Beine aus dem Bett. Bevor sie aufstehen konnte, griff ich nach ihrem Handgelenk und hielt sie zurück. Mit einem wütenden Blick betrachtete sie mich, dann meine Hand, die sie festhielt. »Lass mich gehen, Marine.«

»Ich dachte, du würdest nicht wieder weglaufen.«

»Wir haben eine lustige kleine Affäre, Eagle. Das ist alles. Nimm es nicht persönlich.«

Verletzt, aber nicht gewillt, sie gehen zu lassen, hielt ich sie weiterhin fest, hockte mich vor sie und legte meine Stirn an ihre. »Du bist in meinem Bett aufgewacht, Sweetheart. Persönlicher geht es kaum noch.«

Ihre Augen verengten sich. »Ich habe nur schlecht geträumt.«

»Verarsch mich nicht. Ich habe so was oft genug erlebt und kenne den Unterschied zwischen einem schlechten Traum und einem Albtraum. Mindestens die Hälfte meiner Brüder würde mir recht geben. Irgendwas ist passiert, was dich in deinen Träumen verfolgt. Erzähl mir davon. Bitte.«

Ich ließ ihr Handgelenk los und setzte mich auf die Bettkante.

Sie atmete mehrmals tief durch. Dann zog sie sich das Laken bis unters Kinn und lehnte sich gegen das Kopfteil des Bettes. Ich war mir nicht sicher, ob sie mir alles erzählen würde, aber zumindest war sie nicht einfach abgehauen.

»Etwas ist passiert. Das kann man wohl sagen«, begann sie, und ihre Stimme zitterte leicht. Ihr Blick war auf einen unbestimmten Punkt an der Wand gerichtet. »Eigentlich war es ein normaler CSAR-Einsatz. Ich sollte drei Verwundete sichern. Doch als ich gelandet war, wurde ich von allen Seiten von Aufständischen angegriffen. Ein verdammter Hinterhalt. Ich versuchte alles, um uns wieder in die Luft zu kriegen, aber sie schossen auf den Rotor und legten ihn lahm. Ich rief über Funk um Hilfe. Dann mussten wir durchhalten, bis uns ein anderer *Pedro* einsammelte.«

Sie vermied es, mich anzusehen. Trotzdem konnte ich erkennen, wie schwer es ihr fiel, mit mir darüber zu reden. Ich sagte nichts und wartete nur geduldig darauf, dass sie fortfuhr.

»Gott, es müssen mindestens dreißig Typen gewesen sein, die uns beschossen haben. Darauf waren wir nicht vorbereitet gewesen. Als die PJs, also die Rettungssanitäter, die Verletzten bergen wollten, gab ihnen mein Team, so gut es ging, Feuerschutz und versuchte, die Angreifer aufzuhalten. Sobald klar war, dass der Pedro nicht mehr abheben konnte, schloss ich mich ihnen an. Aber die Aufständischen waren kaum aufzuhalten. Einer der PJs, ein Mann namens Michaels, wurde fast sofort niedergeschossen, zusammen mit dem Verwundeten, um den er sich gerade gekümmert hatte.«

Naomi starrte immer noch geradeaus. Ich wusste, dass sie alles noch einmal vor ihrem geistigen Auge ablaufen sah und sich fragte, was sie hätte anders machen können. Dieser Blick war mir so verdammt vertraut, dass sich mein Herz verkrampfte. Ich wollte sie in den Arm nehmen, sie trösten. Stattdessen zwang ich mich, ruhig sitzen zu bleiben. Anderenfalls hätte sie vielleicht abgeblockt und kein Wort mehr verloren.

»Als Nächstes wurde Stevenson ausgeschaltet. Auch ein PJ und ein echter Freund. Einer von den Guten. Verheiratet und Vater eines zweijährigen Jungen. Ich war manchmal bei ihnen zum Abendessen. Er hockte vielleicht einen Meter von mir entfernt, als es passierte. In der einen Sekunde hielt er sich noch wacker, in der nächsten war er von Kugeln durchlöchert. Die Schutzweste hat nichts gebracht. Überall war Blut. Sein Blick ...« Sie blinzelte die Tränen zurück und holte tief Luft. »Er wusste, dass er sterben würde. Verdammt, ich dachte, wir würden alle sterben. Es war so seltsam. Alles fühlte sich an wie in Zeitlupe. Nur der Tod von Stevenson war so plötzlich. Er sah mich an, als würde er mich um Hilfe bitten wollen. Aber wusste, dass ich nichts mehr für ihn tun konnte. Und dann war er weg.«

Wir wissen zumindest grundlegend, was der Tod bedeutet. Was mit dem Körper passiert, wenn die Lunge keinen Sauerstoff mehr aufnimmt, der Geist zur Ruhe kommt und das Herz stillsteht. Trotzdem glauben wir, ihn aufhalten zu können. Nach Jeanies Tod habe ich viele Nächte wach gelegen und darüber nachgedacht, ob ich den Hauch einer Chance hatte, sie zu beschützen. Tief in meinem Inneren wusste ich, dass es Blödsinn war. Wenn der Sensenmann kommt, stehen selbst die erfahrensten Ärzte hilflos daneben. Der Tod holt sich, wen er will, und es gibt nichts, was wir dagegen tun können. Was zum Teufel waren unsere Fähigkeiten und unser Wissen wert, wenn wir nicht einmal die Menschen schützen konnten, die wir liebten? Konnten wir das überhaupt?

Naomi hatte den Gesichtsausdruck, den ich oft bei mir selbst im Spiegel beobachtet hatte. Ich verstand ihren Schmerz und ihre Frustration, wusste, wie sich diese Hilflosigkeit anfühlte.

Sie wischte sich wütend über die Augen. »Ich dachte, ich würde auch sterben. Natürlich besteht diese Möglichkeit immer. Aber bis Stephenson fiel, erschien es mir unwirklich. Wir waren in einen Hinterhalt geraten. Es gab kein Entkommen. Ich spürte jeden Herzschlag, jeden Atemzug, und ich wusste, dass der nächste mein letzter sein könnte. Wenn der Hubschrauber eine Minute später gekommen wäre … Ich weiß nicht, ob einer von uns überlebt hätte. Wir haben zwei PJs und zwei der drei Verwundeten verloren, die wir retten sollten. Und ich habe es verdammt noch mal geschafft.« Sie kämpfte mit den Tränen und senkte den Kopf. »Und ich kann mir beim besten Willen nicht erklären, warum.«

Mein Bedürfnis, sie zu trösten und zu beschützen, wurde immer stärker. Ich musste mit aller Kraft dagegen ankämpfen, sie nicht in die Arme zu schließen. Aber ich spürte, dass sie noch mehr sagen wollte. Sie musste die ganze Geschichte rauslassen. Deshalb blieb ich stumm sitzen und wartete.

»Weißt du, was das wirklich Beschissene daran ist?«, fragte sie und drehte sich schließlich zu mir um. Ihr Blick war voller Schmerz und Selbstverachtung.

Bei so einem Einsatz gab es so viele beschissene Aspekte, dass ich nicht einmal eine Vermutung wagen wollte. Deshalb schüttelte ich nur den Kopf.

»Jedes Mal, wenn ich aus diesem Albtraum aufwache, bin ich froh, dass sie Stevenson erwischt haben und nicht mich. Er war ein Ehemann, ein Vater und mein Freund. Ich war nicht einmal einen Meter von ihm entfernt. Hätten die Aufständischen ihr Feuer auf mich gerichtet und nicht auf ihn, wäre er noch am Leben und ich tot. Ein verdammt egoistischer, ekelhafter Teil von mir ist froh, dass er gestorben ist, weil das bedeutet, dass ich lebe.«

Ihr Worte bewegten mich zutiefst. Nicht ihr Geständnis, sondern die Tatsache, dass sie an die Tür des Sensenmanns geklopft hatte. Sie Angst hatte, dass ihre Zeit gekommen war.

Meine Sicht verschwamm, und weitere Erinnerungen überfluteten mich, die mir regelmäßig in meinen Träumen begegnet waren. Ich war wieder auf der Suche nach meiner Frau. Sah den umgestürzten AAV und blutige Schrapnelle. Ich ging an einigen zerfetzten Körpern vorbei, bis ich ihre dunklen Locken sah. Sie lag auf der Seite, ihr rechter Arm fehlte, ein Stahlrohr hatte sich durch ihren Bauch gebohrt. Ich betrachtete sie und betete, dass sie es nicht war, obwohl ich es besser wusste. Doch diesmal sah ich statt Jeanies Gesicht das von Naomi.

Ich hatte Jeanie verloren und weigerte mich, auch noch Naomi zu verlieren. Uns verband so gut wie nichts, aber bei dem Gedanken, dass sie sterben könnte, zog sich mein Herz zusammen.

Weil ich nicht anders konnte, nahm ich sie in den Arm und zog sie auf meinen Schoß. Sie erschrak und stemmte sich gegen meine Schultern.

»Naomi«, bat ich sie. Meine Stimme klang belegt. Sie sah mich an. In ihren schönen braunen Augen lag so viel Schmerz, dass es wehtat, sie anzuschauen. Ich fragte mich, ob sie denselben Schmerz auch in meinen Augen sah. Das verband uns. Wir waren dadurch Gleichgesinnte.

Sie ließ ihre Hände sinken und schmiegte sich an mich. Ich hielt sie fest und wusste, dass es nicht leicht für sie war, mir ihre Verletzlichkeit zu zeigen. Ein Gefühl von Vertrauen und Verbundenheit. Ich konnte sie nicht vor den Erinnerungen beschützen, aber sie erlaubte mir, in diesem Moment für sie da zu sein. Ihr Körper bebte unter ihrem Schluchzen. Mein Beschützerinstinkt, den ich in den vergangenen sechs Jahren unterdrückt hatte, kam zum Vorschein.

Auch nachdem ihre Tränen versiegt waren, hielt ich sie weiterhin im Arm. Ich wollte sie nicht loslassen, weil ich nicht wusste, ob wir uns jemals wieder so nah sein würden.

Sie wäre bei dem Einsatz beinahe gestorben.

Ich konnte nicht zulassen, dass sie sich noch einmal einer so großen Gefahr aussetzte.

Egal, was, ich würde alles tun, um sie zu beschützen.

»Geh nicht zurück«, sagte ich leise. »Quittier den Dienst, solange du noch kannst.«

Ihr Körper spannte sich an, und mir war klar, dass ich es vermasselt hatte. Weil ich ohnehin schon eine Grenze überschritten hatte, versuchte ich es erneut. »Du hast deine Zeit abgesessen, dein Leben riskiert. Bleib hier. Bei mir.«

»Ich kann nicht.«

»Doch, kannst du. Es gibt so viele andere Möglichkeiten.«

Sie zog sich zurück, emotional und körperlich. Uns trennten nur Zentimeter, aber es fühlte sich an, als läge plötzlich ein Ozean zwischen uns. Als hätte sie meine Umlaufbahn verlassen.

»Wie kannst du es wagen, das von mir zu verlangen?«, fragte sie beinahe tonlos.

»Ich will ... Ich brauche dich wie die Luft zum Leben, Naomi.«

Einen Moment lang war ihr Blick sanft. Dann straffte sie die Schultern und war wieder die Kämpferin, die mich so beeindruckte. »Ich bin kein Feigling, Eagle. Ich habe mich verpflichtet, und meine Zeit ist noch nicht um.«

Wer bei der Air Force dienen will, verpflichtet sich für zehn Jahre. Ihr Vertrag würde demnach bald enden. »Naomi, ich ...«

»Fuck.« Sie stöhnte, warf den Kopf zurück und starrte an die Decke. »Scheiße. Es tut mir so leid. Ich hätte dir das alles nicht erzählen sollen ... Nichts davon.« Sie hatte sich hinter ihre Mauern zurückgezogen und konnte mich nicht einmal mehr ansehen.

»Wem dann?«

»Eagle, ich weiß, was mit deiner ... deiner Frau passiert ist. Ich hätte dir nicht von dem Einsatz erzählen sollen. Das muss für dich ... Tut mir wirklich leid, aber ich habe nicht gedacht, wie das auf dich ... Ich bin manchmal eine verdammte Idiotin.« Sie stand auf und sammelte ihre Kleidungsstücke vom Boden auf.

Irgendjemand hatte ihr von Jeanie erzählt, obwohl das nur

mich etwas anging. Es machte mich wütend, so verraten worden zu sein. »Es geht hier nicht um sie. Es geht um dich. *Du* wärst fast getötet worden.« Mein Tonfall war schärfer, als ich beabsichtigt hatte.

Naomi schluckte und wischte sich über die Augen. Als sie mich ansah, hatte sie sich wieder voll und ganz unter Kontrolle. »Ich habe dir das nicht erzählt, weil ich einen Rat brauche, Marine, sondern weil ich dachte, du würdest mich verstehen.«

»Das tue ich doch. Besser als jeder andere. Warum zum Teufel sollte ich dich sonst bitten, nicht zurückzugehen?« Ich hatte es schon wieder vermasselt. Das konnte ich ihr ansehen.

»Du willst mir sagen, was ich zu tun und zu lassen habe?« Sie starrte mich wütend an. »Eilmeldung, Houston: Du hast mir gar nichts zu sagen. Ich habe einen Vater und einen Bruder. Und falls ich jemals das Bedürfnis habe, ein gutes Mädchen zu sein und die Klappe zu halten, dann weiß ich, wo mein Platz ist.«

Sie hatte meinen richtigen Namen benutzt. Keine Ahnung, woher sie ihn wusste. Aber sie war so wütend, dass sie ihn benutzte. Kein Wunder, ich hatte das mit ihr verdammt gründlich vermasselt.

»So habe ich das nicht gemeint«, stieß ich hervor und suchte nach den richtigen Worten. »Du wärst fast gestorben.« Warum verstand sie nicht, wie schnell alles vorbei sein konnte und wie wertvoll ihr Leben war?

»Ja, aber *ich* habe es geschafft. Michaels und Stevenson nicht. Meine Leute haben jetzt zwei PJs weniger. Sie brauchen mich.«

Mir war inzwischen klar, dass sie gehen würde. Und ich würde sie nie mehr wiedersehen. Entschlossen, sie daran zu hindern, stand ich auf. »Geh nicht. Lass uns darüber reden.«

Ohne mich zu beachten, begann sie sich anzuziehen.

Ich konnte sie nicht einfach so gehen lassen, zurück zu ihrer Einheit. Was wäre, wenn sie beim nächsten Mal nicht lebend zurückkam? Ich würde mir ewig vorwerfen, nicht alles versucht zu haben, und versperrte ihr den Weg. »Verdammt, Nae. Dieser Krieg ist es nicht wert, dass du dabei stirbst.«

Sie zog sich ihr Kleid über den Kopf und hielt dann inne, um mich anzuschauen. »Ich bin Pilotin bei der United States Air Force. Dieser Krieg *ist* mein Krieg. Ich habe mich für diesen Weg entschieden, und ich werde ihn verdammt noch mal zu Ende gehen. Man sieht sich, Marine.«

Bevor ich antworten konnte, stürmte sie aus der Tür.

Das war das zweite Mal, dass Naomi aus meinem Leben verschwand, und ich hatte Todesangst, dass es das letzte Mal sein könnte.

10. KAPITEL

Eagle

Zwei Wochen zuvor

Laute, dröhnende Geräusche sind nicht gerade das, was eine Gruppe von Veteranen mit PTBS hören sollte. Deshalb war es Tradition, am Unabhängigkeitstag zum Campen zu fahren. Schon seit der Gründung des Clubs verbrachten wir den Tag etwas außerhalb von Skykomish, östlich von Seattle. In diesem Jahr fiel der vierte Juli auf einen Freitag, und so trafen sich alle bereits am Donnerstagmittag im Clubhaus, um zu Mittag zu essen und die Zelte und Vorräte einzupacken, bevor wir uns auf den Weg machten.

Die meisten der Old Ladys und einige Clubhäschen halfen uns bei den Vorbereitungen. Julia saß auf Havocs Schoß, während die beiden aßen. Sie trug ein T-Shirt mit seinem Namen drauf und würde uns begleiten. Havoc hatte sie nicht mehr aus den Augen gelassen, seit er ihr nach Links Hochzeit einen Heiratsantrag gemacht hatte. Die beiden wollten im nächsten Monat seine Familie besuchen und dort auch heiraten. Sobald sie nach Hause zurückkehrten, würden wir ihnen einen tollen Empfang bereiten.

Link und Emily waren seit fast zwei Monaten verheiratet und benahmen sich wie verliebte Teenager. Er hatte seinen Arm um sie gelegt und scherzte mit den Brüdern. Seine Frau hatte Humor und sorgte für die eine oder andere Pointe.

Link und Havoc waren so verdammt glücklich, dass es mir schwerfiel, ihre Gegenwart zu ertragen. Natürlich freute ich mich für sie, spürte aber umso deutlicher, wie sehr ich eine gewisse blonde, braunäugige *Pedro* vermisste. Am Morgen nach der Hochzeit ihres Bruders war sie aus meinem Zimmer geflüchtet, nachdem ich das mit uns gründlich vergeigt hatte.

Ich wusste nicht einmal, ob sie im Land oder im Einsatz war.

Ob sie in Gefahr war oder nicht.

Verdammt, ich wusste ja nicht einmal, ob sie noch lebte.

Allerdings wäre Link nicht annähernd so glücklich, wenn ihr etwas zugestoßen wäre. Manchmal dauerte es aber ein paar Tage, bis die Angehörigen benachrichtigt werden.

Ich wusste selbst, dass ich alles viel zu negativ sah. Aber ich konnte kaum noch an etwas anderes denken als daran, dass sie sterben könnte. Das machte mich fertig. Manchmal sah ich sie vor meinem geistigen Auge auf dem Boden liegen, ihr Körper von Kugeln durchlöchert und mit Blut befleckt, ihre Augen um Hilfe flehend. Dann kniete ich neben ihr und versuchte, die Blutungen zu stoppen. Doch die Verletzungen waren zu schwer und …

Manchmal lag sie auf der Seite, ein Bein fehlte, ein Balken ragte aus ihrem Bauch, und ihre Augen waren bereits leer, als ich sie erreichte.

In meinen Albträumen starb Naomi jede Nacht. Auch am Tag sah ich diese Bilder und kam nicht mehr zur Ruhe. Es war mein beschissener Verstand, der mir diese Streiche spielte und mich langsam in den Wahnsinn treib.

»Suchst du unterwegs nach etwas Gesellschaft, Eagle?«, fragte mich ein rothaariges Clubhäschen namens Lacy, während sie ihre Titten von hinten an mich drückte und mir ein Bier vor die Nase stellte.

Lacy sah gut aus und war süß. Sie hatte einen schönen Vorbau und einen willigen Mund. Aber ich würde es auf keinen Fall zulassen, dass sie mit mir fuhr. »Du weißt doch, dass Clubhäschen auf meinem Motorrad nichts zu suchen haben, Lacy«, antwortete ich. Die meisten meiner Brüder befolgten diese ungeschriebene

Regel. Denn die Mädels neigten dazu, darin mehr zu sehen als nur eine Mitfahrgelegenheit. Sie würden das als den Beginn einer Beziehung oder zumindest einer Affäre betrachten. Auf diesen Scheiß hatte ich keine Lust. Genau genommen war Naomi die einzige und letzte Person, die je auf meiner Harley saß. Sie war auch die letzte Frau in meinem Bett.

Lacy seufzte. »Schade. Einen Versuch war es wert. Shari, Kim und ich fahren zusammen hoch. Falls du dich einsam fühlen solltest, sag mir Bescheid.« Sie strich mit den Fingern über meinen Unterarm und ging.

Nach einer sechswöchigen Durststrecke sollte man meinen, dass ich dieser Einladung gern nachkam, aber bei mir regte sich nichts bei dem Gedanken daran.

»Gehts dir gut, Bruder?«, wollte Havoc wissen und betrachtete mich prüfend.

Ich nickte nur. »Wo ist Wasp? Föhnt er sich vor der Abreise noch die Haare?«

Havoc und Link lachten. Wasp hatte den Ruf, sehr auf sein Äußeres zu achten. Wir scherzten immer über ihn, dass er unserem Club beitreten wollte, weil er den Beistand seiner großen Brüder brauchte. Er war ein eher zart gebauter Typ, aber verdammt zäh. Falls er jemals in den Knast käme, müsste er mit Sicherheit seinen Arsch hinhalten.

»Er kommt nicht mit«, antwortete Link. »Er fährt mit Carly und Trent nach Minnesota, um ihr seine Familie vorzustellen.«

Überrascht zog ich die Brauen hoch. Wasp war hinter der neuen Barkeeperin her, seit sie ihren Job im *Copper Penny* angetreten hatte. Lange Zeit hatte er sich vergeblich um sie bemüht, bis sich seine Hartnäckigkeit vor etwa einem Monat ausgezahlt hatte. Carly hatte einen fünfjährigen Sohn, und wir bezweifelten alle, dass er mit der Verantwortung klarkommen würde. Zur Überraschung aller steckte mehr in ihm, als wir ihm zugetraut hatten. Dass er Carly und ihren Sohn Trent seinen Eltern vorstellen wollte, hatten wir uns auch nicht träumen lassen. Demnach musste es ihm verdammt ernst sein.

»Und was ist mit Tap?«, fragte Morse, unser Computerguru, und setzte sich neben mich.

»Der wird auch nicht mitkommen«, antwortete Havoc. »Angeblich hat er zu viel zu tun.«

»Hat der Wichser dir zufällig gesagt, womit er sein Geld verdient?«, schoss Morse zurück.

Tap war für uns alle ein Rätsel. Er hatte als Nachrichtenoffizier bei der Air Force gedient und gehörte dem Club seit etwas mehr als einem Jahr an. Sein Name war die Abkürzung für Wire Tap, weil er verdammt gut darin war, Leitungen anzuzapfen, um Informationen zu beschaffen. Aber das war so ziemlich das Einzige, was wir über ihn wussten. Und er wich immer aus, wenn man ihn nach seinem Job fragte. Er war eindeutig paranoid, mehr als jeder andere Mensch, den ich kannte. Tap verabscheute Social Media, zahlte immer nur bar und vermied alles, was digitale Fußabdrücke hinterließ. Er war so geheimnisvoll, dass nicht einmal Link wusste, was er beruflich tat oder wo er wohnte. Wasp war ihm heimlich gefolgt, Spade hatte Peilsender an seinem Motorrad angebracht und Morse sogar die städtischen Überwachungskameras ausgewertet, um mehr über ihn zu erfahren. Doch Tap schien immer zu wissen, was sie planten, und war ihnen jeweils einen Schritt voraus.

»Ich habe aufgegeben, ihn irgendwas zu fragen«, antwortete Havoc. »Der Typ scheint es vorzuziehen, unter dem Radar zu fliegen. Also lasst ihm seine Privatsphäre.«

Morse stimmte nur murrend zu und würde nie aufgeben. Er betrachtete es als persönliche Herausforderung, etwas über Taps mysteriöses Leben zu erfahren. Wasp dagegen brauchte Informationen, um ihn provozieren zu können. Und mir war es scheißegal, was Tap machte oder wo er lebte, solange er dem Club treu blieb und immer da war, wenn wir ihn brauchten.

Nach dem Mittagessen packten wir und beluden Havos Truck und auch den Anhänger. Von allen *Prospects* hatte Stocks den Kürzeren gezogen. Er musste auf sein geliebtes Motorrad verzichten, um unser gesamtes Equipment zu transportieren. Er fuhr als Erster los, dicht gefolgt von Sharis altem Camaro, in dem die Clubhäschen saßen. Danach stiegen knapp fünfzig Biker auf ihre Harleys. Die meisten fuhren allein, aber es gab immer mehr Old Ladys im Club, die natürlich hinter ihren Männern Platz nahmen. Alles in allem bildeten wir zusammen einen spektakulären Konvoi.

Aus Seattle hinaus in Richtung Redmond gab es immer wieder stockenden Verkehr. Doch Frog hatte Fahrten dieser Art schon geleitet, lange bevor ich überhaupt von den *Dead Presidents* gehört hatte, und lotste uns um die größten Baustellen herum.

Irgendwann fuhr ein Arschloch in einem Lexus viel zu dicht auf. Frog hielt sich neben ihm und zog eine Murmel aus seiner Kutte. Er zeigte sie dem Lexus-Fahrer, und der Arsch wich schnell zurück. Ich kannte das schon, nachdem ich eine ähnliche Situation mit ihm erlebt hatte. Frog erklärte mir, das wäre ein alter Trick. Wenn man eine Murmel während der Fahrt gegen die Windschutzscheibe bekam, würde sie zerspringen, solange man nur genug Tempo hatte. Bisher hatte es immer gereicht, dem Drängler die Murmel zu zeigen. Seit er vor Jahren von einem Auto angefahren worden war, hatte er immer ein paar in der Tasche.

Nach etwa eineinhalb Stunden erreichten wir den Campingplatz, nach einer weiteren war unser Lager eingerichtet. Die Sonne stand schon tief am Himmel. Wir zündeten ein Lagerfeuer an, rösteten Hot Dogs und saßen bei Bier zusammen, bis die Nacht hereinbrach.

Wie üblich waren wir nicht die einzigen Biker, die den Campingplatz während der Feiertage nutzten. Die *Seattle Serpents*, ein Truppe Gesetzloser aus dem Umkreis von Seattle, waren ebenfalls angereist und hatten wie jedes Jahr den Platz direkt neben uns. Während wir am Feuer saßen, machte der Präsident, ein Typ namens Texas, seine Aufwartung.

Link flüsterte Emily etwas ins Ohr, woraufhin sie sich von seinem Schoß erhob und mit den anderen Frauen in unser großes Gemeinschaftszelt ging, in dem wir unsere Mahlzeiten einnahmen. Es war Zeit, über Geschäftliches zu reden. Die Frauen waren dabei unerwünscht.

Ich betrachtete Texas. Er war etwa einen Meter achtzig groß, und die weit über hundert Kilo, die er mit sich rumschleppte, waren früher einmal Muskeln. Inzwischen musste er auf die sechzig zugehen, sein langes Haar und sein Bart waren von grauen Strähnen durchzogen. Er war ein Veteran, der bei jeder Gelegenheit gegen die Regierung wetterte, die ihn betrogen hatte. Das benutzte er als Vorwand, um alle möglichen illegalen Geschäfte zu machen. Seine Männer hatten Dauerkarten fürs Gefängnis, und der Name ihres Clubs stand mindestens einmal im Monat in den Zeitungen. Jedoch nie im Zusammenhang mit guten Taten. Trotz allem respektierte er Jake und nun auch Link und kam gelegentlich vorbei, um die freundschaftlichen Beziehungen aufzufrischen.

Die beiden Präsidenten schüttelten sich die Hände. Texas bat Link, ihn auf einem kleinen Spaziergang zu begleiten, während sich der Rest der Truppe zu uns ans Feuer setzte. Das konnte nur bedeuten, dass etwas Großes im Gange war, überlegte ich und sah die beiden in einem kleinen Wäldchen verschwinden.

Unser Club hatte nicht viel übrig für Gesetzlose. Allerdings gab es eine Leidenschaft, die uns vereinte: Motorräder. Nach einiger Zeit kehrten Link und Texas zurück, beide mit besorgtem Blick. Texas und seine Männer machten sich auf den Weg, und ich erwartete, dass Link ins Zelt gehen und Emily holen würde, doch er setzte sich zu uns ans Feuer.

»Alles in Ordnung?«, wollte Havoc wissen.

Link schüttelte den Kopf. »Texas wollte mich vor einem Problem mit den *Serpents* warnen. Sein kleiner Bruder hat andere Vorstellungen davon, wie die Dinge im Club laufen sollten. Und weil er sich die Hörner abstoßen muss, hat er sich auf zwielichtigen Scheiß eingelassen und eine eigene Truppe um sich geschart.«

»Buzz?«, fragte Havoc. »Worum geht's bei dem zwielichtigen Scheiß?«

Link nickte. »Drogenhandel. Er versucht, Texas zu unterbieten. Und er hat sich mit einigen Lieferanten angelegt.«

»Aber jeder weiß doch, dass Buzz ein verrücktes Arschloch ist«, wandte Specks, unser Schatzmeister, ein. »Die *Serpents* werden ihm niemals folgen.«

»Wenn er ihnen genug Geld in Aussicht stellt, werden sie es sich überlegen. Einige der alten Garde werden Texas die Treue halten. Aber es wird genug Leute geben, die sich vom schnellen Reichtum anlocken lassen und von einem Leben ohne Recht und Gesetz. Texas weiß, wie man sich an der Grenze dessen bewegt, was legal ist. Er ist ein guter Prez und weiß, wie er die Leute führen muss. Aber nicht alle lassen sich gern vorschreiben, was sie tun dürfen und was nicht.«

»Verdammte Scheiße«, fluchte Havoc. »Die *Serpents* sind jetzt schon schlimm genug. Ich möchte nicht erleben, was so ein Typ wie Buzz aus ihnen machen könnte.«

Link runzelte die Stirn und kratzte sich am Bart, während er ins Feuer starrte. »Du und ich, Bruder. Wir werden die Dinge im Auge behalten müssen. Vielleicht finden wir einen Weg, wie wir Texas den Rücken stärken können.«

11. KAPITEL

Naomi

Der heutige Tag

Auf meinem Sofa sitzend, blätterte ich in den Unterlagen für meinen nächsten Einsatz, als Monica mit der Einkaufstasche in der Hand in mein Wohnzimmer stürmte. Sie hatte nicht einmal angeklopft, aber das tat sie eigentlich nie. Freundinnen wie ihr waren Dinge wie geschlossene Türen oder Privatsphäre ziemlich egal.

Und genau das war der Grund, warum sie hier war.

»Ich habe welche«, verkündete sie und hielt die Tüte hoch. »Eigentlich sogar drei. Dann wissen wir es ganz sicher.«

So genau wollte ich das gar nicht. Zumindest noch nicht. Nicht bevor ich keine andere Wahl hatte, als es zuzugeben. Diese Ungewissheit war eine Mauer, die ich zu meinem Schutz errichtet hatte. Aber wie bei all meinen Grenzen war Monica wild entschlossen, sie einzureißen. Als gute Freundin weigerte sie sich, meine Verteidigungsmaßnahmen zu akzeptieren, und bedrängte mich so lange, bis ich widerstandslos aufgab.

Meine Brust fühlte sich so eng an, dass ich kaum atmen konnte. Ich versuchte, ruhig zu wirken, obwohl ich so aufgewühlt war. Langsam blätterte ich eine Seite um und tat so, als würde ich lesen. »Ich glaube, wir sollten noch damit warten.«

Ihre Miene verfinsterte sich. »Womit warten? Bist du verrückt geworden? Wozu soll das gut sein?«

»Kann doch sein, dass ich mir nur die Grippe eingefangen habe.«

Sie stemmte die Hände in die Hüften und starrte mich an. »Welche Grippe? Da ist keine Grippe im Umlauf, Nae.«

Ich hatte unsere vergangenen drei morgendlichen Joggingrunden unterbrochen, um mir am Straßenrand die Eingeweide auszukotzen. Deshalb hatte sie Verdacht geschöpft.

Seit der Hochzeit meines Bruders hatte ich keinen Alkohol mehr angerührt, weil ich tief in mir wusste, dass ihr Verdacht stimmte. Was sonst hatten das Spannungsgefühl in meinen Brüsten, die Stimmungsschwankungen oder mein seltsames nächtliches Verlangen nach eingelegten Rüben mit Frischkäse und schwarzen Oliven mit Erdnussbutter zu bedeuten? Die anderen Anzeichen hatte ich vorsichtshalber nicht erwähnt. Denn es gab nur zwei Möglichkeiten: Entweder war ich schwanger oder verrückt. Und Monica würde sich bestätigt fühlen.

»Dann vielleicht einen Infekt«, gab ich zu bedenken, denn ich hatte nicht vor, kampflos aufzugeben.

Sie neigte den Kopf zur Seite und musterte mich. »Erwartest du wirklich, dass ich so tue, als wäre alles in bester Ordnung? Muss ich erst im Krankenhaus anrufen und fragen, ob die Grippe umgeht, bevor du auf diese Tests pinkelst?«

Einen kurzen Moment dachte ich darüber nach, dass ein Anruf im Krankenhaus nicht schaden könnte.

Monica hob die Einkaufstasche in die Höhe. »Mach wenigstens einen verdammten Test, Nae.«

Es war viel einfacher gewesen, die eindeutigen Symptome zu ignorieren, solange Monica im Einsatz war. Wenn sie wüsste, wie viele Vormittage ich hintereinander vor der Toilette verbracht hatte, wäre sie noch viel unnachgiebiger gewesen. Angesichts des wütenden Blicks, den sie mir zuwarf, eine erschreckende Vorstellung. Ich atmete tief durch und versuchte, so zu tun, als sei ich verärgert und nicht besorgt, legte den Papierkram auf den Couchtisch und stand auf.

»Das ist albern«, wagte ich einen letzten Versuch, der Wahrheit zu entkommen. »Es ist noch nicht lange genug her. Außerdem sind die Tests nicht sehr genau.«

»Es ist Monate her, seit du das letzte Mal zu Hause warst. Oder gibt es da noch jemanden, von dem ich nichts weiß? Das wäre übrigens ein guter Grund für mich, dich kaltzumachen, Süße. Und jetzt reiß dich zusammen, und mach diesen Scheißtest. Deine Plazenta hatte genügend Zeit, hCG zu produzieren.«

»Wenn ich denn überhaupt eine Plazenta habe.«

Sie drückte mir die Tasche in die Hand. »Du hältst mich hin.«

Verdammt richtig. Auf ein paar Stäbchen zu pinkeln, schien ganz einfach zu sein. Problematisch waren nur das Ergebnis und die daraus folgenden Konsequenzen. »Das Beste aus drei? Was passiert, wenn die Ergebnisse unterschiedlich sind?«, wollte ich wissen.

»Du hältst mich immer noch hin.«

Ich wollte mich streiten, obwohl sie recht hatte. Und sie würde auf keinen Fall nachgeben. Außerdem müsste ich so oder so einen Test machen. Da konnte ich es genauso gut hinter mich bringen.

Ich ging mit den drei Tests ins Bad und las die Anweisungen für jeden einzelnen. Auf das Stäbchen pinkeln, drei bis fünf Minuten warten, und dann würde ich wissen, ob ich schwanger war. Warum konnte so etwas Einfaches mein Leben derart verkomplizieren?

Monica klopfte an die Tür. »Alles in Ordnung?«

Diese Frau war unerbittlich. »Fast fertig. Und hör auf, mich wie eine unheilbar Kranke zu behandeln.«

»Ich will dich doch nur emotional unterstützen und dich motivieren, auf diese verdammten Stäbchen zu pinkeln.«

Klar. Nur dass ihre Beharrlichkeit an psychischen Terror grenzte. Eigentlich kein Wunder, denn es war sonst nicht meine Art, etwas vor mir herzuschieben. Nur in diesem Fall hatte ich mir viel

Zeit gelassen. Seit Links Hochzeit waren neun Wochen vergangen. Falls ich wirklich schwanger sein sollte, war das Baby inzwischen so groß wie eine Kirsche und damit ein Fötus und nicht mehr ein Embryo. Natürlich hatte ich mich informiert. Das Offensichtliche zu leugnen, hielt mich nicht davon ab, wissen zu wollen, was in meinem Körper geschah.

Monica klopfte erneut an die Tür. »Ich habe dich noch nicht pinkeln gehört.«

Wahrscheinlich hatte sie ihr Ohr an die Tür gepresst, die kleine Perverse. »Und ich wusste nicht, dass du darauf stehst, Leute beim Pinkeln zu belauschen«, rief ich und setzte mich auf die Toilette. Nachdem ich die blöden Tests streng nach Vorschrift behandelt hatte, wusch ich mir die Hände und vermied es, aus den Augenwinkeln die drei kleinen Felder zu betrachten.

Es gab Situationen, in denen war eine ausgezeichnete periphere Sicht ein zweischneidiges Schwert.

Ich öffnete die Tür. Monica verlor das Gleichgewicht und fiel mir beinahe entgegen, bevor sie sich in Cheerleader-Manier fing und wieder aufrichtete.

»Und?«, wollte sie wissen. »Wie lautet das Urteil?«

»Übe dich in Geduld. Je nach Test müssen wir drei bis fünf Minuten warten.« Sie versuchte, an mir vorbei ins Bad zu gelangen, doch ich stellte mich ihr in den Weg.

»Sind schon Linien zu sehen?«

Nicht nur Linien. Bei jedem Test erscheinen andere Zeichen in dem kleinen Feld. Mehr, als ich wahrhaben wollte. »Wir müssen drei bis fünf Minuten abwarten«, wiederholte ich. Das war genau die Zeit, die mir blieb, um mir zu überlegen, wie ich es ihr sagen sollte. Und es mir selbst begreiflich zu machen.

»Erzähl mir keinen Mist. Du bist sogar noch ungeduldiger als ich und kennst garantiert schon die Ergebnisse.«

Sie kannte mich einfach zu gut. Deshalb war es nicht nur für mich an der Zeit, der Wahrheit ins Auge zu sehen. Ich atmete tief durch und ließ die Schultern sinken. »Ich bin schwanger, Mo.«

»Fuck! Im Ernst?« Sie stürmte an mir vorbei und betrachtete die drei Tests. »Heilige Scheiße, Süße. Die sind alle drei positiv.«

»Ich weiß.«

»Definitiv positiv. Nach nicht einmal drei Minuten.«

»Ja, danke für die Info. Sehr hilfreich.«

»Wie kann das sein? Habt ihr etwa ohne ...?«

Ich kniff die Augen zusammen und seufzte theatralisch. Darüber wollte ich nun wirklich nicht mit ihr reden. »Natürlich nicht. So blöd bin ich nicht.« Ich erinnerte mich ganz genau, dass wir in dem Werkraum ein Kondom benutzt hatten. Aber später, als wir in Eagles Zimmer waren ...

»Warum verziehst du dann das Gesicht?«

»Was?« Ich schenkte ihr ein unschuldiges Lächeln.

»Ihr habt kein Kondom benutzt, oder?«

»Doch. Auf jeden Fall«, beharrte ich, obwohl ich eine verdammt schlechte Lügnerin war. Ich wusste nicht einmal, warum ich nicht ehrlich zu ihr war. »Zumindest die ersten paar Male«, gab ich leise zu.

»Die ersten paar Male? Das klingt, als hättet ihr gerammelt wie die Karnickel. Also: wie oft?«

»Ähm ... Vier-, vielleicht fünfmal? Wir hatten ganz schön viel Whiskey intus. An jedes Detail kann ich mich nicht mehr erinnern.«

»Du hast gesagt, du würdest nicht trinken.«

»Und das hast du geglaubt?«, spottete ich.

»Nein. Keine Sekunde.« Sie verschränkte die Arme. »Wann hattest du zuletzt deine Periode?«

Jetzt erreichten wir gefährliches Terrain. Die Art von Gebiet, die mit Landminen gespickt ist. Ein falscher Schritt und Monica würde explodieren. »Ähm ... Du weißt doch, dass sie fast nie pünktlich kommt.«

»Ja, deshalb habe ich dir geraten zu verhüten.«

»Aber ich will mich nicht mit Hormonen vollstopfen oder irgendwelche Fremdkörper in mir haben.«

»Dafür hast du jetzt was anderes im Bauch. Und jetzt sag mir endlich, seit wann du keine Periode mehr hattest.«

»Seit zwei Monaten«, antwortete ich kleinlaut.

Sie rieb sich die Schläfen. »Wenn ich dich nicht gezwungen hätte, mit mir joggen zu gehen, hättest du mir dann erzählt, was los ist?«

»Vielleicht.«

»Wann? Wenn dein Bauch unübersehbar ist? Nach der Entbindung? Warum bist du im Einsatz so mutig und so ein Angsthase, wenn es um so was Wichtiges geht?«

Was sollte ich darauf antworten, nachdem ich zwei Monate gehofft und gebetet hatte, doch noch Besuch von der Roten Zora zu bekommen. Die Tests waren eindeutig. Ich war definitiv schwanger. Von Eagle.

»Alles okay?«, fragte Monica. »Du siehst so grün aus.«

»Mir ist schon wieder übel«, sagte ich und stürzte zur Toilette. Minuten später stand ich mit leerem Magen am Waschbecken und putzte mir die Zähne.

Monica ließ mich nicht aus den Augen »Warum hast du mir das nicht früher gesagt?«

»Ich wollte zuerst versuchen, mich mit dem Gedanken abzufinden, bevor ich die frohe Botschaft verkünde und alle enttäuscht von mir sind.«

»Das bin ich nicht«, erwiderte sie und runzelte die Stirn. »Nur irritiert, dass du nicht sofort zu mir gekommen bist. Es hätte auch andersrum sein können und dass ich diese Tests brauche. Meine Cousine Channel ist schwanger geworden, trotz Pille *und* Kondom. Zumindest hat sie das allen erzählt. Aber sie treibt es auch mit jedem, und ich weiß nicht, ob stimmt, was sie behauptet. Aber zurück zu dir. Was wirst du jetzt tun?«

Das war die Millionen-Dollar-Frage. »Keine Ahnung.« Ich kehrte den lebensverändernden Stäbchen den Rücken zu und ging ins Wohnzimmer. Nachdenklich ging ich auf und ab und fand doch keine Antworten.

Eine Adoption oder gar eine Abtreibung konnte ich nicht mit meinem Gewissen vereinbaren. Ich hatte immer das Gefühl, dass das Schicksal, Gott oder eine andere höhere Macht im Spiel waren und dass nichts einfach so passierte. Das Leben hatte mir diese Karte aus einem bestimmten Grund zugespielt, und ich hatte nicht vor, sie abzugeben oder einzutauschen. Mein Plan war, so lange zu spielen, bis mir die Chips ausgingen.

Außerdem hatte ich wochenlang vermutet, schwanger zu sein. Genug Zeit, mich mit dem Leben, das in mir heranwuchs, anzufreunden. Ich hatte nie darüber nachgedacht, ein Kind zu bekommen. Aber in den vergangenen zwei Monaten, als ich noch zu verängstigt war, um einen Test zu machen, hatte ich mich an den Gedanken gewöhnt. Ich hatte mir sogar Bücher zu den Themen Schwangerschaft und Geburt auf meinen Kindle geladen und war beinahe erleichtert, als die Tests positiv waren. Wenn es nicht so wäre, hatte ich wochenlang umsonst damit verbracht, eine emotionale Bindung zu meiner Gebärmutter aufzubauen.

Ich legte eine Hand auf den Bauch und sprach das Einzige aus, dessen ich mir sicher war. »Ich werde es behalten.«

Monica nickte und schien nicht überrascht zu sein.

Mein Blick fiel auf die Unterlagen für meinen nächsten Einsatz, die noch auf dem Couchtisch lagen.

»Deine Dienstzeit endet bald«, bemerkte sie und betrachtete den Stapel Papiere. Ich hatte zehn Jahre gedient. Rückblickend fühlte es sich manchmal wie Wochen an, manchmal wie Jahrhunderte. »Heutzutage gibt es auch bei der Army eine Menge

Unterstützung für Schwangere. Wir werden gemeinsam heraus-finden, was dir zusteht und welche Möglichkeiten du hast. Du weißt doch, dass ich für dich da bin und dir helfen werde, wo ich nur kann? Tante Monica wird dein Kind sehr verwöhnen müs-sen.«

Als Babysitter wäre sie bestimmt großartig. Und mein Team würde sich an den Gedanken gewöhnen müssen. Ich wusste nur nicht, ob der nächste Einsatz mit mir oder ohne mich stattfinden würde. Aber das würde ich herausfinden, wenn ich mit der Re-cherche begann, mit welcher Art Unterstützung ich von meinem Arbeitgeber zu rechnen hatte.

Ich nahm die Papiere in die Hand und überflog die Seiten. Mir wurde schwer ums Herz, wenn ich daran dachte, dass ich immer schon Pilotin werden wollte. Ich hatte mir den Arsch aufgerissen, um diesen Job zu bekommen.

Zehn Jahre waren eine lange Zeit. Zehn weitere kamen mir wie eine Ewigkeit vor.

»Meine Mutter verließ uns, als ich fünf Jahre alt war«, sagte ich.

Monica beobachtete mich, ihr Blick war besorgt und zugleich interessiert. Sie wusste, dass ich ohne meine Mutter aufgewachsen war, aber ich hatte ihr nie die Einzelheiten erzählt. Niemand sollte diese rührselige Geschichte kennen, obwohl meine Kindheit auch nicht als schlimm zu bezeichnen war. Aber ich brauchte die Unterstützung und das Verständnis meiner besten Freundin. Deshalb musste ich mehr von mir erzählen.

»Mein Onkel war in der Army, und seine Einheit wurde getroffen. Seine Leiche wurde nie gefunden. Mein Vater glaubt heute noch, dass er gefangen genommen wurde. Die Sache mit seinem Bruder hat ihn verändert. Er fühlte sich schuldig und hatte Albträume.« Ich seufzte, weil es mir schwerfiel, darüber zu reden. »Nach dem Militärdienst versuchte er, sein Leben auf die Reihe zu bekommen. Meine Mutter kam mit dem Mann, der aus ihm geworden war, nicht zurecht und verließ uns. Zumindest wurde mir das immer so erzählt. Ich weiß noch, wie sehr mich das verwirrt hatte. Dad erklärte mir, dass weder Onkel Wade noch Mom jemals wieder nach Hause kommen würden. Und dass sie nicht zusammen weg waren. Link und ich waren schwierige Kinder. Wir glaubten, wir waren schuld daran, dass uns Mom verlassen hatte. Ich habe sogar daran geglaubt, dass sie wiederkommen würde, wenn ich gut in der Schule war. Wenn sie stolz auf mich wäre, könne sie unmöglich wegbleiben.«

Ich hatte einen Kloß im Hals und kämpfte mit den Tränen. Zuletzt hatte ich als Kind wegen meiner Mutter oder meinem Onkel geweint. Vermutlich hatte das mit den verdammten Schwangerschaftshormonen zu tun. Ich blinzelte und atmetet mehrmals tief durch, vermied jedoch, meine Freundin anzusehen. Stattdessen konzentrierte ich mich auf die Papiere.

»Ach, Süße, du …«

»Stopp«, unterbrach ich sie. »Du weißt, dass ich diesen Mitleidsscheiß nicht will. Ich habe dir nur erzählt, was passiert ist, damit du verstehst, warum ich meinen Dienst nicht verlängern kann.« Ich sah von den Unterlagen auf und begegnete endlich ihrem Blick. »Ich dachte bei der letzten Operation, dass ich sterbe, Mon. Ich habe wirklich geglaubt, es sei vorbei. Wir wurden überrannt, und wenn der Hubschrauber nicht rechtzeitig gekommen wäre …« Ich wandte den Blick ab und brauchte einen Moment, um mich zu sammeln. »Das würde ich einem Kind nicht antun wollen. Ich will nicht, dass es das Gleiche durchmacht wie ich damals, nachdem meine Mutter abgehauen ist. Ich stelle mich der Verantwortung für dieses Baby. Aber nach meinen Regeln.«

Dann zerriss ich die Unterlagen und ließ sie zu Boden fallen.

Monica starrte erst auf die Papierfetzen, dann grinste sie mich an. »Wie dramatisch.«

Trotz oder gerade wegen der Schwangerschaft fühlte ich mich

erleichtert leicht und lachte. »Das sind die Hormone.«

»Warum habe ich das Gefühl, dass du diese Ausrede regelmäßig benutzen wirst?«

»Ich muss mich dauernd übergeben, und mein ganzer Körper tut weh. Demnächst muss ich meinem Vater und meinem Bruder gestehen, dass ich schwanger bin. Ganz zu schweigen von dem Vater des Babys. Und bis zur Geburt werde ich so dick und rund werden, dass ich mir nicht mal mehr allein die Schuhe zubinden kann, während ich ein kleines Vermögen für Windeln, ein Kinderbett und Strampler ausgeben werde. Dann kommen natürlich noch die Wehen und der ganze Spaß, der mit dem Kinderkriegen verbunden ist. Meine Verrücktheiten mit den Hormonen zu entschuldigen, ist der einzige Vorteil, den ich habe. Also lass mir das.«

Sie lachte und schüttelte den Kopf. »Okay, verstanden. Hast du mal daran gedacht, bei der Army zu bleiben und dich versetzen zu lassen? Bei deinen Qualifikationen werden sie fast alles tun, um dich zu halten.«

Darüber hatte ich nachgedacht, seit meine Periode ausblieb. Mehr oder weniger in einem Bikerclub aufzuwachsen, war ungewöhnlich, aber ich war immer von Menschen umgeben, die mich liebten und sich um mich kümmerten. Hier auf der Basis war die Gemeinschaft anders. Nicht so eng. Und sie veränderte sich mit jedem Einsatzplan. Wenn ich hierbliebe, hätte ich auch Unterstützung, würde aber mein Kind im Grunde allein aufziehen müssen. Würde ich nach Hause gehen, wäre ich immer von lieben und hilfsbereiten Menschen umgeben, auf die ich jederzeit bauen konnte.

Außerdem würde ich in der Nähe meiner Familie sein.

Bei dem Gedanken zog sich mein Herz zusammen. In den vergangenen Wochen hatte ich immer wieder Heimweh verspürt. Nicht so sehr nach einem bestimmten Ort, sondern nach den

Menschen. Mein Bruder hatte die Frau fürs Leben gefunden und kurz darauf geheiratet. Weil ich so weit weg war, hatte ich alles, was seit ihrer ersten Begegnung passierte, verpasst. Als ich das letzte Mal mit ihm telefonierte, erzählte mir Link, dass sie gern ein Kind bekommen würden. Ich hatte mir fest vorgenommen, die Geburt meiner Nichte oder meines Neffen nicht wegen eines Einsatzes zu verpassen. Und wenn mein Kind geboren würde, wollte ich auch, dass Dad und Link an meiner Seite waren.

Dad und Margo hatten mir deutlich zu verstehen gegeben, dass sie sich Enkelkinder wünschten. Wie oft hatten sie mich gefragt, wann ich vorhabe, zu heiraten und eine Familie zu gründen? Sie boten sogar an, Babysitter zu spielen. Und wenn das Kind größer wäre, wollten sie es zur Schule bringen und regelmäßig Ausflüge machen. Nicht zu vergessen: die sonntäglichen Familienessen.

Genau das stellte ich mir vor, wenn ich an meine Zukunft dachte, und vermisste meine Familie plötzlich mehr denn je.

Noch schmerzhafter war nur die Anziehungskraft, die Eagle auf mich ausübte. Die Art, wie er mich umarmt hatte, nachdem ich ihm von dem Hinterhalt erzählt hatte, die Angst in seinem Blick, als er mich daran erinnerte, dass ich beinahe mein Leben verloren hätte. Ich war nicht darauf vorbereitet gewesen, mit den Gefühlen und dem, was uns verband, umzugehen. Doch das hatte sich geändert. Und ich war sogar besorgt, dass er recht haben könnte. Dass ich aussteigen sollte, bevor es zu spät war. Bevor ich beim nächsten Mal meinen Hubschrauber nicht in die Luft bekommen würde.

»Ich habe auch zuerst daran gedacht, mich versetzen zu lassen. Aber ich bin schon so lange weg und könnte mir eher vorstellen, zurück zu meiner Familie zu gehen.«

Monica warf mir einen prüfenden Blick zu. »Ah, verstehe. Und wie willst du Jake und Link beibringen, dass du schwanger bist?«

Keine Ahnung, wie mein Vater und mein Bruder auf die frohe

Botschaft reagieren würden. Ich würde es ihnen einfach sagen und sehen, wie sie reagierten. »Die Frage ist doch eher, wie ich es Houston beibringe.«

»Houston?«

»Eagle«, korrigierte ich mich.

»Sein Name ist Houston?« Sie schnaubte. »Köstlich. Ich habe da eine Idee. Du schwingst deinen Hintern in ein Flugzeug und steigst in Seattle aus. Und sobald du ihn siehst, sagst du: Houston, wir haben ein verdammtes Problem.«

Eigentlich hätte mir klar sein müssen, dass sie Witze über Eagles richtigen Namen machen würde. Trotzdem versuchte ich, ernst zu bleiben, und verkniff mir ein Grinsen. Aber ihre erwartungsvolle Miene und die ganze Situation waren zu komisch. Ich konnte mich nicht länger beherrschen und lachte.

»Ich meine es ernst. Der Name ist Programm. Schließlich bist du eine knallharte Air-Force-Pilotin, Nae. Falls du wirklich aus dem Dienst aussteigen und das ganze Mutter-Ding durchziehen willst, solltest du besser wie eine Astronautin abtreten. Der Traum eines jeden Piloten, oder? Verdammt, Süße. Ich kann nicht glauben, dass du ausgerechnet von einem Houston geschwängert wurdest. Ich möchte auch so einen.«

»Hör auf«, flehte ich und hielt mir lachend den Bauch.

»Oh, nein. Verdammt, du musst mit ihm reden. So, jetzt ordere ich Pizza. Wir haben noch so viel zu erledigen. Du rufst die Basis und deinen Vermieter an, und ich buche dir einen Flug und packe dir ein paar Sachen ein.«

Ich bewunderte ihre Einstellung, Probleme zu lösen, statt sich in Selbstmitleid zu suhlen. Ihr Aktionismus führte allerdings dazu, dass ich mich plötzlich der Realität stellen musste. Und das Lachen verging mir. Ich würde die Air Force verlassen und endlich nach Hause zurückkehren ... schwanger.

»Danke, Monie Love. Ich wüsste nicht, was ich ohne dich tun

sollte.«

»Alles gut, Süße«, erwiderte sie und sah von ihrem Handy auf, um mir ein beruhigendes Lächeln zu schenken. »Wir werden das gemeinsam durchstehen.«

Ich atmete tief durch. Dann zog ich mein Telefon aus der Tasche und rief die Basis an.

12. KAPITEL

Naomi

Ich war schon immer in vielerlei Hinsicht schnell gewesen. Schnelle Reflexe, kritisches Denken, fundierte Entscheidungen. All das war Teil meiner Jobbeschreibung, und ich war stolz darauf, eine verdammt gute Pilotin zu sein.

Bis ich am frühen Morgen in Seattle aus dem Flieger stieg.

Noch nie in meinem Leben hatte ich mich so inkompetent und unvorbereitet gefühlt. Nachdem ich die gesamten drei Stunden im Flugzeug dafür genutzt hatte, darüber nachzudenken, wie ich Eagle von meiner Schwangerschaft erzählen sollte, hatte ich bei der Landung noch immer keine Idee. Nada. Null. Während ich auf mein Gepäck wartete, erstellte ich gedanklich eine Checkliste meiner aktuellen Situation.

Schwanger.

Karriere bei der Air Force beendet.

Keine Chance auf einen gut bezahlten Job.

Mietvertrag gekündigt.

Alle Habseligkeiten verkauft oder verschenkt.

Kein Platz zum Leben.

Okay, die beiden letzten Punkte waren nicht ganz korrekt. Ich hatte das Notwendigste in meinem Reisegepäck und besaß ein Zimmer in der Feuerwache. Demnach hatte ich alles, was ich im Moment brauchte. Allerdings hatte ich nicht vor, mein Kind in einem Clubhaus voller Biker und Clubhäschen großzuziehen. Aus mir war etwas geworden, obwohl ich einen Teil meiner Kindheit und meine ganze Jugend in dem Milieu verbracht hatte. Aber ich hatte auch eine Menge Scheiß erlebt, vor dem ich mein Kind bewahren wollte. Außerdem war mein Zimmer zu klein für ein Kinderbett. Ich selbst hatte kaum genug Platz. Demnach musste ich mir schon sehr bald eine Wohnung suchen.

Ein wichtiger Punkt fehlte noch auf meiner Liste: Eagle. Er war der Vater meines Kindes. Wenn Kim mir keinen Mist erzählt hatte, ließ er sich gern auf eine schnelle Nummer mit den Clubhäschen ein. Und er galt als Arschloch. Zumindest war das die einhellige Meinung der Frauen, wie sie mir versichert hatte.

Großartig.

Ich hatte das alles gewusst, bevor ich mich in sein Zimmer geschlichen hatte. Wenn ich die Wahl gehabt hätte, wäre ich nicht schwanger und er definitiv nicht der Vater meines Kindes. Ich wusste ja nicht mal, ob er Kinder mochte. Wenn ja, wollte er sich dann an der Erziehung beteiligen? Sein Status als Weiberheld und Arschloch machte ihn sicher nicht zu einem aussichtsreichen Kandidaten für die Wahl zum Vater des Jahres.

Andererseits war ich bei der Empfängnis mehr als nur etwas angetrunken. Daher hatte ich keine Chance, in den nächsten Jahren den Titel *Super-Mom* für mich zu beanspruchen.

Genau genommen hatten wir uns beide nicht dafür qualifiziert, in wenigen Monaten ein Baby im Arm zu halten, geschweige denn ein Kind aufzuziehen. Aber mal ehrlich: Wer war das schon? Meine Mutter war keine Trinkerin und hatte sich auch sonst nichts zuschulden kommen lassen, bis auf die Tatsache, dass sie unseren Vater nicht mehr ertragen konnte. Ich dagegen hatte in meinem Leben noch nie etwas abgebrochen, wofür ich mich entschieden hatte. Softball, College, mein zehnjähriger Vertrag als Pilotin bei der Air Force.

Vielleicht wäre ich keine Super-Mom, aber zumindest würde ich mich nicht aus dem Staub machen.

Ich rieb mir über den Bauch und gab dem Baby insgeheim mein Versprechen, dass ich es nicht aufgeben würde. Egal, wie schwierig das Leben werden sollte, mein Kind würde sich auf mich verlassen können. Ich brauchte nur noch einen Plan.

Der Arzt auf der Basis hatte mir erklärt, dass ich in ungefähr dreißig Wochen Mutter werden würde. Dreißig Wochen, um meinen Scheiß auf die Reihe zu kriegen, bevor mein kleines Freudenbündel schreiend in mein Chaos einbrechen würde.

Ein Kinderspiel.

Als Erstes würde ich mit Eagle reden. Vielleicht würde er sich ja an meiner Zukunftsplanung beteiligen wollen? Allerdings musste ich dazu wissen, *wie* ich ihm die frohe Botschaft über-bringen sollte.

Vielleicht sollte ich ihm einen Glückwunsch-Ballon und eine Karte schicken?

Das wäre verdammt einfach und auch verdammt feige. Auf dieses Niveau wollte ich mich nicht begeben. Nein, ich würde die Sache wie die Kämpferin angehen, für die mich mein Vater hielt.

Während ich noch auf mein Gepäck wartete, bestellte ich mir ein Uber. Das war das erste Mal, dass ich in Seattle auf eine solche Dienstleistung angewiesen war. Solange ich mehr oder weniger im Club wohnte, hatten mich die *Prospects* chauffiert, bis ich alt genug war, den Führerschein zu machen. Damals war ein Mann namens Tank Vizepräsident des Clubs. Nebenbei leitete er bis zu seiner Pensionierung die Werkstatt, die Wasp inzwischen über-nommen hatte. Tank brachte mir beinahe alles bei, was ich über Autos und Motorräder wusste. Wochenlang schraubte ich mit ihm an meinem ersten Motorrad, einer orange-schwarzen Harley *Sportster* aus dem Jahr 1985.

Mit diesem Motorrad hatte ich eine Ahnung davon bekom-men, was pure Freiheit bedeutete. Es stand noch in der Garage der Feuerwache und wartete nur darauf, von mir bewegt zu werden. Verdammt, endlich hatte ich die Zeit, so viel damit zu fahren, wie ich wollte.

Ich war wieder zu Hause.

Ein gutes Gefühl.

Als sich das Uber dem Club näherte, hatte ich eher gemischte Gefühle. Mir schwirrten Tausend Gedanken durch den Kopf. Weil mich vorerst niemand bemerken sollte und ich noch einen Schlüssel hatte, ließ ich mich in der Nähe der Hintertür absetzen. Mit meinem Gepäck beladen, schlich ich mich ins Gebäude und bis ins Dachgeschoss und huschte in mein altes Zimmer. Es kam mir plötzlich winzig vor, sodass die Wohnungssuche auf meiner Prioritätenliste ganz nach oben rutschte.

Ich schnappte mir meine Handtasche und schlich die Treppe hinunter zu Eagles Zimmer, das sich im ersten Stock befand. Ich klopfte an seine Tür, aber er antwortete nicht. Am Tag der Hochzeitsprobe hatte ich zufällig gehört, wie Link sagte, dass er normalerweise gegen drei Uhr Feierabend hatte. Ein Blick auf mein Handy verriet mir, dass es kurz nach zwei war. Ich hatte also noch etwas Zeit, wollte aber nicht zurück in mein Zimmer gehen oder riskieren, Link oder einem der Jungs zu begegnen. Also drückte ich die Klinke hinunter. Die Tür war nicht verschlossen, und ich ging hinein.

Das Zimmer war aufgeräumt, das Bett so glatt und perfekt wie in einem Fünf-Sterne-Hotel. Auf der festgezerrten Bettdecke wäre eine Münze abgeprallt. Die Disziplin bei der Army hatte er offensichtlich verinnerlicht. Einmal ein Marine, immer ein Marine. Das überraschte mich nicht.

Ich legte meine Handtasche auf das Bett und suchte nach Hinweisen auf den Mann, der mein Kind gezeugt hatte. Mir war bewusst, dass ich seine Privatsphäre verletzte. Andererseits war die Tür nicht abgeschlossen. Und außerdem war er der Vater meines Kindes, der bisher verdammt wenig von sich preisgegeben hatte.

Eine halb leere Flasche *Jack Daniels* stand auf dem Minikühlschrank. Im Inneren fand ich Sandwiches, ein Stück Peperoni-

Pizza, ein Sechserpack Bier und einen Viertelliter Milch. Die Grundnahrungsmittel eines Junggesellen.

Neben dem Kühlschrank stand ein großer Waffensafe mit einem elektronischen Schloss. Offenbar war Eagle ein verantwortungsvoller Waffenbesitzer, denn die Tür war verschlossen. Schade, denn ich hätte gern einen Blick hineingeworfen.

Unter dem Bett gab es diverse Schubladen in einem Holzgestell. Ich vermutete, dass sie Klamotten oder eine umfangreiche Sammlung von *Playboy*-Heften enthielten. Ich zog eine der großen Laden auf und fand Hunderte Bücher vor. Sie waren alle mit dem Rücken nach oben, alphabetisch nach den Autoren geordnet. Die größte Überraschung war jedoch, dass es sich vorrangig um klassische und einige zeitgenössische Werke handelte: Maya Angelou, Jane Austen, Ray Bradbury, F. Scott Fitzgerald, Khaled Hosseini, Harper Lee, J. K. Rowling, J. D. Salinger, J. R. R. Tolkien, Mark Twain. Ich kannte niemanden, der so viele Bücher hatte, und hätte nie erwartet, sie im Schlafzimmer eines Bikers zu finden.

Das ist wirklich eine Überraschung, Marine.

Ich schloss die Schubladen und wandte mich dem Nachttisch neben dem Bett zu. In der Schublade befanden sich eine Beretta M9 – offenbar nahm er es mit dem Waffenschrank doch nicht so ernst –, eine Packung Kondome und Kontoauszüge. Sein Geld interessierte mich nicht. Während meiner Zeit bei der Air Force hatte ich gut verdient und mir ein finanzielles Polster angespart. Damit kam ich bis zur Geburt des Babys aus und musste mir erst danach einen Job suchen.

Mich interessierte an den Kontoauszügen eher das, was man hinter den Zahlen herauslesen konnte. Ich wollte wissen, ob ich damit rechnen konnte, dass er sich für das Kind verantwortlich fühlte und mich unterstützte.

Für einen kurzen Moment schloss ich die Augen und stellte mir vor, wie unser Baby aussehen würde. Vielleicht das dunkle Haar von Eagle und seine Augen. Ich sah ihn beinahe vor mir, wie er das kleine Wesen im Arm hielt und ihm aus einem der Bücher vorlas.

Mir kamen die Tränen.

»Diese verdammten Hormone«, stöhnte ich und blinzelte.

Ich weigerte mich, mich mit dem zu beschäftigen, was sein könnte, und konzentrierte mich wieder darauf, etwas über Eagle herauszufinden. Mit seinem Kontoauszug in der Hand überlegte ich. Wenn ich sah, wofür er sein Geld ausgab, sagte das eine Menge über ihn aus. Neugierig war ich auch. Also zögerte ich nicht länger und wagte einen Blick auf die Zahlungen.

Eagle schien in seinem Job nicht schlecht zu verdienen. Er hatte weit mehr als zweihunderttausend auf dem Sparkonto und etwa fünf Riesen auf dem Girokonto. An den Club gingen monatliche Zahlungen, vermutlich für die Miete und Clubbeiträge. Es gab keine Zahlungen für ein Haus oder ein Auto. Hauptsächlich gab er sein Geld für Fast Food, Getränke im *Copper Penny*, Lebensmittel und Benzin aus.

Eagle war ein einfacher Mann, abgesehen von seiner recht umfangreichen Büchersammlung.

Ich legte die Kontoauszüge zurück und fühlte mich ein wenig schäbig. Um die Zeit bis zu seinem Eintreffen zu nutzen, setzte ich mich auf das Bett, öffnete mein Tablet und machte mich auf die Suche nach einem Job, einer Wohnung und einem Gynäkologen.

Plötzlich klingelte mein Telefon, und ich zuckte zusammen. Ich schaute auf das Display und seufzte. Es war Link. Wenn ich nicht dranginge, würde er sich Sorgen machen. Er wusste, dass ich im Moment nicht im Einsatz war und mich höchstwahrscheinlich auf der Basis aufhielt. Doch ich war noch nicht so weit, über all die Veränderungen in meinem Leben zu reden. Ich atmete tief durch und nahm den Anruf entgegen.

»Hey, Link.«

»Hey, Kleines. Wie geht's dir?«

Ich mochte es nicht, wenn er mich so nannte, ließ mir aber meinen Ärger nicht anmerken. »Fein. Aber es wäre fantastisch, wenn du aufhören würdest, mich so zu nennen. Was gibt's bei dir? Alles in Ordnung?« Wir hatten zuletzt vor einer Woche miteinander telefoniert. Doch mein Bruder hatte ein inneres Gespür dafür, wenn etwas mit mir nicht stimmte. Und er hätte es sofort gemerkt, wenn ich ihn angelogen hätte. Zum Glück klingelte damals der Briefträger, sodass ich das Gespräch schnell beenden konnte.

»Alles in Ordnung. Ich wollte nur wissen, wie es dir geht, weil du dich diese Woche noch nicht gemeldet hast. Weißt du, wann dein nächster Einsatz beginnt?«

Es gab keinen nächsten Einsatz. Doch das wollte ich ihm nicht sagen. Noch nicht. Ich wollte nicht lügen, aber ich sah keinen Ausweg. »Noch nicht«, antwortete ich vage und ging dazu über, mich zu verabschieden. »Ich bin gerade mitten in der Arbeit. Kann ich dich später zurückrufen?«

»Ja, ähm, okay.«

Spätestens jetzt wusste er, dass etwas im Busch war. Höchste Zeit, das Telefonat zu beenden. »Gut. Wir sprechen uns später. Hab dich lieb.«

»Ich dich auch.«

Ich legte auf und seufzte. Lange würde ich mein Geheimnis nicht mehr für mich behalten können. Daher wäre es gut, wenn Eagle endlich auftauchen würde. Er musste der Erste sein, der es erfuhr.

Lauschend saß ich auf dem Bett, konnte aber keine Schritte von draußen hören. Um mich abzulenken und mir die Wartezeit zu verkürzen, konzentrierte ich mich wieder auf meine Onlinerecherchen.

Keine fünf Minuten später öffnete sich die Tür, und Eagle kam herein. Er erstarrte, als er mich sah.

»Hey, willkommen zu Hause«, sagte ich lächelnd und stand auf.

»Naomi.« Er sah irgendwie erleichtert aus, und ich hatte keine Ahnung, warum. Dann betrachtete er einen Moment lang mein Telefon, das neben mir auf dem Bett lag, und runzelte die Stirn. »Du bist ... Du bist hier. Ist alles in Ordnung?«

»Ich weiß nicht, ob ich das so formulieren würde«, erwiderte ich ehrlich.

Er sah mich irritiert an. »Link hat eben noch mit dir telefoniert, und da warst du ...« Er sah wieder zur Tür. »Was ist denn los?«

Seine Jeans, sein T-Shirt, seine Unterarme und sogar sein Gesicht waren mit einer dünnen Staubschicht bedeckt. Ihn in Arbeitsklamotten zu sehen, führte dazu, dass sich mein Gehirn kurz ausschaltete und sich eine angenehme Wärme in meinem Unterleib ausbreitete.

Ich brauchte definitiv noch etwas Zeit, bevor ich ihn mit den Neuigkeiten überfallen konnte. Zuerst musste ich meine Libido unter Kontrolle bringen, um mich aufs Reden konzentrieren zu können. Es war so ähnlich wie bei unserem letzten Treffen. Er sorgte sich um mich, und ich reagierte mit einem unkontrollierbaren Schwall an Emotionen. Doch diesmal konnte ich nicht einfach die Flucht ergreifen.

»Ähm ... Wir müssen reden. Willst du dich vorher vielleicht umziehen? Möchtest du dich frisch machen? Entspannen? Einen Drink nehmen?«

Seine Verwirrung verwandelte sich in Besorgnis. »Hör auf, um den heißen Brei zu reden. Sag mir einfach, was los ist. Warum hast du Link nicht gesagt, dass du hier bist?«

Also gut, dann konnte ich auch gleich zum Thema kommen.

Ohne Umschweife, wie ein echter Marine. »Ich bin schwanger, Eagle.«

Es dauerte einen Moment, bis er meine Worte verstanden hatte. Dann weiteten sich seine Augen, und die Farbe wich aus seinem Gesicht. »Du bist ... schwanger?«, wiederholte er.

»Ja. Und wenn du mich beleidigst, indem du mich fragst, ob ich mir sicher bin oder ob es deins ist, werde ich dir so hart in die Nieren treten, dass du wochenlang Blut pinkeln wirst. Ich wäre nicht hier, wenn ich es nicht sicher wüsste. Es ist definitiv deins.«

»Ich wollte nicht ...« Er atmete tief durch und wankte leicht, bevor er sich auf die Bettkante fallen ließ und seinen Nacken knetete. »Fuck.«

»Genau das ist der Grund dafür.«

Er starrte mich an und grinste nicht einmal. Vermutlich war dies nicht der beste Zeitpunkt für Scherze. »Ich nehme an, Jake und Link wissen es noch nicht.«

Das klang nicht wie eine Frage. »Nein. Ich habe mich in deinem Zimmer versteckt, weil ich es dir zuerst sagen wollte.« Außerdem musste ich mir um Dad keine Gedanken machen. Er erwartete aktuell nur zwei Dinge von mir: Enkelkinder und dass ich aus dem Dienst ausschied, bevor ich wie mein Onkel endete. Ich würde ihm beide Wünsche auf einmal erfüllen. Vielleicht wäre er etwas enttäuscht, weil ich schwanger geworden war, ohne verheiratet oder zumindest verlobt zu sein. Aber darüber würde er schnell hinwegkommen. Und was Link anging ... Keine Ahnung. »Wenn du schon immer mal um die halbe Welt reisen wolltest, ist jetzt vielleicht der richtige Zeitpunkt dafür.«

Die Situation war alles andere als lustig, trotzdem konnte ich nicht anders, als Witze zu reißen. Sogar lahme Witze. Ich gab natürlich den Schwangerschaftshormonen die Schuld daran und meinen Nerven. Irgendein Ventil brauchte ich.

»Denkst du etwa, dass ich abhaue und dich alleinlasse?«, fragte er und runzelte wieder die Stirn.

»Keine Ahnung, was du tun wirst«, antwortete ich ehrlich. »Woher auch? Ich kenne dich ja kaum. Wir haben über Gewehre und den Dienst geredet und zwei Nächte in zwei Jahren miteinander verbracht. Das ist zu wenig, um sich kennenzulernen. Ich weiß, dass dich die Nachricht schockiert. Aber egal, was du tust, ich bekomme dieses Baby.« Ich legte eine Hand auf meinen Bauch. Eagle beobachtete mich unentwegt. »Ich erwarte auch nichts von dir.«

Seine Augen verengten sich. »Du bekommst *mein* Baby und erklärst mir, dass du nichts von mir erwartest? Weißt du, wie beschissen sich das anhört?«

So formuliert, musste ich ihm zustimmen. »So habe ich das nicht gemeint. Ich weiß ja nicht mal, ob du überhaupt ein Kind willst. Ich wusste das auch nicht, bis ich den Verdacht hatte, dass ich schwanger sein könnte. Erst dann habe ich darüber nachgedacht. Ich weiß auch nicht, wie sehr du dich in das Leben unseres Kindes einbringen willst. Wenn du das nicht willst, sag es mir einfach. Ich werde dich nicht dazu zwingen.«

»Du hältst mich für ein riesengroßes Arschloch, oder?«

»Ungewollt und ungeplant Vater zu werden, macht dich nicht zu einem Arschloch. Zu versprechen, für das Kind da zu sein, es zu lieben und es dann im Stich zu lassen ... Das würde dich zu einem riesengroßen Arschloch machen. Ich habe für mich entschieden, dass ich dieses Baby will. Jetzt bist du dran. Du hast die Wahl.«

»Willst du mich nicht dabeihaben?«, wollte er wissen.

Offenbar hatte er mich nicht richtig verstanden. Ich war viel zu müde und zu aufgewühlt für diese Art von verbalem Sparring. Er brauchte Zeit, um alles zu verarbeiten, und ich musste dringend auf die Toilette. Hunger hatte ich auch. Nein, ich war mordshungrig. Wenn ich nicht bald was zwischen die Kiefer bekäme, würde ich mir den Arm abnagen. Höchste Zeit, jede weitere Diskussion zu verschieben und mich um die Bedürfnisse meines Körpers zu kümmern. Vieleicht sollte ich alles noch mal in kurzen Sätzen sagen?

»Hör zu, Houston. Du hast mich nicht richtig verstanden. Also werde ich es dir erklären. Ich bekomme ein Kind. Dein Kind. Ich wünsche mir, dass du dich um unser Baby kümmerst. Und um mich auch. Ja, das ist total verrückt. Weil ich dich kaum kenne. Woher auch? Aber ich würde dich gern kennenlernen. Ich weiß, dass uns mehr verbindet als Whiskey, Sex und Waffen. Vielleicht hast du Lust, mehr Gemeinsamkeiten herauszufinden. Langstrecke mit mir zu fliegen. Ich weiß, dass du immer noch nicht über *sie* hinweg bist. Leider kann ich mich nicht gegen einen Geist behaupten. Schon gar nicht gegen einen, der dir ein schlechtes Gewissen einredet, wenn du mit mir zusammen bist.«

Bei dem letzten Teil war ich mir nicht sicher, aber ich hatte einen Verdacht. Ich hielt einen Moment inne, um zu sehen, ob er es leugnen würde, aber er tat es nicht. Er starrte mich nur an.

»Du stößt die Leute weg. Du trägst die Arschloch-Maske wie ein Ehrenabzeichen. Aber du versteckst dich nur dahinter. Damit die Leute dein wahres Ich nicht sehen. Du willst niemanden zu nah an dich heranlassen. Weil du nicht noch mal jemanden verlieren willst. Das verstehe ich. Und auch dich.« Das war nicht nur so im Eifer des Gefechts daher gesagt. Ich verstand ihn wirklich, nachdem zwei meiner Sanitäter niedergemäht worden waren. Auf einer Ebene, die ich nie für möglich gehalten hätte. »Aber ich bekomme ein Kind und kann mich nicht so abschotten wie du.«

Sein Blick wanderte hinunter zu meinem flachen Bauch, bevor er wieder mein Gesicht betrachtete.

»Ich möchte, dass du ein Teil meines Lebens wirst. Ich weiß, dass du unserem Kind ein guter Vater sein wirst. Aber damit gehst du eine lebenslange Verpflichtung ein. Unabhängig davon, was zwischen dir und mir passiert. Wenn du das nicht willst – wenn du dich emotional nicht binden kannst und lieber abhauen willst –, dann musst du mir das sagen. Denn wenn du unser Kind im Stich lässt, wie es meine Mutter mit mir und Link getan hat, dann werde ich dich fertigmachen. Das schwöre ich dir.« Eagle nickte, aber unterbrach mich nicht. »Ich bekomme ein Kind. Dein Kind. Deshalb muss ich wissen, wo du stehst. Denk darüber nach. Wenn du so weit bist, lass mich wissen, wie du dich entschieden hast.«

Meine Stimme drohte am Ende zu versagen. Nachdem ich mir alles von der Seele geredet hatte, was mich beschäftigte, und Eagle meinen Standpunkt deutlich gemacht hatte, ließ ich ihn allein.

Mit zitternden Knien eilte ich zur Damentoilette. Nachdem ich mein Geschäft erledigt hatte, spritzte ich mir kaltes Wasser ins Gesicht und starrte mein Spiegelbild an.

Ich hatte Eagle alles erzählt. Wie ich mich fühlte und dass ich ihn in meinem Leben haben wollte.

War das ein Fehler gewesen?

Gott, ich muss so verzweifelt geklungen haben.

Ich bin schwanger, liebe mich. Oder zumindest unser Kind.

Wenn du abhaust, werde ich dich finden und töten.

Fantastisch.

Vielleicht hätte ich bei Monicas Version der Gesprächsführung bleiben sollen? *Houston, wir haben ein Problem.* Dann hätte ich mich womöglich anders ausgedrückt, aber inhaltlich das Gleiche gesagt. Egal. Der Ball war jetzt bei ihm, und ich musste abwarten, wie er ihn spielen würde.

Ich überlegte, ob ich in mein Zimmer zurückgehen sollte, und entschied mich dagegen. Ich hatte Hunger und brauchte etwas frische Luft, um einen klaren Kopf zu bekommen. Außerdem gab es keinen Grund mehr, meine Heimkehr geheim zu halten, weil ich Eagle bereits die Nachricht überbracht hatte.

Entschlossen marschierte ich die Treppe hinunter und durch den Gemeinschaftsraum. Bis auf eine attraktive Brünette mit einem entzückenden kleinen Jungen war niemand zu sehen.

Die Frau hatte ich schon mal gesehen, konnte mich aber nicht genau erinnern. Ich ging zu ihr und stellte mich vor.

»Freut mich. Ich bin Carly. Und das ist mein Sohn Trent.«

»Du warst auf der Hochzeit, oder?«, fragte ich.

»Ja. Ich warte auf Wasp. Er wollte sich mit Link treffen.«

Die Überraschungen häuften sich. »Wasp? *Der* Wasp?«

Sie lachte und nickte.

Das Kind musste ungefähr fünf sein. Bisher war mir nie in den Sinn gekommen, dass Wasp ein Kind haben könnte. »Ist er ...«

Ich betrachtete Trent und merkte sofort, wie unhöflich meine Frage klingen würde. »Entschuldige. Tut mir leid. Das war unhöflich. Und es geht mich nichts an.«

»Nein, es ist völlig in Ordnung. Wasp und ich sind erst seit acht Wochen zusammen, aber er hat mir schon einen Antrag gemacht«, erklärte sie mir mit einem glücklichen Lächeln und zeigte mir einen altmodisch wirkenden Verlobungsring.

Mein Kiefer klappte runter und drohte, auf den Boden zu fallen. »*Wasp* hat sich *verlobt?*« Dann wurden meine Wangen heiß. »Mein Gott, es tut mir so leid ... Ich ... habe ihn seit Links Hochzeit nicht mehr gesehen. Er war nicht ... Woher sollte ich ... Keine Ahnung, wie ich diesen Satz beenden soll. Sag was, und halte mich davon ab, noch mehr Blödsinn von mir zu geben.«

Sie lachte nur noch lauter. »Glaub mir, ich war genauso überrascht wie du. Seit Links Hochzeit hat sich so viel verändert.«

Ja, das hatten sie. Dem konnte ich nur zustimmen.

Trent sah von seinen Soldaten auf, mit denen er spielte. »Mich wollen gleich zwei Mädchen heiraten«, bemerkte er breit lächelnd, bevor er sich wieder als Heerführer betätigte.

»Nur zwei Mädchen? Bist du dir da sicher? Ich wette, es sind viel mehr«, erwiderte ich lachend und tippte seine süße kleine Nasenspitze an. »Ich würde dich auch heiraten.«

»Morgen?«, fragte Trent.

»Du solltest ganz schnell ablehnen«, warnte mich Carly. »Sonst nimmt er dich beim Wort.«

Um dem Kind nicht das Herz zu brechen, schaltete ich einen Gang zurück. »Erzähl mir von diesen zwei Mädchen, die dich gefragt haben. Hast du zu einer nein gesagt?«

Er schüttelte den Kopf und grinste. »Nein. Ich lasse mir alles offen.«

Carly rollte kopfschüttelnd mit den Augen. »Gott steh mir bei.«

»Bist du dir sicher, dass er nicht Wasps Sohn ist? Er hört sich genauso an.«

»Du hast ja keine Ahnung«, antwortete sie und lachte wieder.

Mein Magen knurrte bedrohlich laut. Den hatte ich ganz vergessen. »Es war schön, dass wir uns getroffen haben. Ich würde gern mehr darüber wissen, wie ihr euch kennengelernt habt, aber ich verhungere. Habt ihr Lust, was mit mir essen zu gehen?«

»Ein andermal wirklich gern. Wasp kommt gleich und will uns zum Abendessen ausführen.«

Wasp. Verlobt. Mit einer Frau, die ein Kind hat. Ich fühlte mich, als wäre ich in einer anderen Welt gelandet, und verspürte so etwas wie Hoffnung. Wenn sogar er erwachsen werden konnte und Verantwortung für eine Familie übernehmen wollte, sollte das für Eagle erst recht kein Problem sein.

Nachdenklich, aber frohen Mutes, dass alles gut werden würde, verließ ich die Feuerwache. Ich war so in Gedanken, dass ich den schwarzen Lieferwagen nicht bemerkte, der neben mir hielt, bis ich gepackt wurde. Nach einer Schrecksekunde begann ich mich zu wehren. Ich schlug und trat um mich, konnte aber nicht verhindern, dass sie mich ins Wageninnere zerrten. Dann wurden mir die Arme nach hinten gedreht und gefesselt. Bevor ich um Hilfe schreien konnte, hielt mir eine der Gestalten eine Waffe an die Schläfe.

Der Unbekannte trug eine schwarze Sturmhaube und roch unangenehm. »Leg sie schlafen«, befahl er und sah mich finster an.

Seine Stimme kam mir vage bekannt vor, aber ich konnte sie nicht einordnen. Ich versuchte immer noch, mich an ihn zu erinnern, als ich ein Zwicken in meinem Arm spürte. Dann wurde alles schwarz.

13. KAPITEL

Eagle

In der vergangenen Nacht hatte ich kaum ein Auge zugetan. Ein neuer Albtraum plagte mich, einer, in dem Naomi gefangen und allein war. Schließlich gab ich auf und versuchte, mich mit einem Buch abzulenken, bis ich zur Arbeit aufbrechen musste.

Der Traum war so lebhaft, dass ich den ganzen Tag an nichts anderes denken konnte. Nach Dienstschluss war ich mir sicher, dass ich herausfinden musste, ob es ihr gut ging oder nicht. Sonst wäre ich durchgedreht.

Obwohl ich wusste, dass es ein Fehler sein würde, ging ich direkt in Links Büro, sobald ich nach Hause kam. Seine Tür war offen, und er saß an seinem Computer und arbeitete.

»Hey, hast du eine Minute Zeit?«

Er sah auf und bedeutete mir reinzukommen. »Ja, komm rein.« Bevor ich etwas sagen konnte, klingelte sein Handy. Er schaute auf das Display. »Gib mir eine Sekunde. Ich muss da rangehen.«

Ich hatte ein ungutes Gefühl.

»Hey, Havoc. Hast du den Wichser gefunden?«

Ich konnte Havocs tiefe Stimme hören. Er sagte Nein, bevor er ins Detail ging. Link hörte stumm zu.

»Danke, dass du hingefahren bist, Bruder. Komm zurück in den Club. Emily hat in zwei Stunden Feierabend. Wir treffen uns hier. Bis nachher.«

»Ist alles in Ordnung?«, wollte ich wissen und lehnte mich gegen die Wand.

»Bull ist sich sicher, dass er denselben obdachlosen Mann vor der Feuerwache, auf dem Parkplatz vor Emilys Büro und in der

Nähe ihres Hauses gesehen hat. Er meint, der Typ käme ihm bekannt vor, aber er kann ihn nicht einordnen. Das hat vielleicht nichts zu bedeuten, aber du weißt, dass ich mit so was nicht spaße. Ich würde mich besser fühlen, wenn Havoc ihn findet und ihn sich vorknöpft.«

»Aber er hat ihn nicht gefunden?«

»Nein. Allerdings wird es nicht lange dauern, bis wir den Mistkerl schnappen und eine Verbindung zu Emilys Fällen finden. Und wer weiß? Vielleicht kann ich sie überreden, sich eine Weile aus sämtlichen Gerichtssälen fernzuhalten.«

Unwahrscheinlich, aber ich verstand seinen Wunsch, seine Frau zu schützen.

»Was kann ich für dich tun, Eagle?«

»Wie geht es Naomi?«, platzte ich raus. Small Talk war noch nie meine Stärke gewesen. Ich hatte es immer vorgezogen, direkt zur Sache zu kommen.

Link sah mich an. »Gut. Warum?«

»Ich bin nur neugierig. Wann hast du das letzte Mal mit ihr gesprochen?« Es war gefährlich, ihn so auszufragen, aber es gab keine andere Möglichkeit, mir Gewissheit zu verschaffen.

»Vorige Woche. Warum?« Link starrte mich an und wartete auf eine Erklärung. Ich konnte ihn nicht belügen und war verzweifelt genug, ihm die Wahrheit zu sagen. Nur nicht die ganze. »Hast du jemals geträumt, dass jemand verletzt ist? So realistisch, dass du wissen musst, ob es dem- oder derjenigen gut geht?«

Im Dienst hatten wir gelernt, unserem Gefühl zu vertrauen. Link hatte einen ausgezeichneten Instinkt und ich auch. Daher zögerte er nicht und griff zu seinem Handy. »Hey, Kleines, wie geht's?«

Ich konnte ihre Stimme am anderen Ende des Telefons kaum hören, aber immerhin war sie dran. Mein Körper entspannte sich, und ich konnte zum ersten Mal seit Tagen wieder freier atmen.

Es ging ihr gut. Im Moment. Ich überlegte zu verschwinden, doch Links Blick nagelte mich fest, sodass ich blieb.

»Alles in Ordnung. Ich wollte nur wissen, wie es dir geht, weil du dich diese Woche noch nicht gemeldet hast. Weißt du, wann dein nächster Einsatz beginnt?« Er runzelte die Stirn. »Ja, ähm, okay. Gut. Wir sprechen uns später. Hab dich lieb.«

Er legte auf, neigte den Kopf und musterte mich weiterhin. »Es geht ihr gut. Sie hatte es nur verdammt eilig, das Gespräch zu beenden.« Sein Blick wurde immer bohrender. »Könntest du mir bitte sagen, warum du von meiner Schwester träumst, Eagle?«

Ich schluckte den Drang hinunter, ihm alles zu erzählen. Schon sehr bald würde ich ihm reinen Wein einschenken müssen. Doch vorher musste ich mit Naomi reden und ihr klarmachen, dass ich immer für sie da sein würde. »Sie ist eine *Pedro*. Ich mache mir Sorgen um sie«, wich ich aus, ohne etwas zu leugnen oder konkret zu werden.

Sein Blick wurde noch bohrender. Link war ein kluger Mann, und er kannte mich recht gut. Zum Glück klingelte sein Bürotelefon. Er warf einen Blick auf das Display, sah zu mir und ging dann doch ran.

Die Gelegenheit nutzend, machte ich mich aus dem Staub. Ich eilte die Treppe hinauf in mein Zimmer. Naomi saß auf meinem Bett und hielt ein Tablet in der Hand. Sie sah so verdammt gut aus. Durch das hereinfallende Licht leuchtete ihr helles Haar wie bei einem Engel. Ich traute meinen Augen nicht und konnte nicht begreifen, dass sie wirklich vor mir saß.

Sie war nervös. So kannte ich sie gar nicht. Dann ließ sie die Bombe platzen, die meine Welt erschütterte.

Als sie sagte, dass sie schwanger sei, glaubte ich, mich verhört zu haben. Sie erzählte, sie sei sich sicher, dass es meins war, während ich mich abmühte, zum Bett zu gelangen, bevor meine Beine nachgaben. Ich war mit beiden Elternteilen und meiner fünf Jahre älteren Schwester Deena aufgewachsen. Wir standen uns nie sehr nah, was vielleicht am Altersunterschied lag. Ich hatte mir immer weitere Geschwister gewünscht, aber meine Eltern lebten eher aneinander vorbei als miteinander. Sie schliefen in getrennten Zimmern, solange ich denken konnte. Ich war mir ziemlich sicher, dass es in ihrer Beziehung mehr um gegenseitige Bestrafung als um Liebe ging.

Jeanie und ich hatten einmal über Kinder gesprochen. Wir wollten beide eine große Familie, voller Liebe und Kinderlachen, nicht wie das angespannte Schlachtfeld, in dem ich aufgewachsen war. Jahrelang hatte ich geglaubt, der Traum von einer Familie sei mit Jeanie gestorben. Naomis Erklärung, dass sie mit meinem Kind schwanger war, kam unerwartet, aber nicht unwillkommen.

Ich bekomme dieses Baby, hatte sie mir unmissverständlich klargemacht und eine Hand beschützend auf ihren Bauch gelegt. Sofort wusste ich, was für eine wunderbare Mutter sie sein würde. Das war verdammt sexy. Unser Kind würde sich glücklich schätzen, eine Mom wie Naomi zu haben. Es würde mit beiden Elternteilen aufwachsen.

Ich wollte ein guter Vater sein.

Heilige Scheiße!

Sie redete immer weiter. Woher sollte sie auch wissen, dass ich mich liebend gern um sie und unser Kind kümmern wollte? Es klang so, als hielte sie mich für ein riesengroßes Arschloch.

Als ich sie genau das fragte, legte sie mir noch einmal haarklein ihre Meinung dar. Es überraschte mich, dass sie zugab, sich ein Leben mit mir und dem Kind zu wünschen.

In meinem Kopf drehte sich alles, und ich hatte Mühe, ihren Worten zu folgen.

Sie warf mir vor, niemanden an mich ranzulassen. Das stimmte sogar, aber nicht, wenn es um Naomi ging. Sie hatte ich nie auf Abstand gehalten. Im Gegenteil. Ich hatte sie gebeten zu bleiben, weil ich mit ihr zusammen sein wollte. Und sie? Sie war gegangen. Genau genommen zweimal.

Seit ich Jeanie verloren hatte, wollte ich mich nicht mehr auf eine Frau einlassen. Dann hatte ich Naomi gefunden und wurde wieder von ihr verlassen. Vermutlich war das die Rache des Karmas für all die Frauen, die ich nach dem Sex kurzerhand aus meinem Zimmer geworfen hatte.

Ich kann nicht mit einem Geist konkurrieren. Schon gar nicht mit einem, der dir ein schlechtes Gewissen einredet, weil du mit mir zusammen bist, hatte sie gesagt. Dabei gab es keinen Wettbewerb. Doch genau aus diesem Grund fühlte ich mich schuldig. Naomi hatte es sogar geschafft, meine Albträume zu beherrschen und Jeanie aus all meinen Gedanken zu verdrängen. Das war es, was sich falsch anfühlte, aber zugleich auch richtig. Denn tief in meinem Inneren wusste ich, dass ich endlich mit der Vergangenheit abschließen und mich der Gegenwart und der Zukunft zuwenden konnte.

Naomi war schwanger. Mit meinem Baby. Ich starrte sie ehrfürchtig und staunend an, mein Blick wanderte hinunter zu ihrem Bauch. Bald würde er rund werden, und sie würde Leben in die Welt bringen. Würde es ein Junge oder ein Mädchen sein? Würde unser Baby die großen braunen Augen von Naomi haben? Ihre perfekte Nase?

Sie redete weiter, aber es fiel mir schwer, mich auf ihre Worte zu konzentrieren, während mein Verstand immer wieder Bilder heraufbeschwor, wie sie mein Baby in den Armen hielt.

Ich wollte das.

Wenn du das nicht willst – wenn du dich emotional nicht binden kannst und lieber abhauen willst –, dann musst du mir das sagen. Denn wenn du unser Kind im Stich lässt, wie es meine Mutter mit mir und Link getan hat, dann werde ich dich fertigmachen. Das schwöre ich dir.

Hatte sie etwa vergessen, wie emotional ich reagierte hatte, als wir über ihren Job sprachen? Genau darin lag das Problem. Ich war so verdammt mit Gefühlen involviert, dass ich dauernd ihr Gesicht vor mir sah. Fast jede Nacht sah ich sie im Traum sterben.

Es war schrecklich, und es gab nur einen Ausweg. Ich musste sie davon überzeugen, ihren verdammten Job aufzugeben.

Bevor ich ihr das sagen konnte, war sie weg. Wieder einmal war sie einfach so gegangen. Bevor sie ging, erklärte sie mir, dass ich Zeit zum Nachdenken bräuchte.

Ich starrte auf die Tür und überlegte, was ich tun sollte. Ich brauchte keine Zeit zum Nachdenken. Ich wusste genau, was ich wollte.

Ich wollte sie.

Ich wollte unser Baby.

Ich wollte einen weißen Lattenzaun, Familienurlaube und Erinnerungsfotos an jeder Wand.

Ich wollte alles.

Entschlossen, sie zu finden und die Sache ein für alle Mal zu klären, ging ich nach oben in ihr Zimmer. Doch da war sie nicht. Allerdings standen mehrere Koffer und Taschen neben dem Bett.

Hatte das etwa zu bedeuten, dass sie ...?

Für immer?

Es sah ganz danach aus. Naomi war eher eine pragmatische und unkomplizierte Frau. Keine, die ein Beautycase mit sich rumschleppte. Das Gepäck sah ganz danach aus, als würde sie nicht so schnell zum Stützpunkt zurückkehren.

Ich war erschöpft, aber der Gedanke, dass sie vielleicht bleiben würde, gab mir neue Energie. Statt nach der Arbeit zu duschen, wie ich es sonst immer tat, hatte ich nur einen Wunsch: sie zu finden. Ich wollte ihr sagen, dass ich bereit war, alles für sie zu tun. Wenn sie wollte, würde ich ihr ein Haus kaufen, ein Auto, aus der Feuerwache auszuziehen und ... Alles, solange sie in meiner Nähe blieb.

Doch zuerst musste ich sie finden.

Ich stürmte die Treppe hinunter in den Gemeinschaftsraum. Wasp half Trent, seine Soldaten einzusammeln, während Carly in die Küche ging.

Es war immer noch seltsam, die drei zusammen zu erleben. Nie im Leben hätte ich Wasp für einen Familienmenschen gehalten. Aber sie waren glücklich. Als hätte er in Carly und Trent eine neue Bestimmung gefunden. Diese Erkenntnis beflügelte mich. Wenn er in der Lage war, sein Leben für eine Frau und ihr Kind zu verändern, dann konnte ich es auch schaffen. Das wurde mir plötzlich klar.

»Hey, Bruder, wie gehts dir?«, fragte mich Wasp und klopfte mir freundschaftlich auf den Rücken.

»Hey, Eagle«, sagte Trent und winkte mir mit einer Hand voller grüner Soldaten zu.

»Hey, Buddy. Hey, Wasp. Habt ihr Naomi gesehen?«

»Naomi? Kann es sein, dass du schlafwandelst?« Wasp grinste mich an.

Ich zuckte innerlich zusammen. Die alten Mauern der Feuerwache waren nicht gerade schalldicht. Ich überlegte, ob mich vergangene Nacht jemand gehört hatte, als ich aus einem Albtraum erwacht war und ihren Namen schrie. Wenn dies der Fall war, würde ich die Plaudertasche ausfindig machen müssen, um ihm das Maul zu stopfen.

Bevor ich Wasp darauf hinweisen konnte, dass er sich selbst ficken sollte, fiel mein Blick auf Trent. Er saß zu unseren Füßen und starrte uns an, als wären wir Götter oder Superhelden. Ich presste die Kiefer zusammen und hielt die Klappe.

»Ich habe Naomi gesehen«, bemerkte Trent. »Sie ist wirklich hübsch.«

»Was hast du?« Wasp hob überrascht die Augenbrauen. »Wo?«

»Sie kam von da oben.« Der Kleine deutete auf die Treppe. »Dann hat sie mit Mom geredet und gesagt, dass sie mich heiraten will.«

Wasp grinste. »Das hat sie dir erzählt?«

Trent nickte. »Mom, Naomi hat gesagt, sie will mich heiraten. Das hat sie doch.«

Ich drehte mich um und sah Carly auf uns zukommen. »Hey, Eagle.«

»Carly.« Ich nickte ihr zu. »Trent sagt, ihr habt Naomi gesehen?«

»Ja, erst vor ein paar Minuten. Sie scheint wirklich nett zu sein. Sie war hungrig und sagte, sie wolle einen Happen essen gehen.«

»Weißt du, warum sie hier ist?«, wollte Wasp von mir wissen.

Neugieriger Scheißkerl. »Das wirst du noch früh genug erfahren.« Wie sie die Neuigkeiten den Leuten aus dem Club erzählen würde, war mir unklar. Aber ich würde definitiv neben ihr stehen. »Hat sie gesagt, wo sie hinwollte?«

Carly schüttelte den Kopf. »Nein. Tut mir leid.«

»Sie kann nicht weit weg sein. Ich gehe mal um den Block. Bin gleich wieder da.« Mit Wasps Blick im Rücken ging ich davon.

Ich joggte zu der Pizzeria ein paar Türen weiter und spähte hinein. Hier war sie nicht. Ich steckte meinen Kopf in den Teriyaki-Laden an der Ecke. Keine Naomi. Dann versuchte ich es in dem Bistro auf der anderen Straßenseite. Immer noch keine Spur von ihr.

Mein Handy vibrierte. Ich zog es aus der Tasche und sah Links Namen auf dem Display.

»Eagle.« Er klang unwirsch. Wütend. »Schaff deinen Arsch zurück aufs Revier. Ich habe einen Anruf von Naomis Telefon erhalten. Wir brauchen dich hier.«

Bevor ich eine Frage stellen konnte, legte er auf.

Warum sagte er, dass er einen Anruf von ihrem Telefon erhalten hatte? Das war seltsam, und mir stellten sich die Nackenhaare auf. So schnell ich konnte, rannte ich zurück in den Club.

Carly war noch mit Trent im Gemeinschaftsraum. »Sie sind in Links Büro«, sagte sie und warf mir einen sorgenvollen Blick zu.

Als ich eintrat, standen Link, Wasp, Havoc, Morse und Tap um den Schreibtisch herum und starrten auf mehrere Laptops. Link sah auf und winkte mich zu sich herüber.

»Was ist los?« Fragend schaute ich auf die Bildschirme von Morse und Tap.

»Brass hat Naomi. Wir verfolgen ihr Telefon«, erklärte Link.

Es fühlte sich an, als würde mir der Boden unter den Füßen weggezogen werden. Ich wich zurück und stützte mich an der Wand ab. »Was meinst du mit *Brass hat Naomi*?«

»Der Wichser hat sie gekidnappt. Am helllichten Tag. Ich wusste nicht mal, dass sie in Seattle ist.« Sein Blick wurde hart. »Aber du wusstest das.« Er zeigte mit dem Finger auf mich. »Warum sonst hast du mich vorhin diesen Scheiß gefragt?«

Wasp und Havoc sahen mich überrascht an. Wir alle sorgten uns um Naomi, und die Anspannung war so verdammt groß, dass man sie beinahe greifen konnte.

Ich hob beschwichtigend die Hände. »Ich wusste nicht, dass sie hier ist, als wir vorhin geredet haben. Aber als ich in mein Zimmer kam, war sie da.«

»Wir haben das Signal verloren«, bemerkte Morse. »Er muss ihre SIM-Karte entfernt und zerstört haben.«

»Scheiße!«, brüllte Link und warf mir einen finsteren Blick zu. »Was zum Teufel hatte sie in deinem Zimmer zu suchen?«

»Link«, warnte ihn Havoc und stellte sich zwischen uns. Wasp beobachtete die Szene mit einem amüsierten Lächeln.

Link warf Havoc einen mörderischen Blick zu, der ihn einen Schritt zurückweichen ließ. »Ich muss hören, was dieser Wichser dazu zu sagen hat«, knurrte er.

Alle starrten mich an und erwarteten eine Erklärung. Naomi hätte es ihn sagen sollen, mit mir gemeinsam. Jetzt war sie in Gefahr, und ich war gezwungen, reinen Tisch zu machen. Daran führte kein Weg vorbei.

»Ich war selbst überrascht. Aber sie war bei mir, um mir zu sagen, dass sie schwanger ist. Von mir.«

»Du Arschloch!«, brüllte Link, drängte sich an Havoc vorbei, holte aus und traf meinen Kiefer. Ich war innerlich auf eine solche Reaktion vorbereitet gewesen. Trotzdem geriet ich ins Wanken und taumelte gegen die Wand hinter mir. Man konnte mich nicht als Schwächling bezeichnen. Doch er konnte austeilen und war ausgesprochen wütend. Wenn es zwischen uns zu einem echten Schlagabtausch käme, könnte ich nicht sagen, wer von uns beiden als Sieger hervorgehen würde. Wir waren zu ebenbürtig.

Allerdings hatte ich keine Lust, mit ihm zu kämpfen. Link war mein Bruder, und ich hatte mich hinter seinem Rücken mit seiner Schwester eingelassen. Dass er mir eine reinhauen wollte, konnte ich nachvollziehen. Allerdings verstand ich nicht, warum Brass Naomi gekidnappt hatte. Ich wusste, dass Link ihn vor ein paar Monaten aus dem *Copper Penny* geworfen und ihm eine verpasst hatte. Angeblich hatte Brass in die Kasse gegriffen. Aber was hatte Naomi damit zu tun? Sie würde sich niemals auf so einen Typen einlassen.

»Seid ihr fertig?«, fragte Havoc genervt und schaute zwischen Link und mir hin und her. »Dieser Scheiß zwischen euch muss warten, bis wir Naomi gefunden haben.«

Link wandte sich mit einem letzten vernichtenden Blick von mir ab und konzentrierte sich auf die Bildschirme auf seinem Schreibtisch. »Wasp? Sorg dafür, dass jeder verfügbare Mann seinen Arsch in den Club bewegt. Bull soll weiterhin an Emily dranbleiben. Havoc? Kümmere dich um Julia.«

»Kann mir bitte jemand sagen, was zum Teufel hier los ist?«, fragte ich in die Runde. Tap blickte von seinem Bildschirm auf.

»Brass verlangt hunderttausend. Bekommt er das Geld nicht, wird er sie umbringen. Er meldet sich später und gibt uns den Übergabeort bekannt.«

»Sie ist seine Geisel? Ist der total verrückt?«

»Schlimmer«, antwortete Link. »Hört sich an, als wäre er wieder auf Drogen.«

Brass war ein Junkie, wie er im Buche stand. Immer zugedröhnt und unberechenbar. Im Rausch hatte er regelmäßig seine Freundin verprügelt. Einmal zu oft, wie sich herausstellte, denn sie warf ihn aus der Wohnung und erwirkte eine einstweilige Verfügung. Das war der Zeitpunkt, als Link ihn kennenlernte. Er stellte ihm ein Zimmer im Clubhaus zur Verfügung, sorgte dafür, dass er den Entzug durchhielt, und besorgte ihm einen Job im *Copper Penny*. Brass hatte sich hinter der Bar so gut bewährt, dass Link ihn zum Nachtmanager beförderte. Der Wichser hatte es Link zurückgezahlt, indem er sich an der Kasse bedient hatte.

Jetzt war mir auch klar, wofür er das Geld brauchte.

Und Brass war kein Typ, den ich in Naomis Nähe sehen wollte. Vor allem nicht, wenn er Drogen nahm.

»Was können wir tun?«, fragte ich. »Habt ihr das Geld zusammen?« Für mich wäre es kein Problem, hunderttausend aufzubringen. Verdammt, ich würde jeden einzelnen Penny von meinem Bankkonto dafür geben, dass sie unbeschadet nach Hause kam.

»Nein! Verdammt. Wenn wir ihm das Geld geben, das er verlangt, kommt jeder Schwachkopf im Land auf die gleiche Idee. Und wenn, haben wir keine Garantie, dass er sie freilässt. Vor allem nicht, wenn er wieder auf Droge ist. Der Mistkerl muss doch wissen, dass wir ihm das Geld nicht einfach so geben werden. Unsere einzige Chance ist, meine Schwester möglichst schnell zu finden.« Link warf einen Blick in die Runde. »Tap,

Morse? Könnt ihr euch die öffentliche Kameraüberwachung rund um den Club vornehmen? Seht euch die vergangenen zwei Stunden an.«

»Bin dran«, bestätigte Tap.

Dann drehte sich Link zu mir um. »Du Scheißkerl machst dich hinter meinem Rücken an meine Schwester ran? Hast du nicht kapiert, was ich gesagt habe? Dass sie für alle im Club tabu ist?«

Ich nickte nur.

»Dafür sollte ich dich aus dem Club schmeißen.«

Meine Beziehung zu Naomi hatte nichts damit zu tun, deshalb würde er nicht so weit gehen. Link war immer fair und hatte ein großes Herz. Wir waren nicht immer einer Meinung, aber wir hatten gemeinsame Ziele. Und er schätzte die Arbeit und das Geld, das ich in den Club steckte. Link war einer der wenigen Menschen, denen ich wirklich vertraute und die ich als Freunde betrachtete. Ich verstand, dass er wütend war. Aber er würde sich auch wieder beruhigen. »Tu, was du tun musst. Aber es wird nichts an der Situation ändern.«

Morse und Tap waren mit ihren Computern beschäftigt, während Wasp und Havoc ihre Handys benutzten. Nebenbei verfolgten alle, was zwischen mir und Link geschah. Ich wollte dieses Gespräch nicht in ihrem Beisein führen, aber er ließ mir keine andere Wahl.

»Was hast du dir nur dabei gedacht?«, schimpfte er. »Ich habe dir vertraut.« Wenn er so mit mir sprach, war das größte Gewitter vorbei, und ich atmete innerlich auf.

»Ich weiß, Bruder, ich habe dein Vertrauen gebrochen. Aber ich kann nicht so tun, als würde mir das mit Naomi leidtun.«

»Bruder? Bis ich weiß, was meine Schwester dazu sagt, kannst du dir dein *Bruder* in den Arsch stecken.«

»Nichts für ungut, Link, aber die Sache zwischen mir und Naomi hat nichts mit dir zu tun. Ich konnte mich genauso wenig von ihr fernhalten wie du dich von Emily. Seit ich von dem Hinterhalt weiß, kann ich nicht mehr schlafen, ohne von ihrem Tod zu träumen.«

»Was für ein Hinterhalt?« Er wurde plötzlich ruhig. Zu ruhig.

Sie hatte mir etwas anvertraut, was sie nicht einmal ihrem Bruder erzählt hatte.

»Das muss sie dir selbst sagen. Ich dachte, du wüsstest davon.«

»Was zum Teufel ist hier eigentlich los? Meine Schwester wurde von jemandem entführt, der früher ein Bruder war und jetzt hunderttausend Dollar verlangt. Ein anderer Bruder hat sie geschwängert und redet von einem Hinterhalt, von dem ich nichts weiß. Habt ihr alle den Verstand verloren?«

»Link? Ich habe was gefunden«, schaltete sich Morse ein.

Alle drängten sich vor seinem Computer. Auf dem Bildschirm waren zwei Männer zu sehen, die Naomi nicht einmal einen Häuserblock entfernt in einen schwarzen Transporter stießen. Ein Pärchen starrte dem Transporter hinterher, als er wegfuhr, aber niemand versuchte, ihn aufzuhalten, oder griff zum Telefon. Dabei war es doch offensichtlich, dass sie nicht freiwillig einstieg. Immerhin wehrte sie sich mit Händen und Füßen. Verdammte Feiglinge.

»Ist das ein Chevy?«, fragte ich. »Kannst du ranzoomen?«

Morse drückte ein paar Tasten, und wir sahen eine vergrößerte Ansicht des hinteren Teils des Vans.

»GMC Savana«, las Wasp vor und tippte den Namen in sein Telefon. »Kannst du das Nummernschild erkennen?« Tap vergrößerte die Buchstaben und Ziffern und diktierte sie ihm. Sobald er mit dem Tippen fertig war, meldete sich mein Handy mit einer Gruppennachricht. Damit hatten alle Brüder das Kennzeichen und konnten die Suche gezielt beginnen.

Ich wollte mich ebenfalls beteiligen und ging zur Tür.

»Wo zum Teufel gehst du hin?«, wollte Link wissen und packte mich am Arm.

Ich starrte ihn an, genauso aufgewühlt wie er. »Meine Frau und mein Kind sind in Gefahr. Ich werde helfen, sie zu finden.«

»Wir sind noch nicht fertig mit unserem Gespräch«, knurrte er.

Nein, ganz sicher nicht. Aber im Moment zählte nur, Naomi zu finden und sie sicher nach Hause zu bringen. Ich hielt seinem Blick stand. »Lass mich gehen, Link«, knurrte ich zurück.

»Du solltest sie besser nicht verarschen, Eagle.« Dann ließ er meinen Arm los, und ich verließ eilig sein Büro.

14. KAPITEL

Naomi

Als ich wieder zu mir kam, krampfte mein Magen. Durch die Schwangerschaft hatte sich mein Geruchssinn verändert, und ich nahm alles viel intensiver wahr. Zuerst bemerkte ich den Geruch nach Schimmel, Staub, Beton und so etwas wie billigem After-shave. Ziemlich kaputt und noch nicht ganz wach, zwang ich mich, die Augen zu öffnen. Sie waren so trocken, dass sich meine Lider wie Sandpapier anfühlten. Auch mein Kopf schmerzte. Ich blinzelte und konnte mit Mühe vier Wände und eine Tür in der Dunkelheit erkennen. Ich bewegte mich und prüfte somit, ob ich bekleidet war, und seufzte erleichtert, als ich den Stoff auf meiner Haut spürte. Allerdings waren meine Hände auf dem Rücken gefesselt, und ich lag auf einem kühlen Zementboden.

Wo zum Teufel bin ich?, überlegte ich laut und versuchte mich zu erinnern, wie ich hierhergekommen sein könnte.

Ich hatte Eagle von meiner Schwangerschaft erzählt. Er hatte mich angestarrt, wahrscheinlich vor lauter Schock. Und dann habe ich ihm auch noch gedroht, bevor ich gegangen bin. Dann waren da noch Carly und ihr Sohn, die ich traf, bevor ich das Clubhaus verließ, um etwas zu essen.

Mein Magen knurrte und erinnerte mich daran, dass ich es nicht bis in ein Restaurant geschafft hatte. Stattdessen war ich von zwei Männern in einen Lieferwagen gestoßen worden. Es ging so schnell, dass ich nicht einmal Zeit hatte zu reagieren.

Das wenige, was ich von dem einen Typen gesehen hatte, kam mir wieder in den Sinn. Er war mir schon mal irgendwo begegnet, ich wusste nur nicht, wann und wo. Er hatte mich mit einer Waffe bedroht und etwas zu dem anderen gesagt.

Ich überlegte. Ja, genau, er hatte gesagt: *Leg sie schlafen.*

Vermutlich hatte man mir Drogen verabreicht, denn ich erinnerte mich auch an einen kleinen Stich am Arm. Das erklärte auch, warum ich so durcheinander war.

Was zum Teufel haben sie mir gespritzt?

Es gab so viel Scheiß, der einem Baby schaden oder sogar eine Schwangerschaft beenden konnte, dass ich augenblicklich wütend wurde. Wenn ich die Arschlöcher zu fassen kriegte, würde ich sie dafür bezahlen lassen, dass sie mein Kind in Gefahr brachten. Ich würde sie verprügeln. Oder in Tränen ausbrechen. Vermutlich beides, denn plötzlich waren meine Augen nicht mehr trocken. Gerade erst hatte ich mich an den Gedanken gewöhnt, ein Kind zu bekommen, und sogar mein ganzes Leben dafür auf den Kopf gestellt. Und dann so was. Aber warum?

Wenn mir der eine Typ bekannt vorkam, konnte es sich nicht um eine zufällige Entführung handeln. Allerdings war Eagle der Einzige, der wusste, dass ich in der Stadt war. Ihn konnte ich als Drahtzieher ausschließen.

Wer und warum wollte mich jemand entführen?

Mir fiel kein einziger Grund ein. Ich musste immer nur an mein Kind denken. Falls ihm etwas zustoßen ...

Nein. Daran durfte ich nicht denken.

Lieber positiv und rational bleiben.

Zuerst musste ich mich befreien. Danach würde ich mich untersuchen lassen und bestätigt bekommen, dass dem Baby nichts passiert war.

Entschlossen, genau das zu tun, setzte ich mich auf. Mein Kopf dröhnte, und mein Magen rebellierte. Galle stieg auf, und ich schluckte sie hinunter, während ich mich nach einer Toilette oder einem Eimer umsah. Nichts dergleichen. Mein Magen krampfte sich zusammen, und ich würgte. Ich eilte zur Wand, lehnte mich dagegen und übergab mich.

Seit dem Abflug in Albuquerque hatte ich nichts mehr gegessen, aber offenbar noch genug im Magen. Zitternd, mit brennender Kehle und tränenden Augen blieb ich in gebückter Haltung stehen, bis der Würgereiz nachließ. Der Gestank nach Erbrochenem raubte mir den Atem. Ich wischte mir den Mund an der Schulter ab und lechzte nach einem Schluck Wasser.

Ich richtete mich stöhnend auf und besah mir den Raum, in dem ich gefangen war, etwas genauer. Ein schwacher Lichtschein umgab etwas, das eine Tür sein musste. Auf unsicheren Beinen schlurfte ich hinüber, lehnte mich mit dem Rücken dagegen und tastete nach dem Knauf. Ich brauchte länger als nötig, fand ihn aber und drehte ihn. Verschlossen.

Neben der Tür war ein kleines weißes Viereck. Das musste ein Lichtschalter sein. Ich beugte mich vor und tippte mit der Nase dagegen, bewegte ihn auf und ab, doch nichts passierte. Enttäuscht, aber nicht überrascht, bewegte ich mich an der Wand entlang auf der Suche nach einem Fenster oder einer weiteren Tür.

Plötzlich flog die Tür auf, an deren Knauf ich mich eben noch zu schaffen gemacht hatte. Geblendet vom Licht blinzelte ich und erkannte eine große Gestalt. Hinter ihm führte eine Treppe nach oben, was meine Vermutung bestätigte, dass ich mich in einem Keller befand. Der Mann kam auf mich zu und hielt mich fest. Ein Geruch nach altem Schweiß stieg mir in die Nase, als er mich gegen die Wand drückte und etwas Hartes in meine Seite presste.

»Wehe, du bewegst dich. Sonst blase ich dir die Eingeweide raus.«

Der Bastard hatte eine Waffe! Das war es, was ich an meiner Seite gespürt hatte. Wütend, aber ausreichend eingeschüchtert, um nichts Unüberlegtes zu tun, blieb ich reglos stehen.

Quietschende Geräusche ertönten. Dann durchflutete grelles

Licht den Raum. Ich senkte den Kopf und blinzelte, bis sich meine Augen an die plötzliche Helligkeit gewöhnt hatten.

»Lass sie los, Joe. Sie kommt hier nicht raus«, sagte ein anderer Mann. Das war der, dessen Stimme mir bekannt vorgekommen war. Doch ich konnte mich nicht erinnern, spürte nur, wie sich die Waffe tiefer in meine Seite grub.

»Muss ich dich daran erinnern, wer hier der Chef ist?«, fragte dieser Joe.

»Nein. Habe schon verstanden. Ich will nur nicht, dass die Tussi zu Schaden kommt. Scheint ja 'ne gute Investition zu sein.«

Joe schien einen Moment zu überlegen, bevor er einen Schritt zurücktrat, seine Waffe weiterhin auf mich gerichtet. Sein Blick war finster und hasserfüllt. Ich hatte keine Ahnung, wie jemand, den ich nicht kannte, mich mit so viel Verachtung ansehen konnte. Sah er alle Frauen so an? Vielleicht hatte er etwas anderes erwartet? Eine hässliche Schlampe mit Warzen und schiefen Zähnen?

»Hallo, Prinzessin. Lange nicht gesehen.«

Ich sah zu dem anderen Mann und konnte seine Stimme zuordnen. Vor zwei Jahren, auf der Feuerwache, dunkles Haar, eingebildetes Grinsen. *Wenn du die Regeln deines großen Bruders brechen willst, Prinzessin, kannst du gern zu mir kommen. Ich werde dich nach allen Regeln der Kunst verwöhnen,* hatte er damals zu mir gesagt.

»Brass?«, fragte ich und war mir nicht ganz sicher.

»Schön, dass du dich an mich erinnerst, Süße.«

Er war in den vergangenen zwei Jahren um mindestens zehn Jahre gealtert. Sein Bart war struppig, sein unfrisiertes Haar fettig, und seine schmutzigen Jeans und sein T-Shirt hingen locker an ihm herunter. Er hatte mindestens zehn Kilo Muskelmasse abgenommen. Kein Wunder, dass ich ihn nicht erkannt hatte.

»Was ist passiert? Du siehst beschissen aus.«

Er zeigte mir die Zähne. Ich konnte nicht sagen, ob es ein Lächeln, eine Grimasse oder ein finsterer Blick sein sollte. Aber attraktiver wirkte er dadurch nicht. Verfärbte Zähne, eingefallene, dunkel umrandete Augen, geweitete Pupillen. »Dein verdammter Bruder ist schuld«, knurrte er und humpelte auf mich zu.

»Link hat dir das angetan?« Ich glaubte ihm keine Sekunde. Mein Bruder war ein Gutmensch. Er half, wo er konnte. Vielleicht ging es um den Club. Über solche Angelegenheiten sprach er nie mit mir. Deshalb hatte ich keine Ahnung, worauf Brass anspielte.

»Er hat mich rausgeworfen.«

Das machte schon etwas mehr Sinn. Link hatte immer deutlich gemacht, was er von Drogen hielt, und Brass war definitiv high. »Lass mich raten: Es geht um deinen Drogenkonsum?«, hakte ich nach. »Du solltest doch die Regeln kennen.«

Brass' Gesicht verzerrte sich vor Wut. »Ich habe mir den Arsch für ihn aufgerissen und mir nur genommen, was mir zusteht! Natürlich nur geliehen. Ich wollte alles zurückzahlen.«

Der Typ war nicht nur high, sondern total zugedröhnt. Und komplett irre. Er hatte mich entführt und redete wirres Zeug. Ich sollte ihn eher besänftigen, statt mit blöden Sprüchen zu provozieren, und mir überlegen, welche Rolle mein Bruder bei diesem Theater spielte.

»Tut mir leid, dass er dich rausgeschmissen hat. Aber was hat das mit mir zu tun? Warum bin ich hier? Du sagtest was von Investition?«

»Weil er mir alles genommen hat. Aber dafür wird er bezahlen.«

Brass' Worte enthielten so viel Abscheu, dass mir ein Schauer über den Rücken lief. Link und ich standen uns nicht mehr besonders nah, aber er würde alles für mich tun. Er wäre am Boden zerstört, wenn mir etwas zustoßen würde, vor allem durch einen Mann, dem er helfen wollte.

»Was meinst du mit *bezahlen*?«

Er fletschte wieder die Zähne. »Darüber solltest du dir nicht dein hübsches Köpfchen zerbrechen, Prinzessin. Ich will nur Geld. Hunderttausend scheinen mir ein angemessener Preis für dich zu sein. Wenn dein feiner Bruder mir das Geld bringt, kann ich meine Schulden begleichen. Dann ist alles in Ordnung.«

Demnach erpresste er Link und forderte Lösegeld. Das bedeutete, dass ich wertvoll war und er mir nichts tun würde. Hoffentlich. Bei Joe war ich mir nicht so sicher. Allerdings ging der Plan nicht auf, denn Link würde niemals Lösegeld zahlen. Die USA verhandelten auch nie mit Terroristen, die immer weiter Anschläge verüben würden, egal, wie viel Geld sie bekämen. Somit war klar, dass Brass seine Schulden nicht begleichen konnte, die er hundertpro wegen seines Drogenkonsums hatte. Gesetzt den Fall, mein Bruder würde zahlen, würde das den Club schwach und anfällig für weitere Terrorakte erscheinen lassen. Und Brass würde es immer wieder tun, sobald er wieder klamm war.

Unterm Strich würde Link mich also finden müssen, ohne sich um das Lösegeld kümmern zu müssen. Ganz einfach.

Außerdem hatte mich Brass entführt und betäubt. Es gab stillschweigende Konventionen, die selbst den härtesten Bikern heilig waren. Wenn es um ältere Menschen, Ehefrauen, Schwestern, Mütter, Großmütter und Kinder ging, legte sich besser niemand mit ihnen an. Jeder im Club würde hinter Brass her sein, um sicher zu sein, dass er für dieses Vergehen bezahlt.

Irgendwo tief in seinem letzten Rest Verstand musste er das wissen. Es gab nur einen Weg, wie das hier enden würde. Egal, was mit mir geschah, er war so gut wie tot. Wenn er so ein Risiko einging, musste er verdammt verzweifelt sein. Das hatte vermutlich mit den blauen Flecken an seinem Arm zu tun und mit der Art, wie er sein rechtes Bein nachzog.

»Welche Rolle spielt Joe bei all dem?«, wollte ich wissen und deutete mit dem Kinn zu dem Schläger, der weiterhin seine Waffe auf mich gerichtet hatte.

»Kümmere dich um deinen eigenen verdammten Kram, du Schlampe«, brüllte Joe völlig unerwartet und verpasste mir einen Schlag ins Gesicht. Ich knallte mit dem Kopf gegen die Wand hinter mir und sah Sterne. Der kupfersüße Geruch von Blut drang mir in die Nase, und etwas lief über mein Kinn. Ich öffnete die Augen und sah Blut auf dem Beton zu meinen Füßen.

»Was soll das, Joe?«, rief Brass. »Wenn ihr was passiert, hast du den ganzen Club am Hals. Wie oft muss ich dir das noch sagen, bevor du es kapierst?«

»Ich habe keine Angst vor einer Bande von Weicheiern und Weltverbesserern.«

Mein Kopf dröhnte mehr als vorher, und mir wurde wieder übel. Ich lehnte mich gegen die Wand und versuchte, ruhig zu bleiben.

Brass warf Joe einen Blick zu. Offensichtlich mochte er seinen Kumpel nicht und hatte sogar Angst vor ihm. Auch wenn es keine Freude war, geschlagen zu werden, hatte es mir ein wichtiges Detail über die Situation verraten. Und dann begann Brass auch noch, aus dem Nähkästchen zu plaudern.

»Ich habe Schulden bei Joes Boss. Deshalb wollte ich diese Anwältin, die Frau von Link, als Druckmittel benutzen. Aber dieses Miststück ist dauernd von Babysittern umgeben. Ich bin zum Club gegangen, weil ich dachte, ich könnte mir die kleine Barkeeperin aus dem *Copper Penny* schnappen. Aber dann bist du aufgetaucht. Du bist meine letzte Rettung.« Er schaute auf sein Handy. »Dein Bruder hat heute Abend bis zehn Uhr Zeit, das Geld aufzutreiben. Dann teilen wir ihm den Übergabeort mit. Sobald wir das Geld haben, kannst du gehen. Ich bezahle meine Schulden, und wir werden alle glücklich bis ans Ende unserer

Tage leben.«

Brass musste eine Pille zu viel eingeworfen, wenn er glaubte, dass es so ablaufen würde.

»Komm, Joe, wir verschwinden«, sagte er und begann, die Glühbirne rauszuschrauben. Joe ging zur Tür, behielt mich aber im Auge. Als könnte ich mich plötzlich befreien und mich auf ihn stürzen. Nichts lieber als das, doch ich war dazu verdammt, in der Dunkelheit auf Rettung zu warten. Kein schönes Gefühl.

»Wartet mal!«, platzte ich in meiner Verzweiflung heraus. Brass blieb stehen und starrte mich an. »Ich muss mal.«

Jetzt beäugten mich beide eher misstrauisch.

»Bitte. Ich muss wirklich dringend pinkeln. Ich verspreche euch, keinen Ärger zu machen.«

Brass zögerte einen Moment, bevor er nickte. »Gut. Komm mit. Aber wehe, du versuchst irgendwelche Tricks. Joe wird dich nicht umbringen, aber ich garantiere dir, dass du dir wünschen würdest, er hätte es getan.«

Joe setzte ein Grinsen auf, dass mir einen weiteren Schauer bescherte. Er bedeutete mir mit der Waffe voranzugehen. Mit leicht zittrigen Knien stieg ich die Treppe hinauf und gelangte in einen Flur. Wir schienen uns in einem älteren Haus zu befinden, denn der Teppichboden war abgetreten, die Türen vergilbt, und von den Wänden hingen Tapetenreste. Irgendwo zu meiner Linken hörte ich einen Fernseher. Wir bogen nach rechts ab und gingen ein paar Schritte, bevor Brass vor einer Tür stehen blieb.

»Geh rein. Und beeil dich.«

»Meine Hände ... Ich kann meine Hose nicht aufmachen.«

Brass trat vor, öffnete meine Jeans und zog den Reißverschluss auf. Seine Fingerspitzen streiften mein Höschen, und ich zuckte zusammen. Sofort hatte er wieder dieses Grinsen, das eher ein Zähnefletschen war.

»Könnt ihr bitte einfach meine Fesseln aufschneiden?«, fragte ich. »Ich kann so meine Hose nicht runterziehen und mich abwischen.«

»Keine Chance. Aber wenn du willst, kann ich dir helfen.« Sein Blick glitt über meinen Körper, und wieder lief mir ein eiskalter Schauer den Rücken hinunter.

»Danke, aber ich schaff das schon.«

Lachend stieß er die Tür auf und schaltete das Licht ein. »Wir warten hier. Und mach keine Dummheiten«, befahl er, stieß mich in den engen Raum und schloss hinter mir die Tür.

Ich atmete tief durch und sah mich um, während ich rückwärts durch meine Arme hindurchstieg, um die Hände vorn zu haben. Zerfleddertes Linoleum bedeckte den Boden. Die Badewanne war schmuddelig, ebenso das Waschbecken und die Toilette. Es gab ein kleines Fenster mit Sichtschutzglas. Ich schob es auf und spähte hinaus. Draußen war es noch warm, aber die Sonne ging schon unter. Somit mussten seit meiner Entführung etwa vier Stunden vergangen sein.

»Beeil dich«, rief Brass und klopfte gegen die Tür.

Ich wusste, dass ich die Reibung meines Schnürsenkels nutzen konnte, um meine Hände zu befreien, aber das würde dauern. Außerdem würde ich nicht durch das Fenster passen. Entmutigt schloss ich es wieder und verrichtete meine Notdurft. Danach wusch ich mir die Hände und das Gesicht und spülte meinen Mund aus, bevor ich etwas Wasser trank.

Aus dem Spiegel über dem Waschbecken sah mir ein fremdes Gesicht entgegen. Ich sah fast schlimmer aus, als ich mich fühlte. Meine rechte Wange war geschwollen und rot, meine Unterlippe war aufgeplatzt. Von dem Zeug, das sie mir verabreicht hatten, sah ich benommen und verwirrt aus. Mein Sichtfeld war eingeschränkt und an den Rändern dunkel. Vermutlich handelte es sich um eine Gehirnerschütterung. Ich hatte keine Ahnung, wie ich aus diesem Schlamassel herauskommen sollte, und konnte nur hoffen, dass mich Link und Eagle befreien.

15. KAPITEL

Eagle

Tap und Morse hatten sich in den großen Versammlungsraum verzogen, wo sonst unsere Beratungen stattfanden. Weil das Führungsgremium des Clubs auch gern als Konvent betitelt wurde, hieß dieser Raum bei allen *Kapelle*. Ich wusste, dass Link in seinem Büro sein würde. Ich trat, ohne anzuklopfen, ein und warf einen Beutel voller Bargeld auf seinen Schreibtisch.

Weil Naomi spurlos verschwunden war, blieb uns nur, auf den angekündigten Anruf zu warten. Vorsichtshalber hatte ich auf dem Weg zurück in den Club die vereinbarte Summe abgehoben, falls es doch zu einer Lösegeldzahlung kommen sollte.

»Was ist das?«, fragte Link und warf mir einen finsteren Blick zu.

»Das weiß du ganz genau.«

Er zog den Reißverschluss auf und besah sich die Bündel unmarkierter Scheine. »Verdammt, Eagle. Du weißt ganz genau, dass wir uns nicht erpressen lassen.«

»Ich will so tun, als würde ich Naomi eintauschen wollen. Brass wird keine Gelegenheit haben, mit dem Geld zu verschwinden. Ich werde dafür sorgen, dass er so was nie wieder macht. Falls ich erwischt werde, musst du behaupten, dass ich abtrünnig geworden bin und auf eigene Faust gehandelt habe. Ohne das Einverständnis oder die Hilfe des Clubs.« Aus diesem Grund musste es mein Geld sein. Nichts sollte darauf hindeuten, dass der Club mit drinsteckte, der so vielen Veteranen eine Heimat geworden war.

Link warf mir einen prüfenden Blick zu, bevor er noch einmal in die Tasche sah. »Das ist eine verdammt große Summe. Was willst du tun, wenn du alles verlierst? Naomi *und* die Hunderttausend.«

Das Geld war mir egal. Mir ging es nur darum, Naomi und unser Kind zu retten. »In den vergangenen sechs Jahren hatte ich keinen einzigen Wunsch, den ich mir erfüllen wollte. Seit ich sie kenne, gibt es wieder eine Zukunft für mich. Und ich werde darum kämpfen, sie nicht zu verlieren. Und wenn es mich jeden Penny und jeden Tropfen Blut kostet, den ich habe. Verstehst du?«

»Denkst du etwa, ich drehe hier nur Däumchen?«

»Nein, Prez. Ich glaube, dir sind die Hände gebunden.«

Seine Kiefermuskulatur arbeitete, doch er widersprach nicht. Link konnte nicht einfach aus dem Bauch heraus entscheiden, wenn jemand in Gefahr war. Auch nicht, wenn es um seine Schwester ging. Er trug die Verantwortung für mehr als nur den Club. »Wie lautet dein Plan?«

»Den verrate ich dir besser nicht. Stichwort: plausible Zeugenaussagen und all dieser Mist.«

»Wenn du glaubst, ich lasse dich hier raus, ohne zu wissen, was du vorhast, irrst du dich, Eagle. Ich bin auch für dich verantwortlich, verdammt noch mal.« Link war Kommandeur einer Spezialeinheit gewesen. Er hatte damals ein Team angeführt und nie damit aufgehört. Allerdings hatte er jetzt bedeutend mehr Männer, die alle Kutten trugen und Motorräder fuhren.

Ich hatte keine Wahl, als ihn in meinen Plan einzuweihen. »Ich wollte Tap einen Peilsender stehlen. Einen von diesen dünnen. Den wollte ich zwischen die Scheine stecken, falls das Geld in einer anderen Tasche landet. Wenn ich Tap den Sender klaue, kann man ihm nichts anhängen.« Link nickte und ließ mich weiterreden. »Ich wollte zum Übergabeort fahren. Sobald Naomi in Sicherheit ist, wollte ich Brass ausfindig machen und ihn und seine Komplizen ausschalten. Wann wollte sich Brass wegen der

Übergabe melden?«

Link schaute auf seine Uhr. »Ungefähr in dreieinhalb Stunden.« Er rieb sich den Bart, und ich konnte sehen, dass er über meinen Plan nachdachte. »Nicht schlecht. Du hast allerdings zwei wichtige Dinge außer Acht gelassen.«

»Welche sollen das sein?«

»Deine Brüder und dein Gewehr. Die Suche nach Zielen und deren Ausschaltung sind nicht dein Ding, Eagle. Das ist eher was für Havoc und mich. Du warst Scharfschütze, du spionierst Bedrohungen aus und schießt sie ab, bevor sie das Team gefährden. Ich verstehe nicht, warum du einen Alleingang geplant hast.«

Unterstellte er mir etwa, ich käme mit dem Scheiß nicht allein klar? Das machte mich wütend, aber ich wusste, dass wir mit einem neuerlichen Streit über Befindlichkeiten keinen Schritt weiterkamen. Deshalb lenkte ich ein. »Ich tue alles, was nötig sein sollte.«

»Du nimmst an, dass Brass das Sagen hat. Vergiss nicht, dass er auf Droge ist. Du hast die Typen gesehen, die Naomi gekidnappt haben. Das sind Schläger von jemand anderem. Brass ist nur ein Scheißkerl von vielen, der benutzt wird. Wer auch immer die Fäden zieht, hat es auf uns abgesehen. Er weiß, wer wir sind, und geht davon aus, dass wir uns auf seine Regeln einlassen.« Er schloss die Tasche mit dem Geld. »Und deshalb wirst du deinen Plan nicht durchziehen.«

Schockiert starrte ich ihn an. Es ging hier um seine Schwester. Und er lehnte den einzigen Plan ab, den es bisher gab? Ich wusste, dass er alle Hebel in Bewegung gesetzt und sämtliche Gefallen eingefordert hatte, um sie zu finden. Trotzdem verstand ich nicht, warum er mich davon abhalten wollte, für ihre Freilassung zu bezahlen. »Ich weiß, du bist sauer auf mich. Aber ich ...« Ich verstummte, als Link eine Hand hob.

»Das hat nichts mit dir und mir zu tun. Es geht um Naomis

Sicherheit, um deine und um meine Rolle als Präsident dieses verdammten Clubs.«

Offenbar hatte er nicht verstanden, dass mein Plan weder seine Schwester noch den Club gefährdete. »Nimm es mir nicht übel, Prez, aber ich muss dich nicht um Erlaubnis fragen. Ich werde meinen Plan durchziehen und mich dann um meine Frau und mein Kind kümmern.«

Meine Frau. Das war das zweite Mal, dass ich diesen Begriff Link gegenüber verwendet hatte. Und es war auch genauso. Naomi war meine Frau. Sie wollte mich an ihrem Leben teilhaben lassen. Und ich wollte ihr schnellstmöglich sagen, dass sie mich damit zum glücklichsten Mann der Welt gemacht hatte.

Links Augen funkelten vor Wut. »Verdammt, Eagle! Nein, das wirst du nicht tun!«, brüllte er. »Du bist kein einsamer Wolf mehr, und Brass ist *mein* Problem. *Ich* bin dafür verantwortlich, weil ich ihn in den Club geholt habe. Das war kurz, nachdem ich Präsident wurde. Ich war zu stolz, mir die Mühe zu machen, bei ihm genauer hinzusehen. Darauf zu achten, was direkt vor meiner Nase passierte. Seine Probleme sind nicht über Nacht aufgetaucht. Sogar du hast mir zu verstehen gegeben, dass er kein geeigneter Kandidat ist.«

Niemand war perfekt. Auch nicht Link. Aber das erwartete auch keiner. Brass war sein erster Anwärter gewesen, und er hatte ein Auge zugedrückt, als sich ein paar der Clubhuren über ihn beschwerten. Er hätte zuhören und Brass schon vor langer Zeit in die Schranken weisen sollen. Vielleicht hätten wir dann nicht dieses Problem. Trotzdem würde keiner fragen, wer schuld daran war. Wir mussten tun, was nötig war, und mit den Folgen klarkommen.

»Hier geht es um mehr als Naomis Sicherheit, Eagle. Morse hat Bilder von dem Kerl, der Emily beobachtet hat. Es ist Brass. Und er steckt auch hinter der Entführung. Nach allem, was ich für ihn getan habe. An Emily kam er nicht ran. Deshalb hat er Naomi entführt. Ich kann nicht tatenlos zusehen, während du mein Chaos aufräumst.«

»Du solltest dich trotzdem nicht zu sehr reinhängen, weil mit dir der Club in der Sache drinhängt«, erinnerte ich ihn. Die *Dead Presidents* waren die Guten. Sie blieben immer auf der richtigen Seite des Gesetzes. Das stand zwar nicht in unseren Statuten, aber es war eine ungeschriebene Regel, die jeder befolgte. Wenn plötzlich ein Motorradclub voller Militärveteranen Selbstjustiz verüben würde, wäre unser Ruf nachhaltig ruiniert. All das Gute, was wir geleistet hatten, wäre vergessen. Havocs Urteil würde infrage gestellt werden. Alle Programme, die Link ins Leben gerufen hatte, um Veteranen und der Gemeinschaft zu helfen, würden zerpflückt werden. Wir würden unsere Glaubwürdigkeit verlieren, und jedes Mal, wenn eine Straftat begangen wurde, hätten wir die Cops im Haus.

»Pops hat diesen Club fünfundzwanzig Jahre lang geleitet, ich seit zwei Jahren. In dieser Zeit haben wir nichts anderes getan, als Menschen zu helfen ... Veteranen, der Gemeinde, jedem, der Hilfe brauchte. Jetzt denken alle, für die wir uns den Arsch aufgerissen haben, dass wir Weicheier sind. Ein Haufen gescheiterter Weltverbesserer, die nicht mal ihre eigenen Leute beschützen können. Erst haben sie Emilys Grandma entführt, sich dann mit Havoc angelegt und waren hinter Julia her. Und jetzt ...« Er schüttelte den Kopf. »Naomi war nicht mal einen Block entfernt, als Brass sie geschnappt hat. Denkst du, ich kann das einfach so durchgehen lassen?«

»Aber der Club ...«

»Was nützt ein verdammter Club, wenn wir nicht mal die beschützen können, die wir lieben?«, fragte er. »Pops und ich haben dafür gekämpft, dass immer alles legal abläuft. Aber zu welchem Preis? Wen werden diese Wichser als Nächstes holen?

Dein Kind? Das von Wasp? Meins? Wir werden unsere Familien nicht verstecken, sondern diese Arschlöcher daran erinnern, wer wir sind und wie weit wir gehen, um zu schützen, was uns gehört. Bis jetzt haben wir uns immer, wenn uns jemand Ärger gemacht hat, ans Gesetz gehalten. Aber das Gesetz ist diesen Bastarden egal. Sie machen, was sie wollen. Wir müssen sie in die Schranken weisen, damit sie sich künftig zweimal überlegen, ob sie sich mit uns anlegen oder nicht.«

»Bist du sicher, dass das der richtige Weg ist?«, wollte ich wissen. Link hatte einige verdammt gute Argumente vorgebracht, und ich war mit fast jedem einverstanden. Aber das hier wurde zu einer Einbahnstraße, aus der es kein Zurück gab.

»Ich sehe keine andere Möglichkeit. Entweder, wir zeigen diesen Wichsern, mit wem sie es zu tun haben, oder wir überlassen ihnen das Feld. Ich lasse mich nicht in den Arsch ficken, Eagle. Jetzt nicht und nicht irgendwann.«

Als Link mich vor zwei Jahren rekrutiert hatte, war er begeistert und leidenschaftlich bei der Sache gewesen und hatte eine großartige Arbeit geleistet. Doch inzwischen war ein wenig von dem anfänglichen Feuer erloschen. Deshalb freute es mich umso mehr, dass jetzt wieder der alte Link vor mir stand, der sich immer für Gerechtigkeit und Freiheit und die Betreuung aller Schutzbedürftigen eingesetzt hatte. Er war es, den Naomi und unser Kind dringend brauchten. Ich hoffte nur, dass der Shitstorm, der garantiert folgen würde, nicht den Ruf des Clubs schädigte.

»Ich bin dabei, Bruder«, stimmte ich zu. »Wie lautet dein Plan?«

Bevor Link antworten konnte, betrat Havoc das Büro. »Wenn ihr mit dem Auftragen der Kriegsbemalung fertig sein solltet und euch genug angebrüllt habt, könnten wir eure Hilfe in der Kapelle gebrauchen.«

»Habt ihr Naomi gefunden?«, fragte ich.

»Nein. Aber wir haben einstimmig deinen Plan beschlossen, Prez. Wir sind dabei. Niemand fasst ungestraft unsere Frauen an.«

»Du hast den Konvent einberufen?«, wollte ich überrascht wissen und runzelte die Stirn. Dann zog ich mein Handy aus der Tasche und rief die letzten Nachrichten auf. »Ich habe nichts bekommen.«

»Du warst nicht eingeladen«, bemerkte Link. »Wir entscheiden immer demokratisch. Eine Abstimmung dieser Tragweite musste ohne dich, mich und Pops erfolgen. Wären wir dabei gewesen, hätte der Konvent vielleicht anders entschieden. Damit ist das geklärt. Gehen wir rüber zu den anderen. Wir müssen Naomi finden und überlegen, wie wir weiter vorgehen.«

16. KAPITEL

Naomi

Brass und Joe sperrten mich wieder im dunklen Keller ein. Der Raum stank nach Erbrochenem, und ich bemühte mich, nicht in die Pfütze zu treten, die ich hinterlassen hatte. Der überwältigende Gestank schlug mir auf den Magen und ließ meine Lage hoffnungslos erscheinen. Unfähig, meine Niederlage einzugestehen, starrte ich auf den schmalen Lichtschein, der die Tür umgab, und dachte über meine Möglichkeiten nach. Ich könnte wieder durch die Kabelbinder zu steigen und versuchen, sie zu durchtrennen.

Aber was dann?

Das war die Vierundsechzigtausend-Dollar-Frage. Die Tür war verschlossen, es gab keine Fenster und nicht mal ein kleines Loch, durch das ich mich hindurchzwängen konnte. Kein Weg nach draußen.

Und wenn mich Joe ohne Kabelbinder erwischen würde ...

Ein Schauer lief mir über den Rücken, als ich mich an seinen hasserfüllten Blick und seinen Schlag in mein Gesicht erinnerte. Er wollte mir wehtun, so wie er mich ansah. Nein, eher umbringen. Ich war für ihn nur ein lästiges Insekt.

Mein Instinkt sagte mir, ich solle die Klappe halten. Ich durfte ihm keinen Anlass geben, mich überhaupt zu bemerken, wenn ich hier lebend und an einem Stück rauskommen wollte.

Joe bereitete mir ernsthafte Sorgen, und ich zwang mich, positiv zu denken. Ich war durch meinen Dienst darin geübt, meine Gedanken in bestimmte Bahnen zu lenken. Das war Teil des Überlebenstrainings, das sogar jetzt noch funktionierte.

Ich fragte mich, was Eagle wohl gerade tat. Inzwischen musste er wissen, was mit mir geschehen war. Er war so besorgt darüber gewesen, dass ich im Kampf sterben könnte. Und jetzt war ich in unmittelbarer Nähe der Feuerwache entführt worden. Vermutlich war er auf der Suche nach mir, wie alle anderen auch. Genug Geld hatte er auf der hohen Kante. Aber würde er das Lösegeld für mich bezahlen?

Auch wenn Eagle keine Beziehung zu mir oder dem Baby haben wollte, würde er uns auf keinen Fall in Gefahr bringen. Im Gegenteil: Er würde versuchen, uns zu retten.

Und wenn nicht Eagle, dann Link.

Ich hatte geglaubt, es wäre eine gute Idee, Eagle Zeit zum Nachdenken zu geben. So eine Entscheidung sollte man nicht aus dem Bauch heraus treffen. Jetzt bereute ich, nicht noch länger mit ihm gesprochen zu haben. Stattdessen war ich wie eine ausgehungerte Primadonna mit einem Blasenproblem aus seinem Zimmer gestürmt. Nicht gerade mein bester Moment. Deshalb hatte ich auch keine Ahnung, wie er zu mir stand. Und das machte mir hier in diesem Kellerloch zu schaffen.

Wenn ich hier lebend rauskam, wollte ich Eagle festnageln, bis ich wusste, ob ich auf ihn bauen konnte oder nicht.

Falls ich das hier lebend überstehen sollte.

In meinem Kopf kreisten die Gedanken. Alles fühlte sich unscharf und verzerrt an. Sicher die Nachwirkungen der Drogen, die man mir verabreicht hatte.

Am schlimmsten war jedoch der Schmerz in meiner Brust, wenn ich an Eagle dachte. Wenn ich ganz ehrlich war, vermisste ich ihn. Schon seit dem ersten Abend, an dem wir zuerst Billard gespielt, geredet und geflirtet hatten, bevor ich mich in sein Zimmer schlich und den besten Sex meines Lebens genießen durfte. Ich vermisste den Mann, der mich dazu gebracht hatte, ihm von dem Hinterhalt zu berichten. Sogar Monica und Link hatte ich nichts von diesem schlimmsten Tag in meinem Leben erzählt. Ich vermisste den unbändigen Wunsch, mich beschützen zu wollen, den ich in seinen Augen gesehen hatte, als er mir sagte, ich solle nicht zurückgehen.

Ich wusste nicht, ob Eagle mich liebte, aber ich wusste, dass er mich in Sicherheit wissen wollte. Und er spürte diese Anziehung zwischen uns. Das waren zwei wichtige Punkte, auf denen wir aufbauen konnten. Verdammt. Wenn ich ihn nur sah, wollte ich ihm in die Arme fallen und sein Gesicht mit Küssen bedecken wie die Heldin in einem der alten Bücher in seiner Schublade.

Gab es überhaupt so eine Szene in einem Roman? Ich sollte wirklich mehr Klassiker lesen. Vielleicht würde Eagle sie mir und unserem Kind vorlesen. Wie kam ich nur auf solche Gedanken? Weil sich mein Gehirn anfühlte, als würde es in Wackelpudding schwimmen?

Mich in eine Ecke zu legen und ohnmächtig zu werden, schien eine gute Idee zu sein. Allerdings war das bei einer Gehirnerschütterung nicht angebracht. Und ich war mir zu mindestens fünfundsiebzig Prozent sicher, eine zu haben. Also blieb ich an die Wand gelehnt stehen, weil mir auch der Boden zu kalt war, um mich zu setzen.

Mein Magen krampfte wieder, doch ich ignorierte den Schmerz. Oder war es eher der Unterbauch? In einem der Schwangerschaftsbücher hatte ich gelesen, dass Krämpfe als Anzeichen für eine Fehlgeburt galten. Krämpfe, Blutungen, Übelkeit, Schmerzen im unteren Rücken. Ich hatte mindestens drei dieser vier Symptome. Ohne es verhindern zu können, schluchzte ich, und mein Herz raste vor Angst. Wenn ich das Baby verlieren würde ...

Nein! Daran darf ich nicht mal denken.

Ich hatte seit dem Frühstück nichts mehr gegessen und das wenige, was ich zu mir genommen hatte, längst wieder ausgekotzt. Kein Wunder, dass mein Magen revoltierte. Und die Krämpfe kamen wahrscheinlich nur vom Hunger.

Ich sollte wieder an etwas anderes denken. Dann würde ich mich beruhigen. Dann ging es auch dem Baby besser. Es sollte ohnehin nicht mehr lange dauern, bis ich von Eagle oder Link gefunden wurde. Dann würde ich mich von einem Arzt durchchecken lassen und wissen, dass alles in Ordnung war.

Ich trug das Kind eines knallharten Marine in mir. Und ich selbst war eine taffe CSAR-Pilotin. Unser Kind würde die Spritze, die ich bekommen hatte, mit Leichtigkeit verkraften.

Endlich hatte ich es geschafft, mich etwas zu beruhigen. Ich musste nur noch etwas von der nervösen Energie verbrennen, um auf alles vorbereitet zu sein, was mich in den nächsten Stunden erwartete. Ich joggte auf der Stelle, machte eine Reihe von Kniebeugen und Ausfallschritten. Normalerweise hätte ich auch Sit-ups, Planks und Push-ups gemacht. Doch dafür brauchte ich meine Hände vor mir und nicht auf dem Rücken. Einen weiteren Schlag von Joe wollte ich nicht riskieren. Mir reichten schon die Gehirnerschütterung und die aufgeplatzte Lippe.

Sobald meine Gesäß- und Oberschenkelmuskeln brannten, begann ich mit Dehn- und Lockerungsübungen. Immer wieder schweiften meine Gedanken ab, und ich machte mir Sorgen, ob alles gut werden würde. Dann konzentrierte ich mich wieder auf meine Atmung und achtete nur auf meinen Körper.

Nach einer Weile war ich erschöpft und noch hungriger. Ich ließ mich auf den kalten Boden sinken und musste eingeschlafen sein.

Plötzlich hatte ich eine Hand an meinem Arm und wurde hochgezerrt, bis ich halbwegs aufrecht stand. Weil ich kein Gefühl in den Händen hatte, ballte ich sie mehrmals zu Fäusten. Gegen die wackeligen Beine konnte ich nichts tun, den Joe packte mich an meiner Bluse und kam immer näher. Sein Gesicht war nur noch Zentimeter von meinem entfernt. Der Gestank aus seinem Mund war entsetzlich. Wie ein in einen Bohnenburrito eingewickelter Zigarettenstummel, der in den Arsch von jemandem gekrochen und dort gestorben war.

Ich hielt den Atem an, versuchte, nicht zu würgen. Ganz langsam wandte ich meinen Blick von seinen hasserfüllten Augen ab. Um mich und mein Kind zu schützen, spielte ich die Unterwürfige und ließ ihn glauben, er habe mich eingeschüchtert.

»Dein alter Herr, dein Bruder und der Rest der *Dead Presidents* sind ein Haufen zimperlicher Weicheier. Sie tun so, als wären sie so gutherzig, dass ihre Scheiße nicht stinkt. Sie halten sich für was Besseres. Dabei wischen sie dem Abschaum der Gesellschaft den Arsch ab, so wie alle anderen auch. Aber die Jungs in meinem Club wissen, wie man mit Schlampen umgehen muss. Sie sind da, wo sie hingehören. Kümmern sich um die Gören, stehen in der Küche und machen die Beine für uns breit. Was ist mit dir? Was bist du für eine? Brass hat erzählt, dass du Pilot bei der Air Force bist. Wie vielen Kerlen hast du einen geblasen, bis sie dich da reingelassen haben?«

Er hielt inne und schien auf eine Antwort zu warten. Doch es gab nichts zu sagen. Hätte ich den Mund aufgemacht, hätte ich ihn nur noch mehr verärgert.

Mit seiner freien Faust holte Joe aus und schlug mir mit aller Wucht in den Magen. Das war so schmerzhaft, dass meine Augen tränten und ich mich instinktiv zusammenkrümmte. Die Angst um mein Kind lähmte mich für den Bruchteil einer Sekunde, bevor die Wut alle anderen Empfindungen verdrängte.

Der Wichser hatte mich geschlagen. Am liebsten hätte ich ihn angebrüllt. Doch ich hielt mich zurück, weil ich nicht wusste, ob das Baby und ich seine Reaktion überleben würden. Dann überkam mich eine seltsame Ruhe.

Ich würde dieses Arschloch umbringen.

Ich würde ihn nicht provozieren und ihm keinen Grund geben, mich erneut zu schlagen.

Aber ich würde ihn töten.

Selbst wenn ich ihn bis ans Ende der Welt jagen müsste.

»Habe ich jetzt deine Aufmerksamkeit, du Schlampe?«, brüllte er und hielt mich, an meiner Bluse gepackt, aufrecht.

Meiner uneingeschränkten Aufmerksamkeit konnte er sich sicher sein. Und falls er meinem Baby etwas angetan hatte, würde ich ihn nicht nur töten, sondern auch einen Weg finden, ihn von den Toten auferstehen zu lassen, um ihn noch einmal umbringen zu können. Es war meine Pflicht meinem Land, mir selbst und meinem ungeborenen Kind gegenüber, die Welt von diesem Arschloch zu befreien. Er würde nie wieder einer Frau etwas antun. Ich würde die Kindererziehung für ein paar Stunden vernachlässigen, die Küche meiden und meine Arschbacken zusammenkneifen, um ihm beim Sterben zuzusehen.

»Na? Wo ist deine große Klappe geblieben? Hat man dir etwa im Dienst beigebracht, wie man Prügel einsteckt?«

Er landete einen weiteren Schlag, diesmal in meine Seite. Ich biss die Zähne zusammen und lenkte den Schmerz in Wut um. Somit war ich noch stärker und viel entschlossener, das hier zu überleben, um mich an ihm zu rächen.

»Lass sie, Joe«, forderte Brass, den ich gar nicht bemerkt hatte. Er klang angespannt. Wahrscheinlich erinnerte er sich an seine letzte Tracht Prügel. »Wir sollten Link anrufen und diese Scheiße hinter uns bringen.«

»Noch nicht. Ich wärme mich gerade erst auf.«

Neben Brass stand ein weiterer großer, furchteinflößender Kerl. »Komm schon, Joe. Es ist doch langweilig, wenn sie sich nicht wehren kann. Im Clubhaus gibt es genug Pussys, die nur auf uns warten. Wir organisieren die Übergabe, bezahlen deinem Dad die Schulden und verprassen den Rest.«

Joe starrte mich noch einen Moment lang an, dann schob er mich vor sich her. Ich verlor das Gleichgewicht und wäre beinahe nach vorn gekippt und auf dem Gesicht gelandet. Im letzten Augenblick fing ich mich ab, drehte mich und knallte mit der Schulter gegen die Wand. Joe stieß ein grobes Lachen aus, bevor er mich hart am Arm packte und zur Tür zerrte.

Ich spielte weiterhin die Unterwürfige und schwor mir, dass er für all das bezahlen würde, sobald ich die Gelegenheit dazu hatte.

17. KAPITEL

Eagle

Bevor Brass anrief, um die Übergabe zu arrangieren, hatte Link ein Team für die Operation zusammengestellt. Als sein Telefon um kurz nach zehn klingelte, schaltete er den Lautsprecher ein und legte es auf seinen Schreibtisch. Havoc, Tap, Spade, Stocks und ich standen drum herum und warteten gespannt auf die Details. Tap hatte Links Handy mit seinem Laptop verbunden und versuchte, ihn zu orten.

»Kennst du die Betonmauer zwischen Pier zweiundsechzig und dreiundsechzig? Die direkt am Wasser?«, fragte Brass.

Link sah mich an, und ich nickte. Das war im South Park District, südlich des Industrial District, wo ich arbeitete. South Park war ein beschissenes Viertel, aber von der Mauer dort hatte man einen schönen Blick auf den Duwamish Waterway und den dahinterliegenden Georgetown District. Wenn es einem nichts ausmachte, von Obdachlosen belästigt zu werden oder den einen oder anderen Drogendeal in der Nähe zu beobachten, war es ein guter Ort für eine Mittagspause. Gelegentlich aß ich dort mein Sandwich, wenn das Wetter schön war.

»Ja, ich kenne den Ort«, antwortete Link.

»Wir treffen uns um elf. Bring das Geld mit, und komm allein.«

»Lass mich mit Naomi reden.«

»Warum? Du kannst doch später mit ihr plaudern.«

»Wenn du im Gegenzug hundert Riesen willst, will ich wissen, ob sie noch lebt.«

»Traust du mir nicht, Link?«

Unser Prez kochte vor Wut, die Adern an seiner Stirn pulsierten. »Du warst schon immer ein Junkie. Ich hatte gehofft, dass mehr in dir steckt. Aber ich habe mich geirrt.«

Brass lachte dreckig. »Du denkst immer noch, du kannst jeden retten, was? Heb dir deine Predigten für jemanden auf, der sich für den Scheiß interessiert.«

Es knarrte in der Leitung. Dann meldete sich Naomi. »Link?«

Ein kollektiver Seufzer der Erleichterung ging durch den Raum. Wir hatten alle den Atem angehalten und darauf gewartet, sie zu hören. Die Gewissheit, dass sie am Leben und in der Lage war zu sprechen, erfüllte mich mit so vielen Emotionen, dass ich leicht wankte. Trotzdem beugte ich mich weiter vor, um keinen Ton von ihr zu verpassen.

»Ja, ich bin hier. Geht's dir gut?«, wollte Link wissen.

»Ich hatte schon bessere Tage.« Sie klang zittrig. Verängstigt. Und wütend. Das versetzte meinen Beschützerinstinkt in höchste Alarmbereitschaft. »Ist Eagle bei dir?«

Sie war in Schwierigkeiten, und sie brauchte mich, nicht ihren Bruder. Falls er noch Zweifel daran gehabt hatte, dass die Sache zwischen mir und Naomi ernst war, hatte sie die mit dieser einzigen Frage vom Tisch gefegt. Das war deutlich in seinem Blick zu erkennen, den er mir zuwarf. Und er wartete auf eine Reaktion von mir. Das taten alle, die im Büro versammelt waren.

Was die anderen dachten, war mir egal. Ich musste sie beruhigen und wollte ihr eigentlich sagen, wie sehr ich sie liebte und wie sehr ich mich auf das Baby freute. Ich wollte sie anflehen, durchzuhalten und das hier zu überleben, um mit mir eine Familie zu gründen. Doch für all das war im Moment keine Zeit, aber ich musste ihr klarmachen, dass ich sie nicht hängen lassen würde. Sie musste die Gewissheit haben, dass ich voll und ganz hinter ihr stand und sie beschützen würde.

»Ich bin hier, Sweetheart, startklar für die Langstrecke. Wir werden dich sicher nach Hause bringen. Und dann reden wir weiter.«

»Das würde mir gefallen«, erwiderte sie leise. Sie klang so emotional, wie ich mich fühlte.

»Wir bereiten den Austausch vor und holen dich da raus, Kleines«, sagte Link und ließ mich nicht aus den Augen.

Es knackte in der Leitung, und Brass war wieder zu hören. »Was habe ich dir gesagt? Es geht ihr gut. Dann steht der Deal?«

»Ich werde nicht allein kommen, Brass.«

»Hast du vergessen, dass ich deine Schwester habe? Damit bin ich der Boss, Prez.«

»Ich traue dir nicht über den Weg, du Mistkerl. Die hunderttausend gegen Naomi. Wer garantiert mir, dass du sie mir übergibst? Ich weiß, dass mindestens zwei Arschlöcher bei dir sind. Wenn du das Geld haben willst, musst du akzeptieren, dass ich auch zwei meiner Männer mitbringe. Und wage es ja nicht, mich reinzulegen.«

Plötzlich war ein Knacken in der Leitung zu hören, dann nichts mehr. Alle sahen zu Tap. Der signalisierte uns, dass die Verbindung weiterhin bestand. Brass hatte nicht aufgelegt, sondern vermutlich stumm geschaltet, um sich über Links Angebot zu besprechen. Ich hielt den Atem an und wartete. Schließlich ertönte ein weiteres Knacken.

»Einer deiner Männer. Oder ich puste ihr gleich den Kopf weg und suche mir eine andere Schlampe, die ich als Druckmittel benutzen kann«, ertönte eine männliche Stimme. Es war definitiv nicht Brass, der nun mit Link verhandeln wollte. »Vielleicht deine hübsche kleine Anwaltsschlampe?«

»Wer bist du?«, fragte Link und ballte die Fäuste.

Der Unbekannte lachte. »Diese kleine Überraschung heben wir uns für später auf. Haben wir jetzt einen Deal oder nicht? Ich hätte nichts dagegen, mir noch ein wenig die Zeit mit deiner Schwester zu vertreiben.«

Im Hintergrund schrie Naomi vor Schmerz auf.

»Die Kleine ist ganz schön taff, aber kein Problem für mich. Bisher bin ich mit jeder Schlampe fertiggeworden.«

Link spannte jeden einzelnen Muskel an. Wie alle anderen auch war er kurz davor durchzudrehen.

Ich hielt die Anspannung nicht länger aus und öffnete den Mund. Doch Havoc legte mir eine Hand auf die Schulter und warf mir einen warnenden Blick zu. Ich würde Brass, dieses Arschloch, fertigmachen, wenn die Zeit dafür gekommen war. Und dann würde es nicht bei Worten bleiben.

»Okay. Deal«, gab Link nach.

»Deal«, ertönte nun wieder die Stimme von Brass. »Ich weiß, dass du mir nicht vertraust, Link, aber ich rate dir, dich nicht mit uns anzulegen. Wenn du es vermasselst, wird mein Kumpel deine Schwester leiden lassen. So lange, bis sie ihn anfleht, sie sterben zu lassen.«

Dann wurde die Verbindung unterbrochen.

»Fuck!«, rief Link und schlug mit der Faust gegen die Wand hinter ihm. Putz fiel ab, und ein verdammt großes Loch war zu sehen.

Ich verstand seinen Frust, wollte meine Aggression allerdings nicht an der Wand auslassen, sondern an den Mistkerlen, die Naomi in ihrer Gewalt hatten.

»Sag mir, dass du irgendetwas hast, Tap«, knurrte Link.

»Ich konnte seinen genauen Standort nicht bestimmen, aber zumindest haben wir einen Radius.« Er drehte seinen Laptop zu uns um. Um den South Park District war ein roter Kreis. »Dort irgendwo ist er.«

»Hast du seine Telefonnummer?«

»Ja, aber er hat sein Telefon bereits ausgeschaltet. Brass weiß ziemlich gut, wie das mit der Ortung funktioniert.«

»Verdammter Mist. Wenn wir doch nur wüssten, wer die

anderen sind«, erwiderte Link.

»Ich habe eine Gesichtserkennungssoftware eingesetzt, aber die Bilder von den städtischen Kameras sind zu unscharf und damit unbrauchbar.«

Link schaute auf seine Uhr. »In fünfzig Minuten erfolgt die Übergabe. Wir sollten jetzt aufbrechen, damit Eagle vorher seine Position beziehen kann.«

Ich trug eine Pistole unter meiner Kutte und zwei Messer im Schaft meiner Stiefel. Mein bestes Gewehr lag bereits geladen auf dem Rücksitz von Havocs Truck. Links Plan sah vor, dass ich ihm und Havoc Deckung gebe. Ich dagegen zog es vor, näher am Geschehen zu sein. Ich wollte der Erste sein, den Naomi sah, und der Letzte, den diese Scheißkerle zu Gesicht bekamen, bevor sie starben. Doch ich fügte mich Links Anweisungen. Schließlich hatte Naomis Sicherheit Vorrang.

Ich griff nach der Tasche mit dem Lösegeld und warf sie mir über die Schulter. Gemeinsam mit Spade, Stocks, Havoc und Link ging ich hinaus auf den Parkplatz. Unser Prez würde mit dem Motorrad zum vereinbarten Treffpunkt waren. Deshalb verstaute ich das Geld in einer der Satteltaschen seiner Harley. Link fuhr los, Havoc folgte ihm auf seiner Maschine, wir nahmen Havocs Truck.

Stocks fuhr, Spade saß auf dem Beifahrersitz, während ich die Rückbank bevorzugt hatte, um mein neues *Nightforce*-NXS-Visier am Gewehr anzubringen. Es hatte mich einen hübschen Batzen Geld gekostet, aber es war das Beste, was man auf dem Markt bekommen konnte. Ich war mehr als gespannt, ob es so gut war, wie ich gelesen hatte.

»Wo genau sollen wir anhalten?«, fragte mich Stocks.

»Am besten hinter dem Lagerhaus. Fahr zum Ende des Piers, und halte dich dann rechts. Ganz am Ende steht ein Lagerhaus. Ein weißes Gebäude mit orangefarbenem Sockel, vier Stockwerke hoch. Auf der Rückseite gibt es eine Feuerleiter mit Zugang zum Dach.«

»Woher weißt du das alles?«, wollte Spade wissen, drehte sich in seinem Sitz um und sah mich interessiert an.

»Alte Gewohnheit«, gab ich zurück und überprüfte mein Gewehr, vergewisserte mich, dass es einsatzbereit war. Ich zuckte mit den Schultern. »Ein paar hundert Meter weiter ist die Zentrale der Firma, für die ich arbeite. Ich bin schon ein paarmal an dem Gebäude vorbeigegangen.«

Dem Blick nach zu urteilen, den er mir zuwarf, hielt er mich für verrückt. Ich hatte keine Ahnung, wo und in welcher Funktion Spade gedient hatte. Ganz offensichtlich nicht als Scharfschütze, sonst würde er verstehen, dass ich mir solche Dinge merken konnte. Mir war es in Fleisch und Blut übergegangen, mich überall genau umzusehen. Wo auch immer ich mich aufhielt, ich wusste, ob und wie man eine erhöhte Position erreichen konnte, um Bedrohungen auszuschalten. Rund um die Feuerwache hatte ich vier mögliche Scharfschützennester ausgemacht. Sollten wir jemals angegriffen werden, war ich darauf vorbereitet.

Wir kamen zwanzig Minuten vor der vereinbarten Zeit an. Stocks parkte den Truck im Schatten des Gebäudes. Er würde mit Spade die Übergabe vom Wagen aus im Blick behalten und dafür sorgen, dass Link und Havoc in keinen Hinterhalt gerieten.

Ich schulterte meinen Gewehrkoffer und schlich durch die Dunkelheit. Es war um diese Zeit im South Park District nicht viel los. Zumindest waren hier keine anständigen, gesetzestreuen Leute unterwegs. Und alle anderen wussten sich um ihre eigenen verdammten Angelegenheiten zu kümmern.

In wenigen Minuten hatte ich das Dach des Lagerhauses erreicht und meine Position eingenommen. Mit angelegtem Gewehr sondierte ich die Umgebung. Nachdem ich keine verdächtigen Bewegungen am Übergabeort wahrgenommen hatte, schickte ich Link und Havoc eine Nachricht und wartete.

Naomi

Nachdem er an meinen Fesseln gezerrt und mir beinahe die Arme ausgekugelt hatte, stülpte mir Joe einen dunklen Sack über den Kopf und schob mich herum, bis ich plötzlich einen weichen Sitz unter mir spürte. Im nächsten Moment hörte ich, wie eine Autotür geschlossen wurde, und ein Motor sprang an.

Ich war hungrig, durstig und erschöpft. Unter dem Sack bekam ich kaum Luft und kämpfte gegen die Müdigkeit an. Trotzdem nickte ich immer wieder kurz ein.

Irgendwann stoppte der Wagen, und der Motor verstummte. Eine Wagentür wurde aufgeschoben. Ich wurde aus dem Inneren gezerrt. Plötzlich umgab mich eine wunderbar kühle Brise. Jemand riss mir unsanft den Sack vom Kopf. Die klare Luft wirkte wie ein doppelter Espresso, und ich war wieder hellwach. Blinzelnd sah ich mich um. Es war inzwischen dunkel, aber ich sah genug, um einen der Piers gegenüber von Seattle auszumachen. Hinter mir war der Verkehr auf dem Highway zu hören. Allerdings war außer Joe, Brass und einem dritten Mann keine Menschenseele zu sehen.

»Ich hoffe, dass dein Bruder die Sache vermasselt. Dann kann ich mit dir machen, was ich will«, sagte Joe, zerrte mich nach vorn und drückte mir seine Pistole gegen meine geprellte Seite. Nach seinem Anruf bei Link hatte er mir noch ein paar Schläge verpasst, und ich spürte jeden einzelnen. Sobald ich wieder frei war, würde ich mir überlegen, welche Art von Rache dieser Mistkerl verdient hatte.

Ich betrachtete seine Glock und wusste sofort, dass er sich nicht an die Vereinbarungen halten würde. Niemand befestigte einen Schalldämpfer an einer Waffe, die er nicht benutzen will. Wahrscheinlich wollte er Link hintergehen und uns alle umbringen. Ich sah zu Joe, der offenbar meinem Blick gefolgt war. Er verzog das Gesicht zu einem ekligen Grinsen, bevor er ein irres Kichern ausstieß.

»Ich glaube, du tust nur so wehrlos, du Schlampe«, bemerkte er und stieß mir den Lauf der Glock in die Seite.

Falls ich die nächsten Stunden überleben würde, wüsste ich nicht, auf welcher Seite ich schlafen sollte. Ich hatte ganz bestimmt hinten und vorn und an den Seiten größere Prellungen. Mal abgesehen von den schmerzenden Schultern und dem schmerzhaften Ziehen im Bauch.

In meinem Babybauch.

Daran durfte ich jetzt nicht denken. Ich musste versuchen, nicht zu stürzen und mit Joe Schritt zu halten. Er gab ein mörderisches Tempo vor und zerrte mich mit sich bis zu einem Mauervorsprung. In meinen Schultern pulsierte der Schmerz, als er mich nach unten drückte, bis ich auf dem kalten Beton saß. Die drei Männer postierten sich um mich herum. Ich biss die Zähne zusammen und starrte auf das Wasser hinaus.

Eagle und Link würden mich holen kommen. Und dann würden Joe und seine Komplizen bezahlen müssen. Wir würden sie vom Angesicht des Planeten tilgen, sodass sie niemanden mehr verletzen konnten. Diese Gedanken hielten mich aufrecht, während ich wartete und hoffte, dass Eagle bald auftauchen würde. Doch er kam nicht.

Stattdessen sah ich Havoc und neben ihm Link mit einer kleinen Tasche. Als die beiden sich näherten, hatte ich das Gefühl, mein Herz würde vor Sorge um das Baby zerspringen. Ich brauchte Eagle, um mich zu beruhigen. Niemanden sonst. Er sollte mich hier rausholen und in ein Krankenhaus bringen. Am Telefon hatte er doch gesagt, dass er die Langstrecke will. Wo zum Teufel war er, wenn ich ihn am meisten brauchte?

Ich begegnete Links Blick. Er konnte seine Wut kaum verbergen. Es war Stunden her, dass ich mein Gesicht im Badezimmerspiegel gesehen hatte. Vermutlich sah ich nun noch schlimmer aus.

»Müsst ihr eine Frau schlagen, um euch wie richtige Männer zu fühlen?«, brüllte er meine Entführer an. Er war nur noch fünf Meter von uns entfernt.

»Falls ich jemals eine richtige treffen sollte, bist du der Erste, dem ich davon berichte«, erwiderte Joe und grinste böse. »Diese Schlampe hier wehrt sich nicht mal. Ich hatte mir mehr davon erhofft, nach allem, was mir Brass erzählt hat. Auch von dir, Link. Und jetzt gib mir das Geld, du verdammtes Weichei.«

Links Augen verengten sich, und er neigte den Kopf zur Seite. Ich hätte schwören können, dass er Joe erkannte, sagte aber nichts. »Sobald du Naomi freigibst.«

Joe gluckste. »Bis ich das Geld habe, wird das nicht passieren.« Er hob seine Pistole und hielt sie mir an die Schläfe. »Aber ich wäre mehr als glücklich, dieses hübsche Gesicht wegzupusten.«

»Warte«, bat ihn mein Bruder. »Wir tauschen eins zu eins. Du gibst mir meine Schwester und ich dir das Geld.«

»Mach die verdammte Tasche auf, und zeig mir, was drin ist«, forderte ihn Joe auf. »Falls du mich bescheißen willst, dann gnade ihr Gott.«

Link öffnete den Reißverschluss. Im selben Augenblick brüllte Brass *Nein* und stellte sich vor Joe. Ein Schuss ertönte, und die Waffe an meiner Schläfe war nicht mehr zu spüren. Dann waren drei weitere Schüsse zu hören, während Joes Pistole wie in

Zeitlupe auf das Pflaster fiel.

Ich blinzelte und sah Brass neben dem dritten Mann am Boden liegen. Havoc richtete seine Pistole abwechselnd auf beide. Auf keinen Fall hätte er die beiden so schnell ausschalten können.

Eagle!

Das hier war das Werk eines Scharfschützen. Mein Herz schlug vor Freude schneller. Ich trat wieder durch meine Fesseln, sodass ich die Hände vor dem Körper hatte. Ich ging auf Joe zu, der sich mit einer blutenden Hand nach seiner Pistole bücken wollte. Bevor ich sie mit dem Fuß wegstoßen konnte, hallte ein weiterer Schuss durch die Luft, und Joes Knie explodierte. Noch während er zu Boden stürzte, hatte ich seine Waffe in der Hand.

»Nae«, warnte mich Link.

Ich ignorierte ihn, beugte mich über Joe und richtete die Waffe auf seinen Kopf. Ich fühlte nichts als Wut. »Was hast du vorhin über Schlampen gesagt, Joe? Wo gehören sie hin? In dein Bett?« Ich zielte auf seinen Schritt und drückte ab.

Gott, fühlte sich das gut an.

Joe schrie wie am Spieß und presste seine Hände auf den Blutfleck, der schnell größer wurde. »Verdammte Schlampe!«, presste er mühsam hervor und stöhnte.

»Naomi«, sprach mich Link erneut an. »Das willst du nicht.«

Er hatte sich noch nie in seinem Leben so sehr geirrt. Ich wollte das nicht nur, ich brauchte es. Wenn ich dieses Arschloch am Leben ließe, würde ich ihm für den Rest meines Lebens in meinen Albträumen begegnen. Es gab nur eine Möglichkeit, dies zu verhindern.

»Und in die Küche?«, brüllte ich Joe an und schoss ihm in den Bauch. Er schrie erneut. »Was ist los, du Stück Scheiße? Magst du meine Kochkünste nicht?«

Bevor ich einen weiteren Schuss abgeben konnte, hielt mich Havoc fest.

»Lass mich das hier zu Ende bringen!«, rief ich und versuchte, mich aus seinem Griff zu befreien.

»Das willst du nicht tun, Naomi«, sagte er leise in mein Ohr. Ich drehte mich zu ihm um und starrte ihn an. Er legte mir seine riesigen Hände auf die Schultern. »Lass uns das machen.«

»Du weißt doch gar nicht, was ich mit diesem Scheißkerl machen will, Havoc. Du hast keine Ahnung, was er mir angetan hat. Er hat mich in den Bauch geschlagen«, erwiderte ich und spürte, wie mir die Tränen über die Wangen liefen. »Ich muss das selbst erledigen«, fügte ich leise hinzu. Ich musste die Kontrolle zurückgewinnen, wissen, dass ich auf mich selbst aufpassen und mein Kind beschützen konnte. Dass ich der Lage war, jede Bedrohung selbst abzuwehren. Ich suchte Havocs Blick. Wenn er mich verstand, würde er mich loslassen. Doch er ließ seine Hände auf meinen schmerzenden Schultern ruhen und schüttelte stumm den Kopf.

»Lass sie gehen, Havoc«, hörte ich Eagles Stimme. Sie war Balsam für meine Seele. Ich schaute an Havoc vorbei und sah, wie Eagle auf uns zukam. Sein Gewehr hatte er bei sich.

»Lass sie los. Jetzt«, wiederholte er. Havoc ließ die Hände sinken.

Eagle blieb vor mir stehen und betrachtete mein Gesicht. Seine Kiefer spannte sich vor Wut. »Wir müssen dich ins Krankenhaus bringen, Sweetheart.«

»Ich bin hier noch nicht fertig«, erwiderte ich.

Eagle starrte mich einen Moment an und nickte. »Dann tu, was du tun musst.«

In diesem Moment wusste ich, dass ich ihn liebte. Im Gegensatz zu allen anderen Männern in meinem Leben verstand mich Eagle wirklich. Er versuchte nicht, mich davon abzuhalten, oder gab mir ungefragt Ratschläge. Er wollte mich immer nur beschützen und ließ mich tun, was ich tun musste.

Ich drehte mich um und zielte mit der Glock auf Joes Brust. »Jetzt liegst du mir zu Füßen, du Arschloch.« Dann drückte ich ab und schickte ihn direkt in die Hölle.

»Warum hast du das getan?«, brüllte Link plötzlich. Ich drehte mich zu ihm um, weil ich nicht wusste, wen er damit meinte. Er stand über Brass gebeugt. Plötzlich begriff ich, warum er sich vor Joe gestellt hatte. Er wollte die Kugel abfangen, die eigentlich meinem Bruder zugedacht gewesen war.

Ich stellte mich neben Link und betrachtete Brass. Sein Gesicht hatte jede Farbe verloren, er röchelte und blutete so stark, dass er inzwischen in einer rot schimmernden Lache lag. Sofort war mir klar, dass jede Hilfe zu spät kommen würde. Wenn nicht augenblicklich ein Krankenwagen auftauchen würde, hatte Brass keine Chance, das hier zu überleben. Wir waren auch in keiner Gegend, wo die Leute bei einer Schießerei die Polizei riefen. Und die nächste Wohnsiedlung war viel zu weit entfernt, sodass niemand die Schüsse hätte hören können.

»Warum, verdammt noch mal, hast du das getan?«, fragte Link erneut, diesmal klang er eher wütend und nicht mehr hasserfüllt.

»Weil ich ... nie aufgehört habe, an die ... Sache zu glauben, Prez. Ich ... habe nur ... den Glauben an mich ... selbst verloren«, brachte er mühsam hervor.

»Gottverdammt, Brass. Du hättest nicht ...«

»Marschier weiter, Bruder.« Dann schloss Brass die Augen, und sein Brustkorb hob und senkte sich ein letztes Mal.

Eagle legte vorsichtig einen Arm um meine Schultern und hauchte mir einen Kuss auf die Stirn. Dann zog er ein Messer aus der Tasche und schnitt die Kabelbinder durch. Ich rieb mir die Handgelenke und rollte mit den Schultern.

»Du musst ins Krankenhaus, Naomi«, sagte er mit besorgter Miene.

»Ist das der verdammte Wagen, mit dem sie dich hergebracht

haben?«, fragte mich Link und deutete auf den schwarzen Lieferwagen nicht weit von uns entfernt.

Ich nickte, vor lauter Tränen unfähig zu sprechen. Obwohl
Brass definitiv nicht zu den Guten gehörte, hatte er meinem
Bruder das Leben gerettet. Es hätte auch Link sein können, der
soeben seinen letzten Atemzug getan hatte, und nicht Brass.

Mein Bruder hatte Brass gekannt und gewusst, dass mehr in
dem drogensüchtigen Mistkerl steckte, als alle dachten. Es war so
verdammt unfair, dass Brass erst kurz vor seinem Ableben erkannt
hatte, wo er eigentlich stand.

Link marschierte zum Lieferwagen und verschwand für einen
Moment darin. Als er wieder auftauchte, hielt er zwei Kutten mit
Serpent-Aufnähern in der Hand und fluchte, was das Zeug hielt.
Er warf die Lederwesten zwischen Joe und dem dritten Typen auf
den Boden, kramte sein Handy aus der Tasche und wählte eine
Nummer.

»Texas«, knurrte er. »Wir haben ein verdammtes Problem.«

18. KAPITEL

Eagle

Link telefonierte immer noch, warf mir aber die Schlüssel für sein Motorrad zu. Er deutete zu Naomi. »Bring sie ins Krankenhaus. Und halte mich auf dem Laufenden.«

Ich nahm Naomis Hand und führte sie zu Links Harley. Bevor ich aufstieg, betrachtete ich ihr Gesicht. Die Unterlippe war aufgeplatzt, sie hatte mehrere blaue Flecken, und ihre Augen waren rot und geschwollen. Vor allem ihr Blick war so anders als sonst. Sie wirkte beinahe verloren.

»Geht es dir gut?«, fragte ich.

Sie konnte meinem Blick nicht standhalten und sah stattdessen zu Boden. »Ich weiß nicht«, sagte sie leise.

»Hat er ... hat dieser Wichser ... dich angefasst?« Ich hatte so viel Angst vor ihrer Antwort, dass ich mich kaum zu fragen traute.

Sie schüttelte den Kopf. »Nein, nicht so. Der eine hat mir was gespritzt, und Joe hat mich ... verprügelt. Ich ... ich mache mir solche Sorgen um das Baby.« Endlich sah sie zu mir auf. In ihren Augen glitzerten weitere Tränen. »Es tut mir so leid. Ich habe versucht, das Baby ...«

»Stopp. Du hast nichts falsch gemacht. Wenn sich einer von uns beiden Vorwürfe machen muss, dann ich. Ich hätte bei dir sein sollen. Oder dir zumindest hinterherlaufen. Dann wäre das alles nicht passiert. Aber ich war so überrascht und so ...« Ich schluckte den Kloß in meinem Hals hinunter. »Es ist schon lange her, dass ich davon geträumt habe, eine Familie zu gründen. Ich dachte, dass dieser Traum im Irak gestorben ist. Aber dann, vor zwei Jahren, als du aufgetaucht bist ... Seitdem fühle ich mich wieder lebendig. Und ja, ich will dem Baby ein guter Vater sein. Und ich werde auch nicht abhauen. Ich will das alles. Mit dir und unserem Kind. Die Langstrecke.« Eine Träne glitt über ihre Wange, und ich wischte sie vorsichtig weg, ohne den blauen Flecken zu nah zu kommen.

»Danke, dass du hergekommen bist.«

»Sweetheart, nichts hätte mich davon abhalten können. Ich möchte dich gern küssen, aber deine Lippe. Ich möchte nicht ...«

Ihr Mund landete auf meinem, bevor ich zu Ende sprechen konnte. Der Geschmack ihres Blutes und ihrer Tränen war so überwältigend, dass ich mich schnell wieder zurückzog. Die Angst um sie und das Baby hatte mich fast umgebracht.

Wir sahen uns in die Augen, und ich bemerkte die gleiche Angst auch bei ihr. Mir war klar, dass meine knallharte Frau beinahe an den Ereignissen der vergangenen Stunden zerbrochen wäre.

Ich nahm Links Helm und reichte ihn Naomi. »Ich weiß, was du davon hältst, hinten zu sitzen. Aber du solltest im Moment nicht selbst fahren. Ist es okay, wenn ich dich ins Krankenhaus bringe?«

Sie nahm mir den Helm ab und setzte ihn vorsichtig auf. Es war ihr anzusehen, wie schmerzvoll das sein musste. Gerne hätte ich Joes Leiche noch nachträglich einen kräftigen Tritt verpasst. Am liebsten hätte ich den Kerl umgebracht, aber ich wusste, dass Naomi das tun *musste*. Ich hätte nicht im Traum daran gedacht, ihr diese Aufgabe abzunehmen.

»Ich glaube, mit einem Marine kann man getrost mitfahren«, bemerkte sie und grinste schief. Es erinnerte mich an unser erstes Zusammentreffen, damals, vor zwei Jahren, als ich sie vom Flughafen abgeholt hatte.

Ich stieg auf, und sie setzte sich hinter mich. Statt ins nächstgelegene Krankenhaus, das zu weit entfernt war, brachte ich sie in die nahe Notfallambulanz.

»Wo sind wir hier?«, fragte Naomi, stieg ab und reichte mir den Helm.

»Eine der Ärztinnen hier ist mit meinem Arbeitskollegen verheiratet. Ich wusste nicht, in welcher Verfassung du bist, wenn wir dich finden. Daher habe ich schon mal vorgefühlt, ob sie heute Abend Dienst hat. Sie wird dich untersuchen. Und wir müssen uns auch keine Sorgen machen, dass jemand die Polizei informiert und mich wegen häuslicher Gewalt anzeigt.«

»Danke«, erwiderte Naomi. Ihre Augen waren schon wieder feucht. »Tut mir leid, aber diese Schwangerschaftshormone ...«

Grinsend nahm ich ihre Hand, und wir gingen gemeinsam zum Eingang der Ambulanz. Plötzlich blieb Naomi stehen, starrte auf einen Snackautomaten am Eingang und fluchte.

»Was ist?«

»Ich habe keine Ahnung, wo meine Handtasche ist.«

»Hast du Hunger?«

»Ich bin hungrig *und* durstig.«

Ich reichte ihr mein Portemonnaie und nickte ihr zu. Dann zückte ich mein Handy, um Link eine Nachricht zu schicken. Er sollte wissen, wo wir waren. Außerdem bat ich ihn, den Lieferwagen nach Naomis Handtasche zu durchsuchen. Sie hatte inzwischen einige Geldscheine herausgefischt und eine Flasche Wasser, einen Proteinriegel, *Cheetos*, ein Sportgetränk und Barbecue-Chips aus dem Automaten gezogen. Eine seltsame Kombination, aber ich wusste, dass Schwangere die merkwürdigsten Gelüste hatten. Deshalb enthielt ich mich eines Kommentars und freute mich, dass sie Appetit hatte.

Sie gab mir mein Portemonnaie zurück, trank das Wasser beinahe in einem Zug und wechselte dann zwischen dem Sportgetränk und den Chips, während wir zur Anmeldung gingen. Die Empfangsdame begrüßte uns und händigte ihr einen Fragebogen aus. Als wir uns zum Ausfüllen hinsetzten, war Naomi hin- und hergerissen zwischen dem Beantworten der Fragen und der Nahrungsaufnahme. Schließlich nahm ich ihr das Klemmbrett ab und vermerkte, was sie mir diktierte.

Kurz darauf erschien Dr. Jolene Farrell. Ich hatte sie bereits bei Firmenessen und Zusammenkünften getroffen. Sie war eine große, schlanke Brünette mit kurzen Haaren und einer dunkel umrandeten Brille. Als sie Naomis Gesicht sah, wirkte sie besorgt und bat uns, sie in eines der Behandlungszimmer zu begleiten.

Naomi musste sich von der Taille abwärts entkleiden, und ich sah die vielen Blutergüsse, die gerade noch im Entstehen waren. Wenn sie nicht Joe umgebracht hätte, hätte ich das mit Begeisterung für sie erledigt. Bei Typen, die Frauen schlugen oder misshandelten, kannte ich keine Gnade.

Die Ärztin ging mit ihr ins Nachbarzimmer, um eine Ultraschalluntersuchung vorzunehmen. Im selben Moment erhielt ich die Nachricht von Link, dass er ihre Handtasche gefunden hatte. Ich teilte ihr sofort die gute Neuigkeit mit, und Naomi bat mich, bei der Untersuchung dabei zu sein.

Auf ihrem Bauch wurde ein Gel verteilt. Dann fuhr eine Frau in einem weißen Kittel mit einem Stab über ihren flachen Bauch. Sofort ertönte ein dumpfes Geräusch.

»Was ist das?«, wollte ich wissen.

»Das ist der Herzschlag des Babys«, antwortete die Ärztin mit einem Lächeln.

Naomi hatte wieder Tränen in den Augen, und ich lauschte wie gebannt dem rhythmischen Pochen. Der Herzschlag des ungeborenen Kindes war das schönste Geräusch, das ich je gehört hatte. Ich drückte Naomis Hand, und sie sah zu mir auf.

»Das ist unser Baby«, bemerkte ich und grinste wie ein Idiot.

Sie erwiderte mein Grinsen, zuckte aber wegen ihrer aufgeplatzten Lippe leicht zusammen. Dann wandte sie sich an Dr.

Farrell. »Ist alles in Ordnung?«

Die Schwester fuhr weiter über ihren Bauch und traf hin und wieder einen blauen Fleck, der Naomi zusammenzucken ließ. Sie und die Ärztin studierten die Bilder auf dem Monitor. Schließlich nickten beide, und Dr. Farrell drehte den Bildschirm zu uns um.

»Ja, alles in Ordnung«, antwortete die Schwester und bewegte den Stab an eine bestimmte Stelle. »Das ist der Kopf. Es sieht so aus, als wären Sie in der zehnten Woche. Sehen Sie, das hier ist das Herz. Alle lebenswichtigen Organe sind ausgebildet. Hier ist ein Arm. Der andere Arm. Die Beine. Die Nabelschnur. Alles ist perfekt. Sieht so aus, als würden Sie ein kräftiges Kind bekommen. Einen kleinen Kämpfer.«

Naomi seufzte. »Danke.«

»Mit Vergnügen«, antwortete Dr. Farrell. »Wir lieben es, gute Neuigkeiten zu überbringen. Wenn Sie möchten, können wir Ihnen ein paar Fotos von Ihrem Kind ausdrucken.«

Wir waren uns sofort einig und nickten. »Ja, bitte«, bat Naomi.

Das Bedürfnis, in ihrer Nähe zu sein, war so überwältigend, dass es mir schwerfiel, sie nicht zu berühren, während sie sich anzog. Ich schickte Link ein Update und bezahlte das Honorar für die Untersuchung. Dann nahm ich Naomis Hand und begleitete sie hinaus auf den Parkplatz. Bevor ich auf Links Harley stieg, nahm ich Naomi vorsichtig in den Arm. Sie schmiegte sich an mich und hatte auch keine Einwände, sich von mir fahren zu lassen. Ich schlug vor, auf dem Weg zur Feuerwache irgendwo anzuhalten, um ihr etwas Besseres zum Essen zu besorgen. Doch sie lehnte ab. Sie wollte nicht, dass die Leute sie so sahen und denken könnten, ich hätte sie so zugerichtet.

Allein der Gedanke daran, was mit ihr geschehen war, machte mich wieder wütend. Als sie dann aber die Arme um meine Taille legte, überkam mich eine eigenartige Ruhe, die ich in meinem bisherigen Leben nur selten gespürt hatte.

Jake und seine Frau erwarteten uns schon vor der Tür. Margo erschrak, als sie Naomis Gesicht sah, beruhigte sich aber, als wir ihr erklärten, dass wir direkt aus der Notfallambulanz kamen. Jake hatte es schwerer, seine Wut zu kontrollieren.

»Dieser gottverdammte Wichser! Ich hoffe, er verrottet in der Hölle.«

»Genau dort habe ich ihn hingeschickt, Dad«, erwiderte Naomi.

»Ich weiß.« Er nahm seine Tochter sanft in den Arm und küsste ihre unverletzte Wange. »Ich bin stolz auf dich, *Slugger*.«

»Link rief eben an und sagte, dem Baby geht es gut«, hakte Margo nach. Es überraschte mich nicht im Geringsten, dass sie bereits von der Schwangerschaft wusste.

»Ja. Beim Ultraschall war alles in Ordnung.«

»Danke dem Herrn«, flüsterte Margo und strich sanft über Naomis Bauch. »Ich kann nicht glauben, dass ich Grandma werde. Kämpf weiter, Kleines.« Sie blickte wieder zu Naomi auf. »Wollt ihr schon vorher wissen, ob es ein Junge oder ein Mädchen wird?«

»Wir hatten noch keine Gelegenheit, darüber zu reden.« Naomi sah mich fragend an. Bevor ich etwas sagen konnte, legte mir Jake eine Hand auf die Schulter.

»Komm, Eagle. Link und ich haben ein paar Fragen an dich.« Er lächelte seine Tochter an. »Wir bringen ihn dir in ein paar Minuten zurück.«

»Aber Dad ...«, wollte sie protestieren.

Jake hob eine Hand und ließ sie verstummen. »Der Kerl hier hat meine Tochter geschwängert. Ich muss wissen, was er für Absichten hat.«

Sie seufzte. »Kann das nicht warten? Ich bin müde und hungrig.«

»Komm mit in die Küche, Liebes«, mischte sich Margo ein und

hakte sich bei Naomi unter. »Ich werde dir etwas zu essen machen, während die Männer so tun, als würden wir noch im Mittelalter leben.«

Wir sahen den Frauen hinterher und gingen dann zu Link ins Büro. Er saß an seinem Schreibtisch. Vor ihm standen eine Flasche *Crown Royal* und ein Schnapsglas. Sobald er uns sah, nahm er zwei weitere Gläser aus einem Schränkchen hinter ihm, schenkte uns ein und signalisierte uns, Platz zu nehmen.

»Wie geht es Naomi?«

»Sie wird wieder gesund. Und dem Baby geht es auch gut«, versicherte ich ihm. »Habt ihr am Pier alles erledigen können?«

»Dieser Mistkerl, den Naomi erschossen hat, ist Buzz' Sohn.«

»Scheiße«, antwortete ich. Das bedeutete nichts als Ärger. Für den Prez, den Club und alle, die hier ein- und ausgehen. Ich würde ab sofort meine Frau und mein Kind besser schützen müssen.

»Wenn Texas Buzz nicht umlegt, müssen wir es wahrscheinlich selbst tun.« Link sah zu seinem Vater. »Bist du sicher, dass du nicht wieder den Club führen willst, Pops? Ich fürchte, ich versaue alles.«

Jake runzelte die Stirn. »Wenn du aufhörst, dich um deine Leute zu kümmern, dann solltest du gehen. Du machst alles richtig, mein Sohn.«

»Du hast doch auch nie aufgehört, dich zu kümmern«, stellte Link fest.

»Natürlich nicht. Ich habe nur erkannt, dass sich ein Club verändern muss, sich weiterentwickeln, um fortzubestehen. Die alte Garde, die ich ins Boot geholt habe, sind gute Männer. Aber sie sind eine andere Generation und hätten jede Neuerung abgelehnt. Oder zumindest aufgehalten. Das Ego eines einzelnen Mannes oder das Festhalten an Traditionen wären nur hinderlich. Der Club ist wichtig. Für die Brüder und für die Stadt. Er muss mit der Zeit gehen und sich verändern.«

»Ist das der Grund, warum keiner deiner Männer bei der Abstimmung dabei war, als ich deine Nachfolge antreten sollte?«, hakte Link nach.

»Manchmal ist es besser, sich zurückzuhalten und den Weg frei zu machen.« Jake nickte. »Mein Sohn, das mit Brass tut mir leid.«

Link fluchte und schüttelte den Kopf. »Ich bin nie richtig schlau aus ihm geworden.« Er hob sein Schnapsglas. »Auf Brass, den verfluchten Hurensohn. Den Verräter, Dieb und Junkie, den die Kugel, die für mich bestimmt war, getötet hat. Der Bastard hat uns am Ende alle überrascht, nicht wahr?«

Wir nickten und leerten unsere Gläser.

Jake füllte nach. »Er hat Fehler gemacht. Zumindest hat er sich ganz am Schluss für die richtige Seite entschieden.«

»Was habt ihr mit seiner Leiche gemacht?«, fragte ich.

»Wir haben einen weiteren verdammten Gefallen eingefordert. Er liegt in Schuberts Beerdigungsinstitut und bekommt ein ordentliches Begräbnis.«

Brass war ein Einzelgänger, der den Kontakt zu seiner Familie und auch zu seinen Freunden abgebrochen hatte. Vermutlich waren Link und Jake die Einzigen, denen es etwas ausmachte, dass er tot war. Und Buzz, weil der Wichser sein Geld nicht bekommen würde.

»Was ist mit den *Serpents*?«, wollte ich wissen.

»Texas kümmert sich um seine eigenen Leute.«

»Ich bin nur froh, dass meine beiden Kinder zumindest heute Abend in Sicherheit sind. Und mein erstes Enkelkind«, sagte Jake.

Link sah mich an. »Wehe, du verarschst meine Schwester. Dann gnade dir Gott.«

»Ich dachte, du würdest mich besser kennen.«

»Du hast einen verdammt schlechten Ruf, Eagle. Alle halten dich für ein Arschloch.«

»Wenn ich mich recht erinnere, war das bei dir auch so.«

Grinsend hob er sein Glas. Ich prostete ihm und Jake zu.

»Willst du sie heiraten?«, fragte Jake.

»Wir hatten noch keine Zeit, darüber zu reden. Sie hat mir mitgeteilt, dass sie schwanger ist, und wollte mir Bedenkzeit geben. Dann wurde sie entführt.«

»Und? Hast du die Bedenkzeit genutzt?«, hakte Link nach. »Ich verstehe nicht, wozu das gut sein soll.«

Wollte er mich verarschen? »Du weißt verdammt gut, was ich für sie empfinde, Link. Und natürlich brauche ich keine Bedenkzeit. Ich habe nur Abstand gehalten, solange sie noch im aktiven Dienst war. Noch eine Frau zu verlieren, hätte ich nicht verkraftet. Das weißt du doch.«

»Was soll das heißen? Hat sie die Air Force verlassen?«, mischte sich Jake ein.

»Das kann ich nur hoffen«, erwiderte ich und seufzte.

»Da sind wir schon zwei«, antwortete Jake.

»Drei«, korrigierte ihn Link und hob sein Glas. »Darauf sollten wir trinken.«

»Ich möchte nicht, dass meine kleine Nichte oder mein kleiner Neffe ein Bastard wird«, verkündete Link, während er uns eine weitere Runde einschenkte.

»Glaubst du etwa, dass ich das will?«

»Tja, dann solltest du meine Schwester heiraten. Emily ist übrigens auch schwanger. Du wirst bald zwei Enkelkinder haben, Pops.«

»Wirklich?« Jake strahlte übers ganze Gesicht und griff nach seinem Schnapsglas.

»Ja. Wir wollten noch das erste Trimester abwarten, bevor wir euch die frohe Botschaft überbringen. Nur für den Fall. Aber nach der Sache mit Naomi soll es jeder wissen. Immerhin wird mein Kind kein Bastard sein«, fügte er hinzu und grinste mich an.

Mein Kind auch nicht. Ich würde Naomi überzeugen, mich zu heiraten, bevor es geboren wird. »Du bist ein Arschloch, weißt du das?«

»Es braucht eines, um eines zu erkennen«, bemerkte er und prostete mir zu. »Auf die glücklichsten Arschlöcher des Planeten. Wie zum Teufel sind wir nur an so tolle Frauen geraten?«

Ich musste lachen. Das war ein verdammt guter Trinkspruch. »Auf die Arschlöcher und die Frauen, die uns ertragen«, stimmte ich zu und leerte mein Glas in einem Zug.

Jake war still geworden und beobachtete mich mit nachdenklicher Miene. Schließlich räusperte er sich. »Link hat angedeutet, dass Naomi während eines CSAR-Einsatzes in einen Hinterhalt geraten ist.«

Ich hob abwehrend die Hände. »Bei allem Respekt, aber darüber musst du mir ihr sprechen.«

»Da hast du recht. Aber mit dir hat sie darüber gesprochen, obwohl sie fast immer alles mit sich selbst ausmacht. Ich weiß, dass du heute Abend lieber alles allein durchgezogen hättest. Um dich zu rächen. Aber dann hast du die Sicherheit meines Mädchens über deinen eigenen Stolz gestellt. Du hast sie nach Hause gebracht. Dafür werde ich dir ewig dankbar sein. Du bist ein guter Mann, Eagle.«

»Danke, Sir.« Jakes Worte bedeuteten mir sehr viel. Und ja, es stimmte. Naomi hatte mir Dinge anvertraut, die sie sonst niemandem erzählt hatte. Mir gegenüber konnte sie sogar Schwächen eingestehen, weil sie offenbar wusste, dass ich sie verstehen würde.

»Aber wenn du ihr wehtust, breche ich dir persönlich das Genick.«

»Nichts anderes würde ich erwarten.« Ich räusperte mich. »Ich möchte Naomi heiraten. Wenn sie mich will.«

Er klopfte mir auf die Schulter. »Dafür hast du meinen Segen.«

»Danke«, erwiderte ich knapp, weil ich nicht wusste, was ich sonst sagen sollte.

»Dann ist jetzt alles geklärt«, meldete sich Link zu Wort und schraubte den Deckel auf den *Crown Royal*. Dann überreichte er mir die Tasche mit dem Lösegeld. »Hier, du wirst es brauchen, Eagle.« Er steckte sein Telefon ein und stand auf. »Ich sollte jetzt zu meiner Frau gehen, solange ich mich noch auf den Beinen halten kann. Sie ist auch viel hübscher als ihr zwei.«

Ich erhob mich ebenfalls. Es war schön, mit ihnen reinen Tisch zu machen, aber es war spät, und ich wollte wissen, wie es Naomi ging, und sie ins Bett bringen.

19. KAPITEL

Naomi

Ich hatte gerade den letzten Bissen eines riesigen Sandwichs im Mund, als Eagle mit Dad und Link auf den Fersen in der Küche erschien.

»Ist alles in Ordnung?«, fragte ich und konnte meine Besorgnis nicht verbergen. Immerhin waren es die drei wichtigsten Männer in meinem Leben, die hereinkamen.

Sie nickten synchron.

»Du machst dir zu viele Sorgen, Kleines«, versuchte Link, mich zu beruhigen, und umarmte mich vorsichtig. Er roch, als hätte er in Whiskey gebadet. Es war ein verdammt harter Tag gewesen, und ich konnte es ihm nicht verübeln. Wenn ich Alkohol trinken dürfte, hätte ich mir auch mindestens ein großes Glas gegönnt. »Dieser ganze Scheiß ist nicht gut für das Baby. Der kleinen Erdnuss darf nichts passieren. Ich kann es kaum erwarten, dich zu sehen, wenn du wie ein Hefekloß aufgehst.«

»Was findet Emily nur an dir?«, ärgerte ich ihn und schubste ihn von mir weg.

»Immerhin hat sie sich von mir heiraten und schwängern lassen«, erwiderte er grinsend, und seine Augen funkelten. »So, jetzt ist es raus. Sie wird mich wahrscheinlich umbringen, weil ich dir das erzählt habe, ohne dass sie dabei ist.«

»Ernsthaft? Emily ist schwanger?«

Er grinste noch breiter und nickte. »Ja, ihr könnt gemeinsam dick und rund werden.«

»Ich bin so glücklich«, flüsterte Margo und schmiegte sich an ihren Mann. »Lass uns nach Hause gehen und feiern.«

Es tat mir verdammt gut, die beiden so glücklich zu sehen. Ihre Liebe erinnerte mich daran, dass die Dinge nicht immer wie geplant liefen. Manchmal klappte es sogar besser. Ein Hoffnungsschimmer für meine eigene aufkeimende Beziehung.

Wir verabschiedeten uns alle voneinander. Dad und Margo fuhren nach Hause, und Link stolperte die Treppe hinauf.

»Was ist mit dir?«, wollte Eagle von mir wissen. Er legte eine Tasche auf den Tisch und umarmte mich vorsichtig von hinten. Seine Hände legte er schützend auf meinen Bauch. »Brauchst du noch etwas, oder möchtest du ins Bett gehen?«

»Was ist das?«, fragte ich, obwohl ich wusste, was die Tasche enthielt. Ich konnte mir nur nicht erklären, warum Eagle sie hatte.

»Dein Lösegeld. Link hat es mir zurückgegeben, weil wir es ja nicht gebraucht haben.«

»Du wolltest mein Lösegeld bezahlen?« Meine Stimme zitterte, als mir bewusst wurde, was das bedeutete. Ich war schon wieder ein emotionales Chaos.

»Ich hätte jede Summe bezahlt, um dich zurückzubekommen«, erwiderte er so aufrichtig, dass mir die Tränen kamen. Ich schluckte.

»Dein Zimmer oder meins?«, fragte ich, weil er nirgendwo anders als neben mir schlafen würde. Dafür würde ich sorgen und wenn ich ihn festbinden musste.

»Meins.« Er streichelte zärtlich über meinen Arm und strich mein Haar beiseite, um meinen Nacken zu küssen. »Deins ist vollgestellt und noch kleiner. Wir sollten uns eine Wohnung suchen.«

Seine Lippen fühlten sich so gut an. So natürlich. Ich schmolz fast dahin. »Wir, hm?«

»Ja. Ich will bei dir sein und ich habe das Bedürfnis, dich zu beschützen. Ob es einfach wird, weiß ich nicht, und es könnte sein, dass ich es nicht gut hinbekomme. Was du über mich gesagt hast, ist wahr. Ich gehe zu den meisten Leuten auf Distanz, aber mit dir ist es anders. Ich will verdammt noch mal nicht ohne dich leben, Babe. Hab Geduld mit mir. Ich kann manchmal ein ziemlicher Mistkerl sein.«

»Das hast du mir schon mal gesagt«, antwortete ich lächelnd.

»Ich kann mein altes Leben nicht so leicht abschütteln. Aber falls ich in meine alten Gewohnheiten zurückfalle, musst du mir das sagen.«

»Alte Gewohnheiten? Wenn ich dich mit einer anderen Frau erwische, gibt es Ärger. Daran solltest du immer denken.«

Er lachte und zog mich noch näher an sich heran. Ich konnte spüren, wie sehr er mich wollte. »Ich wusste, wie du darüber denkst, Babe. Aber glaub mir, mich interessiert keine andere Frau. Und jetzt komm mit, lass uns ins Bett gehen.«

Er griff nach meiner Hand und führte mich die Treppe hinauf. Wir trennten uns nur lange genug, um zu duschen und die Zähne zu putzen, bevor wir uns in seinem Zimmer wieder trafen. Eagle lag bereits im Bett, eine Hand unter dem Laken, als ich hereinkam.

»Was machst du da?«, wollte ich wissen und schloss die Tür hinter mir.

»Ich denke an dich«, antwortete er und bewegte seine Hand auf und ab. Eagle war ein Mann, der sich auf mehr als eine Sache konzentrieren konnte, wie ich zur Kenntnis nahm. »Ich denke daran, wie oft ich dich das letzte Mal zum Kommen gebracht habe. Wie oft ich dazu in den nächsten Jahrzehnten die Gelegenheit haben werde. Immerhin bist du zurückgekommen. Nach Hause, zur mir. Das stimmt doch, oder?«

Die Sorge in seiner Stimme wirkte wie ein Zauber auf mich. Ich fühlte mich gewollt, gebraucht und noch viel mehr. »Ja, ich bin raus. Meine Zeit im Dienst ist vorbei.«

»Fuck sei Dank.«

Ich musste lachen. »Ist das deine Art zu sagen, dass du dankbar bist, mit mir schlafen zu können?«

Er lachte ebenfalls. »So was in der Art. Aber das will ich eigentlich immer, wenn ich dich sehe oder nur an dich denke. Ich habe überlegt, dich in Luftpolsterfolie einzuwickeln und dich rund um die Uhr von einem Bodyguard bewachen zu lassen. Dieser Mist mit den *Seattle Serpents* wird wahrscheinlich noch schlimmer werden, bevor Waffenstillstand herrscht. Ich muss einfach wissen, dass ihr, du und das Baby, in Sicherheit seid, wenn ich nicht bei euch sein kann.«

»Ist das so?«, hakte ich nach, zog mein T-Shirt aus und warf es beiseite. Nach der Dusche hatte ich mir nicht die Mühe gemacht, einen BH anzuziehen. »Ich glaube, wir beide werden uns schnell einig sein, was wir brauchen, um uns sicher zu fühlen.«

»Was hast du vor?« Seine ganze Aufmerksamkeit galt sofort meinen Brüsten. »Die sind übrigens wirklich verdammt schön.«

»Sie gefallen dir? Durch die Schwangerschaft sind sie etwas größer geworden. Du findest sie doch nicht zu groß, oder?«

Er lachte und hatte offensichtlich genauso viel Spaß an diesem kleinen Hin und Her wie ich. »Ich bin mir nicht ganz sicher. Wenn du zu mir ins Bett kommst, kann ich das überprüfen.«

Ich warf ihm einen skeptischen Blick zu. »Das klingt dubios. Du versuchst doch nur, mich nackt ins Bett zu bekommen.«

Er nickte. »Erwischt. Zieh dich doch gleich auf dem Weg ins Bett aus. Das macht es einfacher.«

»Wirst du etwa faul, Marine?«

»Ich wollte meine Energie nur für etwas anderes aufsparen.«

Mir war klar, woran er dachte, und ich konnte es kaum erwarten, ihn zu spüren. Deshalb zögerte ich nicht länger und entledigte mich meiner Jogginghose. Ich hatte nicht nur nach der Dusche auf einen BH verzichtet, sondern auch auf ein Höschen. Eagles scharfes Einatmen versicherte mir, dass er das zu schätzen wusste. Ich schlenderte zum Bett hinüber und schob das Laken beiseite, um genau sehen zu können, was er mit seiner Hand tat.

»Ich dachte an ein Haus mit einem guten Sicherheitssystem. Einen Hund hätte ich auch gern«, erklärte ich ihm und versuchte, mich nicht zu sehr von seinem Schwanz ablenken zu lassen. Ich liebte es, ihm dabei zuzusehen, wie er sich vergnügte, aber ich wollte hautnah dabei sein.

»Ein gutes Sicherheitssystem und ein Hund sind ein guter Anfang.« Er bewegte seine Hand schneller, und mir lief das Wasser im Mund zusammen. »Gefällt dir das?«

Ich nickte. »Aber es würde mir noch besser gefallen, wenn die Spitze in meinem Mund wäre, während du das machst.«

Begierde blitzte in seinen Augen auf. »Deine Lippe. Deine blauen Flecken. Ich will dir nicht wehtun.«

»Du würdest mir nie wehtun«, sagte ich mit Bestimmtheit. »Außerdem mag ich es gern ein bisschen härter, wie du weißt.«

Er grinste. »Aber nicht heute. Dein Körper muss sich erholen.«

Mein Blick traf seinen. Ich ließ meine Maske fallen und zeigte ihm, was ich fühlte. All den Schmerz, die Wut, die Angst, die Erleichterung, die Liebe. Alles. »Ich brauche dich, Eagle.«

Sofort wurde er ernst. »Ich bin hier. Nimm dir, was du brauchst.«

Ich kniete mich neben ihn, nahm seine Spitze in den Mund und verwöhnte ihn mit dem Spiel meiner Zunge, während er sich weiter massierte. Mit der freien Hand rieb er meinen Hintern. Ich überließ ihm die Kontrolle und genoss sein Stöhnen, bis er mich hochhob, drehte und meine Pussy über seinem Gesicht platzierte. Bevor ich reagieren konnte, spürte ich seine Zunge auf meiner Klit.

Ich beugte mich vor und widmete mich wieder seiner Länge, während er mich leckte. Es dauerte nur Sekunden, bis ich kam und hinter meinen geschlossenen Lidern Sterne tanzten.

Nach einer kurzen Verschnaufpause übernahm ich die Führung und setzte mich auf ihn. Er füllte mich so herrlich aus, dass ich laut stöhnte.

»Verdammt, du fühlst dich so gut an«, hauchte er. »So feucht, warm und eng.«

Ich stöhnte nur, statt zu antworten, und nahm ihn noch tiefer in mich auf.

»Du hast mir gefehlt, Babe. Ich habe dich vermisst.«

Ich öffnete die Augen. Unsere Blicke trafen sich. Ich erkannte pures Verlangen und noch etwas anderes. Meine Brust zog sich zusammen. »Ich habe dich auch vermisst«, brachte ich mühsam hervor, beinahe überwältigt von meinen Gefühlen.

»Versprich mir, dass du morgen Früh hier bist. Lauf nicht wieder weg.«

Ich beugte mich vor und küsste ihn langsam und sanft. Als ich meine Lippen für ihn öffnete, zögerte er nicht. Unsere Zungen begannen einen wilden Tanz, während Eagle sanft über meinen Körper strich, bis er meinen zweiten Eingang fand und sanft darüber rieb. Ich stöhnte vor Lust und wollte alles, was er zu geben bereit war. Ich wollte erfüllt von ihm sein, um meine Ängste und die Wut für immer zu vertreiben. Ich wollte nichts anderes außer Liebe und Vergnügen.

Vorsichtig drang er mit der Fingerspitze ich mich ein, als hätte er meine Gedanken gelesen. Er nahm mich in Besitz, bis wir eins wurden und ich nicht wusste, wo ich aufhörte und er begann.

Sein Finger gab den Takt vor, der immer wilder wurde, bis ich mit einem lauten Schrei Erlösung fand. Jede Zelle meines Körpers vibrierte. Eine wunderbare Schwere breitete sich in mir aus, und ich blieb einfach auf ihm liegen, meine Augenlider schwer vor Müdigkeit.

Er drehte sich auf die Seite und zog mich mit sich. Dann bedeckte er meinen Nacken und mein Gesicht mit Küssen.

»Ich liebe dich, Naomi«, flüsterte er.

Obwohl ich schon fast im Land der Träume war, wurde ich schlagartig wach. »Was?«, fragte ich, weil ich die berühmten Worte noch einmal von ihm hören wollte.

»Du hast mich gehört.« Er wusste verdammt genau, was ich wollte, und hielt mich hin.

»Komm schon, Marine. Reiß dich zusammen, und sag das noch einmal.«

Er lachte. »Denkst du, ich habe Angst, dir zu sagen, dass ich dich liebe?«

Mein Herz dröhnte in meiner Brust. »Nein. Ich wollte es nur noch mal hören.« Ich hauchte ihm einen Kuss auf sein bärtiges Kinn. »Ich liebe dich auch, Eagle«, gestand ich ihm und spürte wieder die Müdigkeit.

»Du bist zu mir zurückgekommen. Du hast unser Baby beschützt.« Er legte eine Hand auf meinen Bauch. »Schlaf, Sweetheart. Ich passe gut auf euch auf. Niemand wird euch je wieder etwas antun können.«

Ich wusste, dass Eagle mein Back-up war, mein Beschützer, der Mann, mit dem ich mein Leben verbringen wollte. Lächelnd schmiegte ich mich an seine Brust und schlief augenblicklich ein.

EPILOG

Naomi

Acht Monate später

»Ich konnte den ganzen Tag damit verbringen, euch anzusehen«, flüsterte Eagle. Ich saß vor ihm im Schaukelstuhl und stillte unsere zwei Monate alte Tochter Maya Grace. Mit dem dunklen, gewellten Haar ihres Vaters, meinen braunen Augen, die von langen, dunklen Wimpern umrahmt wurden, und dem bezauberndsten Mund, den es gab, war sie optisch die perfekte Mischung aus uns beiden. Mein Mann, der Bücherjunkie, hatte den Vornamen Maya vorgeschlagen, nach Maya Angelou. Er hatte mir hoch und heilig versprochen, dass niemand unseren kleinen Vogel jemals einsperren würde. Mayas zweiter Vorname, Grace, war inspiriert von Grace Kelly, der Schauspielerin aus alten Zeiten. Unser Mädchen sollte eine elegante, intelligente Überfliegerin werden.

»Du klingst so unheimlich wie ein Stalker«, stichelte ich und spitzte die Lippen für einen Kuss.

Grinsend kam er auf mich zu und erfüllte mir diesen Wunsch wie auch jeden anderen. Wir waren seit etwas mehr als vier Monaten verheiratet und warteten sehnsüchtig darauf, dass Maya alt genug war, um aus der Flasche zu trinken. Dann würde sie ein paar Tage bei ihren Großeltern verbringen und wir unsere Hochzeitsreise nachholen.

Eine mit reichlich starkem Whiskey und hartem Sex.

Allerdings mussten wir aufpassen, dass ich nicht sofort wieder schwanger wurde. Zumindest nicht in den nächsten paar Jahren.

»Seid ihr bald fertig?«, fragte Eagle und erhob sich vom Bett. »Alle warten schon darauf, uns mit unnützem Hausrat zu beschenken.«

Etwa einen Monat vor Mayas Geburt hatten wir ein entzückendes zweistöckiges Haus mit vier Schlafzimmern, Hartholzböden, Stuckleisten und einem weißen Lattenzaun gekauft. Seit unserem Einzug drängten uns alle im Club dazu, endlich eine Einweihungsparty zu feiern. Wir hatten es geschafft, sie so lange hinzuhalten, bis ich zumindest mit der Einrichtung fertig war. Nach den lauten Geräuschen zu urteilen, die aus unserem Wohnzimmer drangen, wäre es besser gewesen, die Party in einem leeren Raum stattfinden zu lassen.

Maya war satt und zufrieden und ließ sich lächelnd von ihrem Dad auf den Arm nehmen. Bei mir wäre sie in den nächsten zwei Minuten unruhig geworden und hätte sich durch nichts ablenken lassen. Mit ihrem Dad war das anders. Die kleine Prinzessin hatte ihn um ihre winzigen Finger gewickelt. Wenn er mir nicht beim Stillen zusah, hielt er sie im Arm.

Eagle nahm sich ein sauberes Spucktuch vom Stapel neben dem Wickeltisch und warf es sich über die Schulter. Während er darauf wartete, dass ich mich anzog, tätschelte er ihren Rücken. Natürlich kam sofort das Bäuerchen. Das tat der kleine Stinker immer. Hatte ich sie nach dem Stillen im Arm, bekam ich einen ganzen Schwall Milch in den Ausschnitt.

»Das ist Daddys Mädchen«, sagte Eagle und lächelte stolz.

»Daran solltest du denken, wenn sie sich zu ihrem ersten Date verabredet.«

Er sah mich entsetzt an. »Das wird nie passieren, nicht wahr, Maya? Du wirst immer Daddys süßer kleiner Engel sein.«

Ich ließ ihm seine Traumwelt und begleitete ihn hinunter ins Wohnzimmer, um unsere ungestümen Freunde zu begrüßen. Vielleicht konnte ich verhindern, dass sie alle Möbel zerlegten und unsere Nachbarn die Polizei rufen mussten.

Link und Emily waren die Ersten, die uns begrüßten. Link hielt Jameson im Arm, meinen vier Wochen alten Neffen. Ich ignorierte meinen Bruder und seine Frau und konzentrierte mich ganz auf ihr Baby.

»Hey, Jace«, gurrte ich und kniff in seine kleinen Pausbäckchen. Er hatte die blauen Augen und das dunkle Haar seiner Mutter und die Nase und den kräftigen Kiefer seines Vaters. Sobald er erwachsen war, würde er mit diesem Aussehen ein echter Frauenschwarm sein.

»Als würden wir gar nicht existieren«, murmelte Link zu Emily und küsste mich zur Begrüßung auf die Wange. Doch seine Frau unternahm einen erfolglosen Versuch nach dem anderen, um Eagle unsere Tochter abzunehmen, sodass sie ihn nicht hörte.

»Em«, rief Link.

»Was?«, fragte sie und ließ unsere Tochter keinen Moment aus den Augen.

Link schüttelte grinsend den Kopf. »Ach, egal.«

Havoc und seine Frau waren die Nächsten, die uns begrüßten. Julia war ein wenig später dran als Emily und ich, sodass ihr Babybauch kaum zu erkennen war. Die beiden würden in etwa fünf Monaten ihr erstes Kind bekommen. Es machte mich glücklich, dass all unsere Kinder zusammen aufwachsen würden.

Nachdem ich Julia begrüßt hatte, umarmte mich Dad und küsste mich auf die Wange. »Wo ist meine Enkelin?«, wollte er wissen und sah sich um.

Margo war ihm dicht auf den Fersen und sah Eagle mit einem flehentlichen Blick an. »Link will mir Jace nicht geben. Vielleicht hast du mehr Mitleid mit uns.«

Zu meiner großen Überraschung zögerte Eagle nicht lange und übergab Maya. Margos Gesicht strahlte vor Freude, und sie und Dad begannen zu verhandeln, wie lange jeder sie halten durfte.

Unser kleines Mädchen wurde so sehr geliebt, dass mir das Herz fast überlief.

Eagle nahm meine Hand und hauchte einen Kuss auf meine Knöchel. »Ich muss dich wohl festhalten, bevor du mir auch noch ausgespannt wirst, Sweetheart.«

»Dann bin ich also der Platzhalter?«, fragte ich grinsend.

»Niemals.« Er hielt meine Hand und zog mich mit sich, weg von den anderen. Allerdings hatte er die Rechnung ohne Wasp gemacht, der sich uns in den Weg stellte.

»Du musst erst unser Geschenk aufmachen«, sagte er und drückte Eagle eine hübsch verzierte Schachtel in die Hand.

Eagle nahm sie, schüttelte sie und beäugte Wasp mehr als skeptisch. »Warum habe ich ein schlechtes Gefühl dabei?«

»Hör auf, W...« Wasp unterbrach sich und sah zu Trent, der ihn wie immer aufmerksam beobachtete. »Willst du denn gar nicht wissen, was drin ist?«, korrigierte er sich.

»Ja, mach das Geschenk auf, Onkel Eagle«, rief Trent aufgeregt. »Ich und Dad haben uns wirklich Mühe gegeben.«

Seit Trent Wasp kennengelernt hatte, war er vernarrt in ihn. Und seit ein paar Wochen nannte er ihn *Dad*. Es war so süß, die beiden zusammen zu erleben.

»Du hast ihm dabei geholfen, Trent?«, erkundigte sich Eagle.

Trent nickte begeistert. »Dad sagt: Ein Mann muss lernen, mit seinen Händen zu arbeiten.«

Lachend zerzauste Eagle das Haar des Kleinen. »Da hat dein Dad vollkommen recht.« Er öffnete das Geschenk und enthüllte eine Holztafel mit der eingravierten Aufschrift *Eagles Nest*. Darunter war ein niedlicher kleiner Adler auf einem Horst zu erkennen. Eagle stöhnte leise und erdolchte Wasp mit seinen Blicken. Dieser lachte nur und amüsierte sich köstlich.

»Willst du es an deine Haustür hängen, Onkel Eagle?«, fragte Trent mit so großen und hoffnungsvollen Augen, dass Eagle unmöglich ablehnen konnte.

Wie ich meinen Mann kannte, war er kurz davor, Wasp die Tafel an den Kopf zu schlagen. Deshalb griff ich danach und nickte. »Natürlich, Trent. Das ist großartig. Danke für das schöne Geschenk.«

Trents Lächeln und wie er mein Bein umarmte, waren es wert, Hunderte kitschige Holztafeln im Haus aufzuhängen.

»Tut mir leid«, sagte Carly und gesellte sich zu uns. »Ich habe versucht, die beiden davon abzuhalten.«

»Männer sind eben seltsam«, bemerkte ich.

»Du hast keine Ahnung, wie das mit zweien ist.«

Es klingelte an der Tür, und ich sah meinen Mann fragend an. Eigentlich erwarteten wir keine weiteren Gäste.

Eagle lächelte mich zuckersüß an. »Ein Überraschungsgast?«

Als er dem nichts hinzufügte und sich auch nicht von der Stelle rührte, ging ich selbst zur Tür und öffnete sie.

Ich traute meinen Augen kaum, aber Monica stand auf meiner Veranda. Sie trug knappe Shorts, eine taillierte Bluse und High Heels. Ihr Haar und ihr Make-up waren wie immer perfekt. Sie betrachtete mich genauso wie ich sie, bevor sie vor Freude einen Jubelschrei ausstieß und mir um den Hals fiel.

»Oh mein Gott! Du bist hier«, flüsterte ich und drückte sie.

»Deine Party wollte ich um nichts in der Welt verpassen. Ich würde sogar meinem Freund Bo den Laufpass geben, wenn ich dafür dich und meine entzückende kleine Nichte sehen kann. Im Gegenzug solltest du mir ein paar heiße, alleinstehende Biker zur Verfügung stellen, die meine Rohre durchspülen.«

Lachend zog ich sie mit mir ins Haus. »Natürlich. Du solltest dir nur vorher überlegen, wie du sie wieder loswirst. Sonst bleibst du vielleicht für immer hier.«

Ihr dunkles Lachen dröhnte durchs Haus. Plötzlich wurde sie ganz still und starrte Stocks ungeniert an. Sie zog mich näher heran. »Wer ist das, und warum hat er nicht seine Hand in meinem Höschen?«, bemerkte sie leise.

»Das ist Stocks«, erwiderte ich grinsend. »Ich kann ihn dir gern vorstellen.«

»Später. Ich werde mich an ihn ranmachen, sobald ich ein Auge auf meine Nichte geworfen habe. Wo ist sie?«

Ich deutete in die Richtung, wo ich meinen Vater zuletzt gesehen hatte, und breitete mich innerlich auf ein weiteres Drama vor. Er und Margo würden Maya niemals kampflos meiner Freundin überlassen.

Alle Menschen, die ich liebte, hatten sich in unserem Haus versammelt und stritten sich darum, wer unsere Tochter halten durfte. Das Leben war verdammt schön.

Eagle kam mit selbstgefälliger Miene auf mich zu. »Ist mir die Überraschung gelungen?«

»Sehr.« Ich stellte mich auf die Zehenspitzen und küsste ihn. »Das war so lieb von dir. Danke.«

»Habe ich mir damit ein paar Bonusminuten als Ehemann verdient?« Er nahm mir das Geschenk von Trent und Wasp ab, hängte es an die Garderobe und nahm meine Hände in seine.

»Mindestens ein Dutzend. Aber vergiss nicht, dass ich bestimme, wofür sie eingelöst werden.«

Eagle schaute sich um. Überall standen fröhliche Menschen, die sich angeregt unterhielten. »Meinst du, wir könnten uns ein Stündchen verdrücken?«

»Solange wir Maya nicht mitnehmen, wird uns niemand vermissen«, antwortete ich mit einem verschmitzten Lächeln.

Mein Mann schien zu überlegen. »Deal«, willigte er schließlich ein, nahm meine Hand und zog mich mit sich ins Schlafzimmer.

Ich kniete mich vor ihn und genoss jede einzelne Bonusminute mit meinem Ehemann.

Danksagung

Dieses Buch wäre ohne die Hilfe und Unterstützung so vieler Menschen niemals zustande gekommen. Ein ganz besonderer Dank gilt meinem Mann Meltarrus, unseren Jungs und all meinen Freunden und meiner Familie. Unserer Gespräche haben dazu beigetragen, die einzelnen Charaktere, die Handlung und die Dialoge zum Leben zu erwecken.

Ein großes Dankeschön an die unglaubliche Gail Goldie, die den Rest der Welt vor meinen Tippfehlern bewahrt hat.

Danke auch an meine fabelhafte Freundin KA Ware für ihre inhaltlichen Korrekturen, Vorschläge und Ermutigungen.

Danke, an lalle Beta- und ARC-Leser, für eure Korrekturen, eure Unterstützung und Liebe.

Und ich danke euch, liebe Leserinnen und Leser, dass ihr euch mit mir auf diese Reise begeben habt.

Until Us: Kat
von Aurora Rose Reynolds

ISBN-EPUB: 978-3-903519-15-2

Eine feurige Weihnachtslovestory mit jeder Menge Mayson-Action.

Mike Rouger hat vor vielen Jahren beschlossen, sich nicht mehr auf eine Frau einzulassen. Das macht alles nur kompliziert. Stattdessen genießt er die Zeit mit seiner Tochter November und seinen Enkeltöchtern June und July.

Als Kathleen Mullings mit ihrem Teenagersohn nach Tennessee zurückkehrt, gerät sein Vorsatz ins Wanken. Sie wirkt noch genauso anziehend auf ihn wie damals in der Highschool. Und sie macht ihm unmissverständlich klar, was sie will: Eine zweite Chance für ihre Liebe.

Until Us: Brodie
von Aurora Rose Reynolds

ISBN-Taschenbuch: 978-3-903519-18-3
ISBN-EPUB: 978-3-903519-17-6

Reese Shepard staunt nicht schlecht, als ihr der heißeste Mann aller Zeiten in einer unangenehmen Situation zur Hilfe eilt und sich als ihr Freund ausgibt. Als wäre das nicht genug, will er ein Date mit ihr, und ehe sie sich versieht, verbringen sie ihre gesamte Freizeit miteinander.

Als Reese erfährt, dass Brodie Larsen ein millionenschwerer Eishockeyspieler ist – und damit nicht nur *eine*, sondern gleich *zehn* Nummern zu groß für sie –, ist sie froh, ihn in die Freundschaftszone gesteckt zu haben. Leider hat er nicht vor, dort zu bleiben. Er will mehr, und das Schlimmste ist: Sie will ihm alles geben. Auch ihr Herz.